LIVRO

JOSÉ LUÍS PEIXOTO

Livro

2ª reimpressão

Copyright © 2010 by Quetzal Editores e José Luís Peixoto
Proibida a venda em Portugal

Edição apoiada pela Direção-Geral do Livro e das Bibliotecas/ Secretaria de Estado da Cultura

A editora manteve a grafia vigente em Portugal, observando as regras do Acordo Ortográfico da Língua Portuguesa de 1990.

Capa
Flávia Castanheira

Imagem da quarta capa
yaskii/ Shutterstock.com

Revisão
Carmen T. S. Costa
Ana Maria Barbosa

Dados Internacionais de Catalogação na Publicação (CIP)
(Câmara Brasileira do Livro, SP, Brasil)

   Peixoto, José Luís.
      Livro / José Luís Peixoto. — 1ª ed. — São Paulo : Companhia das Letras, 2012.

   ISBN 978-85-359-2019-2

   1. Ficção portuguesa I. Título.

11-13741   CDD-869.3

Índice para catálogo sistemático:
1. Ficção : Literatura portuguesa   869.3

[2021]
Todos os direitos desta edição reservados à
EDITORA SCHWARCZ S.A.
Rua Bandeira Paulista 702 cj. 32
04532-002 — São Paulo — SP
Telefone (11) 3707-3500
www.companhiadasletras.com.br
www.blogdacompanhia.com.br
facebook.com/companhiadasletras
instagram.com/companhiadasletras
twitter.com/cialetras

*Un libro más es un libro menos;
un acercarse al último que espera en el ápice,
ya perfecto.*

Julio Cortázar, *La otra orilla*

1

(1948)
A mãe pousou o livro nas mãos do filho.
Que mistério. O rapaz não conseguia imaginar um propósito para o objeto que suportava. Pensou em cheirá-lo, mas a porta do quintal estava aberta, entrava luz, havia muita vida lá fora. O rapaz tinha seis anos, fugiu-lhe a atenção, distraiu-se, mas não se desinteressou pelo livro, apenas deixou de o interrogar enquanto objeto em si, começou a questioná-lo de maneira muito mais abstrata, enquanto intenção, enquanto sombra de um ato. A mãe disse o nome do filho:
Ilídio.
O rapaz, Ilídio, estava nesse momento a tentar imaginar a vontade da mãe, o que pretendia ao entregar-lhe aquele livro, que era grande de mais para as suas mãos, mas que não era demasiado pesado. A mãe voltou a dizer o nome do filho, Ilídio. E as cores da mãe voltaram a definir-se diante dele.

Escuta.

Esta palavra simples, de sílabas simples, foi entendida pelo Ilídio de modo completo, estava a ouvi-la antes de ser dita e continuou a ouvi-la no silêncio que se lhe seguiu. Aquela voz a dizer aquela palavra fazia parte do Ilídio. Podia ouvi-la na cabeça sempre que quisesse. Em certas noites, quando se agarrava à mãe, ao quente, sem ser capaz de dormir, ouvia pedaços da voz da mãe, rasgados, a passarem-lhe pela cabeça como serpentinas. Numa dessas noites, ou em várias, é bem possível que tenha distinguido essa maneira de paz com que a mãe sempre lhe dizia: escuta. Havia tons de voz que a mãe só utilizava para certas palavras ou expressões, como quando se saturava e dizia: por favor, a esculpir cada consoante, com um grande silêncio entre por e favor, a soprar no fim; ou como quando dizia: ora, é só lérias e mais lérias e dava uma gargalhada; ou como quando dizia: tu queres é remolgaria e parodim, e parecia que estava a cantar. Não faltariam exemplos de palavras que conseguia lembrar na voz da mãe.

O Ilídio tinha fome. Chegava de longe o cacarejar de uma galinha, chegava do quintal do vizinho, do outro lado do muro. Era um cacarejar permanente, quase a adormecer, quase a arrastar-se, mas a continuar sempre. Era um cacarejar que, assente sobre aquela hora da tarde, parecia distribuir uma misteriosa harmonia, como o milho moído que, muito às vezes, o vizinho lançava sobre a terra do quintal. O Ilídio sabia que, normalmente, a galinha comia pedras e, em momentos assinalados, lutava com minhocas, que vencia num duelo desigual. Do cimo da pilha de lenha, já a tinha visto. Em ocasiões, colocou a possibilidade de provar minhoca. Quando a galinha as esticava com o bico, as rebentava e exibia o seu interior, pareciam-lhe deliciosas.

A mãe ia dizer alguma coisa importante. A mãe era uma mulher que falava muito e ria muito. O Ilídio chamava-a quando queria que ela visse alguma coisa, ela olhava, mas não parava de rir ou de falar. Ali, naquela hora, a mãe dizia as palavras uma a uma, como se só pudesse usar poucas e tivesse de escolhê-las muito bem. Havia demasiado silêncio. O Ilídio sentia isto, mas não era capaz de saber as palavras para dizê-lo a si próprio. Isto era qualquer coisa que sentia como a mudança da hora no verão, no inverno, como os dias de semana, o sábado, a quarta-feira e muitas outras coisas que sentia sem conhecer. O Ilídio esperava, tinha seis anos, estava tranquilo. A mãe disse:

Nunca esqueças.

O Ilídio pensou nos comboios. O motivo para estar a pensar nos comboios não era evidente. Na verdade, era uma incógnita completa. Pensou nos comboios, no brilho dos comboios, mas aquilo que realmente sentiu foi falta de compreensão. Tinha a forma de neblina, era falta de compreensão fresca, como pontos de água a dissolverem-se na pele do rosto.

Pela primeira vez na vida teve pena de haver tantos assuntos no mundo que não compreendia e esmoreceu. Mas uma mosca fez um ângulo reto no ar, depois outro, além disso, os seis anos são uma idade de muitas coisas pela primeira vez, mais do que uma por dia e, por isso, logo depois, arribou. Os assuntos que não compreendia eram uma espécie de tontura, mas o Ilídio era forte.

Se calhar estava a falar de tratar da cabra: nunca esqueças de tratar da cabra. O Ilídio não gostava que a mãe o mandasse tratar da cabra. Se estava ocupado a contar uma história a um guarda-chuva, não queria ser interrompido. Às vezes, a mãe escolhia os piores momentos para chamá-lo, ele podia estar a contemplar um segredo, por isso, assustava-se e, depois, irritava-se. Às vezes, fazia birras no meio da rua. A mãe envergonhava--se e, mais tarde, em casa, dizia que as pessoas da vila nunca tinham visto um menino tão velhaco. O Ilídio ficava enxofrado, mas lembrava-se dos homens que lhe chamavam reguila, diziam ah, reguila de má raça. Com essa memória, recuperava o orgulho. Era reguila, não era velhaco. Essa certeza dava-lhe forças para protestar mais, para gritar até, se lhe apetecesse.

Se calhar estava a falar dos deveres de casa: nunca esqueças os deveres de casa. O Ilídio não gostava de fazê-los e não gostava que a mãe lhe falasse disso assim que chegava da escola, irritava-se. A primeira classe era cheia de obrigações. Queria comer, queria brincar, contraía a cara. A mãe explicava-lhe que se fizesse logo os deveres, ficava com o resto do tempo livre. Nesse momento, o Ilídio arreliava-se. Então, a mãe podia levantar a voz para falar-lhe dos outros meninos que tinham de trabalhar, de ajudar no campo. O Ilídio conhecia esses meninos, mas não queria ouvir falar neles, e ficava ofendido. Então, a mãe podia continuar essa conversa, sem resultados, ou podia deixá-lo ir. Nesse caso, as tardes passavam lentamente, eram enormes, ou passavam depressa, ainda mal tinham começado e já estavam a acabar, já tinham acabado. Nas manhãs seguintes, o Ilídio chegava à escola sem os deveres feitos. A freira podia apanhá-lo ou não. Se o apanhasse, podia castigá-lo ou não. Enquanto levava reguadas, não chorava. Era conhecido por isso. Estendia a mão direita e aguardava. Enquanto lhe dava reguadas, a freira ameaçava-o, insultava-o, alterava a contagem quando lhe apetecia, a régua cortava o ar, fazia um som limpo e seco, acertava-lhe nos ossos da mão com toda a força, mas não chorava. Ficava todo vermelho, abria muito as narinas para respirar, mas mordia os lábios e não chorava.

Não, não havia razão para a mãe estar a falar nos deveres de casa. Se calhar estava a falar de lavar as mãos: nunca esqueças de lavar as mãos. Ou se calhar estava a falar do sal: nunca esqueças o sal. Mas não havia razão para a mãe estar a falar no sal. O Ilídio sabia que a mãe podia estar a falar de tudo: nunca esqueças tudo. Mas o Ilídio tinha seis anos e não queria considerar essa possibilidade porque tudo era tanta coisa.

Maio. Afinal, era maio. O tempo distendia-se por fim. Uma breve teoria: há certos movimentos que apenas são possíveis depois do início da primavera. Durante a invernia, o corpo esquece-os, mingua, endurece como as árvores. Em maio, o corpo recorda esses movimentos, julga reaprendê-los e, ao fazê-lo, redescobre a sua verdadeira natureza. É por isso que se fala de renascer na primavera, é por isso que as pessoas se apaixonam e é por isso que crescem as plantas. Esses movimentos são simples, todas as pessoas os sabem fazer. Ao serem empreendidos, dão lugar a multidões desgovernadas de sequências que, no fim da sua ação, acendem o sol.

A mãe sabia o que havia a fazer. Tinha sido convencida pela voz com que conversava quando estava sozinha. E pela vida, claro. A mãe também conversava com a vida. Fechou a porta do quintal, pousou a chave sobre a mesa vazia, entrou no quarto, o som de abrir e fechar a gaveta vazia da banquinha, saiu do quarto, segurou na mala, deu três passos, toc, toc, toc, e abriu a porta.

Vamos.

Ilídio levantou-se do banco, arrumou-o ao lume apagado, enfiou o livro debaixo do braço, segurou na mala e foram.

Desciam devagar, a firmar cada pé nas pedras da ladeira. A mãe e o filho, carregados de malas, vestidos com as roupas mais novas, equilibravam-se. Do cimo da ladeira, podia ver-se a distância da vila e, lá ao fundo, os campos estendidos. Talvez houvesse pássaros que, naquele mesmo lugar, apenas abriam as asas e, planície após planície, deixavam-se deslizar até ao horizonte. A mãe e o filho não podiam, estavam presos por sapatos apertados.

A vila descansava, à sombra. Faltava pouco para as pessoas chegarem do campo, as ruas seriam atravessadas por homens e mulheres com os rostos cobertos de terra. Havia horas antes e depois em que a vila estivera em movimento mas, enquanto o Ilídio e a mãe desciam a ladeira, a vila descansava e apenas se ouvia, lá ao longe, com um ritmo certo, o som do maço a bater no escopro. Ali, espetado no ar sobre a vila, esse som era triste como a morte repetida de um pardal.

O pedreiro estava na varanda da casa da d. Milú. Pelas suas contas, mais meio dia e terminava as pequenas obras para as quais tinha sido chamado e que, sozinho, lhe levaram quase duas semanas. O pedreiro abria um buraco na parede da varanda da casa da d. Milú e chamava-se Josué. Era novo, tinha trinta e oito anos. O pedreiro entalou um dedo entre o maço e o escopro, deixou cair o escopro ao lado dos pés e enrodilhou o rosto.

Soprou o dedo, pfff; depois, para esquecer, cuspiu com força. O vento parou nesse instante.

Um arco longo e demorado.

Em baixo, o cuspo estalou no centro de uma pedra do passeio. Aí ficou, a secar ou a ser esquecido. Josué entrou na casa e, por isso, após um instante, no fundo da rua, nesse mesmo passeio, não viu surgirem os vultos da mãe e do filho. Vinham carregados de malas, isso conseguia distinguir-se até à distância. Não se conseguia distinguir a cor das roupas que usavam, a saia da mãe talvez fosse cinzenta ou preta, o casaco castanho do filho podia ser de qualquer cor escura. A mãe tinha um lenço a cobrir-lhe a cabeça. Noutros dias, empurrava o cabelo com uma mão rente à testa e puxava o lenço com a outra mão. O Ilídio conhecia esse gesto.

O tempo era quase certo. Longe, no adro, os sinos iriam tocar. O tempo era limpo como a aragem que começava. A mãe e o filho não caminhavam depressa, mas aproximavam-se. Passaram à porta da casa da d. Milú, por baixo da varanda deserta. A mãe segurava duas malas que não lhe perturbavam a postura. Caminhava direita e séria. Os olhos da mãe, os olhos do filho. As imagens embaciavam-se talvez por causa do silêncio.

Chegaram ao ponto onde o muro da casa da d. Milú se arredondava numa esquina que dava para a descida da fonte, continuaram. A mãe pousou a mala e baixou-se até ficar diante do Ilídio. Era elegante o seu corpo dobrado dentro das roupas. A mãe tinha as sobrancelhas finas. Acertou o colarinho da camisa do filho. Como se as mãos fossem escovas, passou-as pelo casaco do filho, a limpá-lo de nada. Tirou-lhe a pequena mala e pousou-a num banco de pedra que existia ao lado da fonte. Tirou-lhe o livro que trazia debaixo do braço e pousou-o sobre a mala. Segurando-lhe os ombros, mais uma vez, olhou-o em silêncio. O silêncio passou. A mãe tinha uma voz:

Fica aqui, não saias daqui.

O Ilídio era capaz de entender e obedecer às ordens simples da mãe.

Espera aqui.

Não respondeu. Queria ver o que ia acontecer. Durante a última semana, a mãe séria, sem palavras, o Ilídio não compreendia. Ao seu lado, a água da fonte.

Os olhos da mãe ficaram parados nos do filho até ao instante em que o seu corpo se virou e se afastou, regressando por onde tinha acabado de chegar. O Ilídio estava a pensar em qualquer coisa, talvez nos pássaros que vinham enfiar-se nas folhas de hera que cobriam o topo do muro da d. Milú, à sua frente, pássaros da primavera. Asas ou folhas. E não se esforçou por ouvir os passos da mãe a afastarem-se até serem apenas um resto de som. Só o instinto. Quando lhe pareceu que já tinha passado muito tempo, sem mexer os pés, com as mãos atrás das costas, inclinou o tronco para a frente para ver a mãe lá ao fundo, lá ao fundo, a afastar-se, era a sua mãe e, depois, ui, a desaparecer, a dobrar a esquina. O Ilídio voltou com o corpo à sua posição. Longe, no adro, os sinos da igreja deram as sete da tarde. Essa hora espalhou-se por toda a vila. Com seis anos, o Ilídio sabia bem que, no adro, o toque dos sinos interrompia as conversas e os pensamentos.

Uma lagartixa a subir pelo muro. À sua frente, metros, estava o muro da d. Milú, entornava um manto de hera, folhas verde-escuras, quase pretas. À sua direita estava a fonte nova, um chafariz de três bicas a escorrerem água farta para um pequeno tanque, com um bordo de mármore, que chegava acima dos joelhos das mulheres, até à cintura do Ilídio, e que tinha marcas arredondadas diante das bicas, onde se podia ajeitar as vasilhas. Essas bicas, à sua direita, estavam espetadas num muro caiado que, do outro lado, tinha o tanque onde se podia levar as bestas a beber e, depois ainda, sob um telheiro, estavam os tanques de lavar a roupa. À sua esquerda, estava o caminho de terra que levava à rua da casa da d. Milú e a toda a vila. Atrás de si, estava um muro, pelo qual subia uma lagartixa e, por detrás desse muro, estavam as hortas. Tudo isto, água, hortas, cal, misturava-se com o fim da tarde e transformava-se numa aragem que cheirava a céu limpo. Quando inspirava, o Ilídio sentia uma espécie de felicidade. Sentia que alguma coisa ia mudar. Entretanto, ali, o canto distante das cigarras, as palmas das mãos pousadas sobre a cal ainda morna do sol da tarde, a água água água.

O Ilídio tinha fome. Passou um grupo de mulheres com cabazes de roupa suja. Olharam para ele e não disseram nada. Pouco depois, ouvia-se a água a ser atirada ao ar, o eco estridente das suas gargalhadas. Aquilo que diziam era como uivos, queixas ou súplicas e, depois, gargalhadas. Eram barulhentas. A água levava murros. Passou também um homem, trôpego, curvo, de pernas arcadas. Tinha o cabelo velho, puxava uma burra de olhos cansados. Eram dois grandes olhos castanhos. Esse cansaço continha tristeza. O cansaço do Ilídio era diferente. A tarde escurecia e, a essa velocidade, o Ilídio impacientava-se e zangava-se. O homem não se demorou. Já depois de a burra ter bebido, quando ainda estavam a preparar-se para subir, depois de passar um lenço enrodilhado pela cara, perguntou:

De quem é que tu és filho?

O Ilídio disse o nome da mãe.

De quem?

Repetiu o nome da mãe. O homem ficou parado, a fazer contas de cabeça, a tentar perceber e, depois, de repente, compreendeu. Como se o Ilídio tivesse deixado de existir, subiu o caminho de terra, seguido pela burra, conformada.

No silêncio do espaço imediatamente à sua volta, o Ilídio esperava ainda. A tarde desaparecia, as formas já não tinham sombra e, aos poucos, mudavam de cor, transformavam-se elas próprias em sombra. O Ilídio tinha fome e, por isso, pensou em beber água, desconhecia a história da fonte. Mas, por um instante, acreditou que quando a mãe voltasse, havia de perceber que ele tinha saído do lugar e havia de zangar-se. Ele não a temia mas, ali, apeteceu-lhe evitar essa cena, até porque as mulheres já tinham terminado de lavar a roupa, já a tinham torcido, e subiam caladas, carregadas, o cheiro do sabão azul, as chinelas a escorregarem na terra seca.

E não era quase de noite, era mesmo de noite. Existia ainda a memória da tarde, mas já era de noite. O sino não tinha deixado de dar todas as horas. O Ilídio enrolava perguntas para dentro de si. Bebeu água. Com o pescoço espetado, sentia água a escorrer-lhe pelos lados da boca e pelo queixo. Era fresca e enchia-o. Onde estaria a sua mãe? Porque não o vinha buscar? O Ilídio irritava-se com estas perguntas. A mãe costumava ralhar-lhe por muito menos. Quando chegasse, iria castigá-la.

Havia grilos em redor da fonte. O céu de estrelas parecia um campo inteiro de tocas de grilo. O Ilídio sabia que essa era a hora entre comer e ir para a cama. Tinha fome, mas lembrava-se de estar sentado no chão, a brincar com carrinhos de linha e a ouvir a mãe contar qualquer coisa, comentá-la e rir-se. Os carrinhos de linha contornavam os ângulos gastos das pedras do chão. A mãe não parava de coser, o dedal, o brilho na ponta da agulha, a linha esticada, e podia estar o lume aceso, com uma panela de água encostada às brasas, sempre quente, a ferver. Depois desta lembrança, pensava que, se a mãe chegasse, talvez não dissesse nada. Ia só correr para ela e abraçá-la. Mas, logo depois, olhava em volta e pensava que não. Quando a mãe chegasse, tinha palavras zangadas para lhe dizer.

A partir de certa altura, começou a suster a respiração. Lançou a si próprio o desafio de suster a respiração até a mãe chegar. Teria sido um instante de grande efeito, mas não tinha fôlego suficiente. Estava cansado de olhar para onde ela poderia aparecer e ver apenas nada, nenhuma alteração, ninguém. A partir de certa altura, começou a sentir uma pontada, que se espetou e prosseguiu. Doía. E as roupas melhores, a mala feita, o livro, as perguntas sem resposta. Pensou em voltar sozinho para casa. Talvez a mãe estivesse lá a esperá-lo, preocupada. Mas pensou também na porta fechada da casa, à noite, e foi como a imagem de um pesadelo. Fica aqui, não saias daqui, espera aqui. Ele conhecia a voz da mãe.

Enquanto estava a fazer chichi, começou a chorar. Era um menino de seis anos, à noite, numa estrada de terra, a fazer chichi e a chorar. Comoveu-se com o chichi a escorrer, sentiu falta de ouvir a mãe a perguntar-

-lhe: então, já está?, como quando estavam acabados de acordar e o acompanhava ao quintal. A cabra ficava a olhá-lo. Era nova e interessava-se por tudo, queria aprender a marrar nas coisas. Onde estava a cabra? Não a tinha visto no quintal antes de sair. Um mistério insignificante.

A vila inteira estava a dormir. Nada perturbava a noite. Pensou em chamar a mãe. A voz saiu-lhe desconsolada, infantil, e teve de chorar outra vez. Pensou em muitas coisas e, com o tempo, sentiu-se diminuir até ser menos do que uma pedra, um grão de pó. O medo gelava-lhe as orelhas, a ponta do nariz, as mãos, os joelhos e os pés. Não conseguia sair de dentro do tempo. Fechava os olhos, mas sentia um choque de medo e voltava a abri-los muito de repente.

Ainda de madrugada, quando o Josué desceu o caminho da fonte a correr, tropeçando nas botas desapertadas e espalhando pedras, o Ilídio não reagiu ao vê-lo. Da mesma maneira, não reagiu às suas palavras:

Atrasei-me, desculpa. Estava descansado, a pensar que era só hoje. Estava bem descansado. Há bocado, quando percebi que tinha sido ontem, até dei um salto na cama.

Ofegante, o pedreiro segurou na mala e no livro. Foi para agarrar no braço do Ilídio, mas segurou-lhe apenas na manga e deu o primeiro passo, o segundo, o terceiro. O Ilídio acompanhou-o, teria seguido qualquer pessoa para qualquer lado. A manhã era líquida, as cores eram feitas de vapor e o Josué não se calava:

Eu sabia que era ontem, mas na quarta começou a parecer-me que ainda era terça-feira, andei todo o dia assim, fui deitar-me assim e, sem querer, atrasei um dia, andei para trás. Se tivesse passado uma sexta, eu tinha-

-me apercebido logo. Na casa da d. Milú, à sexta, fazem pato. Cheira.

O Ilídio assistia às ruas vazias. A terra ainda coberta pela cacimba, as pedras polidas. Lutava com o impulso de acreditar que estava a ser levado à mãe porque tinha passado a noite inteira a esperá-la, a imaginar a sua chegada e a decepcionar-se repetidamente. O Ilídio conhecia mal aquela ponta da vila. Chamavam-lhe o São João, tinha a rua de São João, que acabava no campo, e a Capela de São João. À porta de uma casa de paredes a escamar cal velha, o pedreiro começou a baralhar um molho de chaves. Olhou para uma, como se fosse diferente de todas as outras e, com essa, abriu a porta. O Ilídio entrou, sentiu um cheiro frio e estranho, salgado, em todos os lados, todos os cantos. À procura, olhou até para as vigas do teto, entrou no quarto maior e saiu a correr, entrou depois no quarto mais pequeno, única divisão que restava, e saiu morto. Acreditou que nunca mais voltaria a ver a mãe. Tentando animá-lo, o Josué perguntou:

Já foste ao quintal?

De novo, a esperança. O Ilídio saltou, o chão não existiu naqueles passos, atravessou a porta do quintal e, na claridade do dia, num instante, ficou parado, sem ação.

Naquele quintal desconhecido, a cabra, atada ao tronco de uma laranjeira, olhava para ele.

O Ilídio avançou devagar, mas houve algo em si que permaneceu suspenso e se afundou. Quando abraçou a cabra, sentiu conforto e mágoa ao mesmo tempo. A mãe tinha estado ali a deixá-la. A mãe tinha estado ali naquele quintal desconhecido, e também essa ideia lhe deu conforto e mágoa, sobretudo mágoa. O rapaz reguila, que fazia birras, que levava reguadas, que se irritava, ficou ali, deitado no chão, abraçado à cabra, a chorar. Era um menino que tinha perdido a mãe. Ignorante do momento, com a língua de fora, a cabra berrava. O Josué assomou-se à porta do quintal e não soube o que fazer ou dizer. Passado um ano, haveriam de estar os dois a comer as melhores partes dessa cabra, num ensopado.

(Fonte)
P

ara além dos poços, aquela era a terceira fonte da vila. As outras mal chegavam para servir todo o povo, mas esta nova tinha sido enjeitada no dia em que, por mistérios subterrâneos, a canalização baralhou-se e as bicas do chafariz começaram a jorrar o interior da fossa da d. Milú. Sim, o interior da fossa da d. Milú.

No barbeiro, foram consideradas as sentenças de vários especialistas em poços e regas. O assunto era tratado com seriedade. Havia respeito por aqueles que, com o lusco-fusco, com o nariz entupido, só ao chegarem a casa se aperceberam do que transportavam na vasilha. A partir daí, apesar de garantias assinadas, só quem tinha menos escrúpulos se utilizava daquela água.

Nem sempre tinha sido assim. Nos primeiros meses

da fonte nova, chegava a haver pequenas multidões de mulheres que se aproximavam das bicas com pequenos passos, os cotovelos a tocarem-se, a abrirem caminho quando alguma saía com a bilha ou a quarta cheia. Essa, afastada das que esperavam, levantava-a e pousava-a no topo da cabeça, sobre um pedaço de pano enrolado, e seguia, mais alta, como um gigante muito direito, com cabeça de barro. Ao rés da fonte, as quartas e as bilhas entornavam água ao serem retiradas da bica, molhando o chão e os pés brancos das mulheres.

(1953)
O Josué só usava as suas próprias facas.
Levava-as na mão, envoltas por um estojo de pano. Eram bem amoladas numa pedra que guardava ao lado da pia. O Josué era magro e o seu corpo atravessava o ar. Deslocava-se como se aquela manhã de março pudesse acabar a qualquer momento. Dizia bom-dia às pessoas que apareciam e desapareciam. Atrás, com passos menores, com mais passos, o Ilídio seguia-o. O Josué abrandou ao aproximar-se da entrada da fonte nova. Parou.

Podemos ir vê-la?

Com maus modos, o rapaz abanou a cabeça que não.

É por causa daquela vez que a d. Milú não me pagou?

Fervente, o Ilídio cruzou os braços, continuou a olhar para o lado e não disse nada.

Quando precisavam de referir-se ao dia em que a mãe do Ilídio se tinha ido embora, falavam da vez em que a d. Milú não pagou ao pedreiro. Aquilo que acontecera pouco se adequava a essa frase, a d. Milú tinha pago ao pedreiro mas, depois de anos, o valor dessa história pouco interessava. Ao Ilídio, não interessava de todo. Aquilo que lhe interessava e que permanecia depois desse mesmo tempo era a determinação de não voltar à fonte nova. Com grande sacrifício, foi lá por duas vezes, ambas para fazer a vontade ao pedreiro e ambas para sair de lá fraco, criança. Mas o Josué continuaria sempre a insistir. Por um lado, gostava que o Ilídio fosse valente e, por outro lado muito maior, queria que os dois pudessem contemplar juntos a fonte nova, o seu orgulho.

O Ilídio tinha ficado mal na segunda classe. Não era por falta de capacidade, era por causa do vento. O Ilídio tinha a sua vida dividida pela vez em que a d. Milú não pagou ao pedreiro. Antes disso, havia os anos em que era demasiado pequeno para se recordar, anos de nevoeiro denso, onde imaginava movimentos. Misturada nesse nevoeiro, a sair dele, estava a sua primeira lembrança, a mãe, no quintal, a estender-lhe um pêssego. Com essa, estavam outras, que não eram primeiras apenas porque não tinham data. A casa toda era assim. O Ilídio lembrava-se de estar em casa com a mãe durante o serão ou, de manhã, a voz da mãe, algumas das coisas que dizia, o seu rosto. Depois, lembrava-se de muito mais. Até à vez em que a d. Milú não pagou ao pedreiro. A partir daí, lembrava-se de tudo. Acreditava que era capaz de recordar cada instante de cada dia dos últimos cinco anos. Era tempo espesso, tinha começado na manhã em que, depois de ter largado a cabra, voltou a entrar na casa do pedreiro, sem força nas pernas, a tremer, com a boca a amargar. Aos poucos, sem perguntas, percebeu que a mãe o tinha deixado com o Josué. Tentou ter esperança, mas não quis falar nisso. Em nenhum momento pensou que o pedreiro pudesse ser o seu pai. O Ilídio não tinha pai.

Estavam acostumados um ao outro, às pequenas e às grandes coisas. Nesse ano, o Ilídio ia fazer o exame da quarta classe, era importante. O Josué lembrava-se bem do seu exame e dizia muitas vezes ao rapaz que, no seu tempo, era bastante mais difícil. E talvez fosse. Era sabido que a ambição do Josué podia ter viajado até longe, podia ter feito carreira no exército, podia ter sido guarda, podia ter passado os dias resguardado, em vez de andar por aí ao pó. Mas também se sabia que a ambição do Josué era feita de pedra e tijolo. Era uma ambição que apenas existia naquela vila, saiu para fazer a tropa e voltou logo a seguir.

(Fonte)
P

ensava nos serões em que se deitara, de olhos abertos, a imaginar a fonte, lembrava-se. O Josué não seria capaz de esquecer o seu próprio espanto no dia em que o genro da d. Milú o chamou à Junta. Com a boina na mão, custou-lhe entender o que ouvia. Não por serem palavras difíceis, mal pronunciadas, mas por serem palavras incríveis, frases extravagantes: mestre, quero encomendar-lhe uma fonte. O genro da d. Milú tinha uma bigodaça, parecia misturar-se com as suíças e com as sobrancelhas farfalhudas. O seu gabinete cheirava a cera, tinha um tapete, as paredes forradas com papel e um cadeirão real, um trono, atrás da secretária. O Josué tinha vergonha, mas era um homem. O doutor explicou--lhe a ideia com papéis e gestos desenhados no ar. O Josué gostava de ouvir o doutor a tratá-lo por mestre. As suas botas ainda estavam sujas sobre o tapete, as suas calças ainda deixavam pó na cadeira dourada, mas o seu rosto pertencia já a outra forma.

A fonte foi levantada durante o outono mais memorável da vida do Josué. Os tanques foram acabados no início de fevereiro. A fonte nova foi inaugurada no dia 27 de fevereiro de 1939, uma segunda-feira. O pedreiro era um rapaz de vinte e sete anos por fazer, tinha um fato novo, era cinzento. O genro da d. Milú e família, incluindo a própria d. Milú, usavam roupas que, não sendo novas, eram de grande gala. A cerimónia atrasou-se meia hora porque faltavam alguns preparativos e, depois, atrasou-se mais três horas enquanto esperaram pela chegada do presidente do Conselho. Toda a gente estava convencida de que o patrono da fonte estaria presente. Ninguém o tinha convidado, todos acreditavam que alguém tinha tratado do assunto. O presidente da Junta, genro da d. Milú, pensava que a secretária tinha tratado desse convite, a secretária pensava que o genro da d. Milú não tinha dito nada porque queria fazer o convite pessoalmente. O povo pensava que, entre a secretária e o presidente da Junta, alguém se tinha encarregue desse assunto. Ninguém chegou a perceber que o convite não tinha seguido e, por isso, contadas as três horas, quando se decidiu avançar com a cerimónia, o presidente do Conselho ficou silenciosamente malvisto.

Na semana seguinte, quando chegou o jornal, o genro da d. Milú leu que, no dia da inauguração da fonte, o presidente do Conselho tinha estado a discursar no Terreiro do Paço, em Lisboa, perante uma manifestação de apoio com duzentas mil pessoas. Dono desse conhecimento, resolveu esconder o jornal e, mais tarde, destruí-lo.

Na vila, a 27 de fevereiro de 1939, todos os seres vivos se juntaram no caminho que levava à entrada da fonte. Havia os rapazes descalços, de calções e camisa suja que passavam por entre as pernas das mulheres e dos homens: à distância, as mulheres apreciavam a água que corria das bicas; os homens usavam o cordão do relógio pendurado sobre o bolso das calças. Dispensadas de trabalho e de escola, as vozes encaracolavam-se umas nas outras. Era festa. As ruas da vila estavam varridas, as casas estavam caiadas, havia arcos com flores de papel que tinham começado a ser feitos logo depois do Natal. Após conferência entre a d. Milú e o genro, após a confirmação de que já não aguentavam mais tempo de pé, após três horas, decidiram dar início à cerimónia. O rosto do Josué brilhava, brilhava mesmo, a sua pele tinha luz. Todo o povo estava preparado para aplaudir. Sem as passagens em que se dirigia diretamente ao presidente do Conselho, o discurso do genro da d. Milú foi encurtado para um terço.

Mais tarde, o Josué sentiu que devia ter-se despedido dos homens que, com ele, construíram a fonte. Sabia que iam ver-se sempre, iam encontrar-se, a vila, mas também sabia que o tempo em que trabalharam na fonte foi diferente.

Durante todos os dias do primeiro verão da fonte, o

Josué ficava encostado ao muro das hortas, ao lado dos rapazes novos, no meio deles. Pouco falavam, palitavam os dentes. Eles iam ver as raparigas que passavam para a fonte, ele ia ver a fonte. Foi assim até ao dia do pesadelo com a fossa da d. Milú, as bicas a jorrarem um pesadelo malcheiroso, merda. Quando soube, o Josué ficou gelado, o mundo ganhou uma nitidez diferente. Ao aproximar-se da fonte, ao sentir o cheiro, houve um instante de mágoa, como se o coração se tivesse engolido a si próprio. Esse instante passou mas a mágoa, com variações de intensidade, permaneceu. Alguns disseram-lhe que foram os comunistas, por causa da questão do chefe do Conselho e tal, disseram-lhe que foi velhacaria. O Josué duvidou, sabia que a sede não estava incluída nas ideias do comunismo. Para além disso, não precisava de culpados. Bastava-se a si próprio perante a humilhação de ver homens de fora, técnicos de gravata, a mandarem desenterrar a canalização que tinha montado e a mandarem substituí-la por outra, mais feia.

A vila, a vida. O Ilídio custava a largar as birras. Nos cinco anos que tinham passado juntos, por um par de vezes, o pedreiro fartou-se e deu-lhe com as costas da mão, numa delas fez-lhe sangue no lábio, mas percebeu em ambas que não valia a pena. Com ele, apenas o tempo funcionava. Tinham tempo, tinham frieiras nos dedos dos pés e chegaram ao barracão do pai do Cosme, já quase ao pé do cemitério.

O Josué bateu e entrou logo porque puxou pelo cordel que atravessava um buraco no portão e, do outro lado, levantava o trinco. Era um cordel sujo e macio. Es-

tavam a esperá-los e receberam-nos com grandes bocas abertas. O Ilídio aproximou-se do Cosme.
Então?
Então?
Na superfície limpa da mesa, o Josué pousou as facas sobre o estojo de pano. Ficaram em exposição até ao instante em que, por hábito, começou a amolar uma. Os homens estavam ansiosos.
Vamos lá buscar o bicho?
A banca estava no meio do quintal. À volta, as árvores abriam uma clareira de céu. A banca tinha os pés tortos, mas firmes, madeira grossa. Estava molhada, tinham acabado de atirar-lhe um alguidar de água para cima. Os homens vinham a rodear o porco. Um deles segurava uma corda que estava amarrada à pata da frente do animal, roncava, farejava tudo, foçava. Quando se aproximou da banca, o porco percebeu algum segredo terrível. Dir-se-ia que percebeu o que lhe ia acontecer a seguir. Os homens pegaram nele, seguraram-lhe as patas, deitaram-no em cima da banca e o Josué espetou-lhe a faca até ao cabo num ponto certo do pescoço. Durante esse tempo, o porco guinchou com todas as forças, a sua estridência fazia impressão, ofendia a pele. O Ilídio e o Cosme repararam-lhe nos olhos. Os guinchos do porco ouviram-se, de certeza, por toda a vila. A avó do Cosme amparou o sangue num alguidar e, enquanto o porco perdia as últimas forças, mexeu-o com uma colher de pau, para não coalhar.
Os homens eram: o Josué, o pai do Cosme, dois vizinhos e o Galopim. Está claro que o Galopim não era um homem, mas tinha corpo. Foi dispensado de raspar os pelos chamuscados com uma faca. Essa era a parte

que o Ilídio e o Cosme preferiam e, por isso, depois de uma mulher ter passado vassouras de fogo pelo porco, o Galopim ficou à espera. Depois, os três juntos assistiram à maneira como o Josué, com facas, desmanchou o porco que, entretanto, já estava pendurado numa viga do teto do barracão pelas patas de trás e já tinha as costelas abertas.

Saem tantas coisas de dentro de um porco. Os três rapazes já tinham estado em muitas matanças, mas só foram capazes de silêncio quando o Josué libertou no chão um monte redondo de tripas cheias. A avó do Cosme, com as mangas arregaçadas e com um avental grosso, tinha os olhos a sorrir. Os rapazes sabiam que só podiam continuar ali se ajudassem a lavar as tripas. Saíram seguidos. Até à pocilga, a mãe ou a avó do Cosme podiam chamá-los, venham cá ajudar a lavar as tripas; depois de passarem a pocilga, já podiam fingir que não tinham ouvido. Por isso, iam muito direitos, calados, a apressarem-se mas a não quererem parecer apressados. Passaram uma fronteira invisível e respiraram. Na lama, havia um porco a menos. O pai do Cosme tinha porcos. Também tinha cães, patos e galinhas. Tinha pombos que deixavam o Galopim maluco. O cheiro dos porcos entranhava-se na pele. O céu tinha nuvens, era azul, cinzento e branco. Os rapazes passaram pelas manjedouras dos porcos, passaram pela pedra onde o pai do Cosme gostava de se sentar, saltaram a sebe, entraram na tapada e foram deitar-se no barracão onde o vizinho guardava a palha. O vizinho tinha mais de oitenta anos, era mouco e mau corredor. Instalaram-se. O Cosme tirou um cigarro do bolso e levantou-o no ar. Sorriu, cheirou-o, entalou-o atrás da orelha. O Ilídio e o Galopim também sorriram.

Esparramados, falaram de ratoeiras, de jogar à bola, riram-se. O Galopim tinha já quase catorze anos, mas não era capaz de acompanhar todas as conversas que o Ilídio e o Cosme, de onze e dez, faziam. Muitas vezes, quando o Galopim se ria era porque os via rir. Eram os rapazes. Entrava uma estrada de luz pela porta aberta do barracão da palha. A tapada estava cheia de janeiro. Sem chuva, só a ameaça, o frio crescia dentro das pedras. Também as árvores eram feitas de frio até ao momento em que ardiam no lume e subiam pela chaminé de todas as casas da vila. A tapada cheirava a janeiro. O barracão da palha cheirava a palha. Quando o Cosme falou dela, esperto, começou logo a coçar-se.

Tem um belo quadril.
Mas é mesmo boa?
É boa, é gorda. Tem uns refegos aqui na barriga.
Viste-lhe a barriga?
Dava para ver mesmo por cima da roupa. Deixa-me falar.

O Ilídio deixava-o falar, mas tinha perguntas que queria fazer. O Cosme tinha já a mão dentro das ceroulas. Quando o Ilídio e o Galopim meteram também a mão dentro das ceroulas, houve um cheiro a transpiração, a pila mal lavada, que aqueceu o ar do barracão ligeiramente.

É de perna grossa, dá para ver pelos artelhos. E tem ombros largos e tem cá uns mamões. Ui, até dói. Aqui, na zona da cinta, é toda torneada, parece uma mula.

E chega quando?
Eu sei lá quando é que chega. Deve estar a chegar. Já te disse para me deixares falar.

O Cosme não gostava de ser interrompido enquanto

se masturbava, irritava-se. Estavam a falar de uma rapariga que tinha chegado de outra terra para ser criada pela velha Lubélia, sua tia. As duas estavam convidadas pela mãe do Cosme para o almoço. Os rapazes tinham ouvido contar muitas coisas, mas o Cosme era o único que a tinha visto. Fazia sentido, a velha Lubélia era uma das que nunca faltava à missa de domingo, o Cosme era o sacristão que fazia todas as vontades ao prior. De risco ao lado, com o molhado da brilhantina que a mãe usava para lhe obrigar o cabelo crespo, com uma opa branca e cara lavada de santo, o Cosme observava e analisava. No domingo anterior, a sobrinha da velha Lubélia tinha estado na missa pela primeira vez. O Cosme pôde mirá-la melhor quando, atrás da tia, ela foi tomar a hóstia. Flectiu o joelho e abriu a boca para recebê-la. O Cosme fechava os olhos para recordar essa imagem.

As palhas restolhavam no lugar de cada um dos rapazes. O Cosme continuou a falar, com pausas. Tinham já baixado as calças. Habitualmente, era nesta altura que o Cosme se levantava de repente, começava a fazer chichi e, fingindo o que tinha ouvido descrever no terreiro, gritava: é agora, é agora. Essa era a sua interpretação de várias conversas incompletas que escutara. O Ilídio e o Galopim, que já se tinham distraído muito antes disso, vestiam as calças e começavam a falar, por exemplo, de fruta. Mas, naquele dia, o Galopim fez um som de dentro, como uma vaca a morrer. Os outros pararam a olhar para ele e, quando abriu a mão, estava cheia de ranho branco, esbranquiçado. Ninguém encontrou logo palavras. O Cosme voltou a guardar o cigarro no bolso, aproximou-se e, fúnebre, disse:

Galopim, tu estás doente.

Apresentaram-se os três, pálidos, culpados, quando os homens já estavam de roda de um prato com toucinho frito. O pai do Cosme segurava o garrafão. Ah, valente. Não havia nenhum motivo para os homens estarem no quintal, ao frio, a lançarem vapor com a respiração, mas era lá que estavam, ao lado do tanque da roupa. O Cosme, o Ilídio e o Galopim eram um grupo despropositado, com a diferença de alturas e de maneiras de caminhar. Muito brancos, vinham calados. Com a navalha, o Josué cortou pão e uma tira de toucinho para cada rapaz. O pai do Cosme encheu um copo de vinho para os três. Aos poucos, voltaram a ganhar cor.

O céu estava com ar de chuva.

Continuou assim.

A velha Lubélia e a sobrinha chegaram, assentaram o primeiro pé no barracão e cumprimentaram as mulheres, as tias solteironas do Cosme responderam em coro. No quintal, o pai do Cosme estava a meio de contar como, durante um toque de finados, o filho se desnorteou a tocar o sino.

Pum, patum, pum-pum, parecia que havia fogo.

Os homens riam, riram mais quando contou que foi por causa de ratazanas na torre do sino.

Em vez de puxar a corda do sino, agarrou-se a ela e quis subi-la.

O Cosme não se ria. Se tivesse querido subir, tê-lo-ia feito pelas escadas. O pai não sabia o mínimo sobre a torre do sino. Havia as cordas para tocar o sino, mas havia também umas escadas de ferro, presas à parede, que chegavam até aos sinos. Além disso, as ratazanas tinham cara de pessoas. Eram duas ratazanas peludas, com corpo sujo e peludo de ratazanas, e com cara de pessoas. Um homem e uma mulher. O Cosme tinha a certeza de que iriam admirá-lo quando soubessem esse pormenor. Contou-lhes:

As ratazanas tinham cara de pessoas.

A voz esmoreceu-lhe a meio porque a velha Lubélia e a sobrinha assomaram-se ao quintal nesse mesmo instante. Também elas, como os homens, ficaram em silêncio por um momento antes de rebentarem a rir. Roxo, o Cosme escondeu-se atrás do Galopim que olhava para os lados e, por imitação, também ria.

Assim, quando a sobrinha da velha Lubélia lhe foi apresentada, o Cosme não a encarou de frente. Os outros rapazes não foram apresentados, mas viram-na bem. Ultrapassava o que o Cosme tinha sido capaz de descrever. Tinha carne e tinha um tipo de rosto que nem Ilídio e nem o Galopim, menos ainda, conheciam. Até a sua cor era diferente do que já haviam visto. Até o seu cheiro, à distância. Chamava-se Adelaide, até o nome, era mais velha do que o Ilídio e o Cosme, tinha treze anos. Calada, entrançava os dedos.

As matanças do pai do Cosme eram à farta. A mesa foi-se pondo no centro do barracão. Ao lado, estava o porco pendurado pelas patas de trás. A um canto estava a avó do Cosme a migar quadrados de carne para os chouriços. A Adelaide, claro, ficou arrumada à tia. Do outro lado, o Cosme negou-se com vergonha, ficou o Ilídio. Quando a panela do serrabulho chegou, afastaram-se todos à sua passagem. O Ilídio começou a cortar sopas de pão para dentro do prato.

O Galopim era simples. Não era deficiente, o seu irmão é que era deficiente. O Galopim era simples. Isso explicou que se tivesse começado a servir antes de toda a gente, mesmo antes das convidadas. Ninguém estranhou, ninguém comentou, toda a gente sabia que o Galopim era simples, até a Adelaide sabia, percebeu pela expressão. O Ilídio ficou à espera. O caldo escuro do serrabulho era cozinhado com sangue do porco e com desenhos irregulares de vinagre. O Ilídio admirava os pedaços cortados de fígado, bofe ou coração, que apareciam às vezes, meio submersos no caldo dos pratos que a mãe do Cosme servia.

Enquanto esperava, sentiu por um instante que a sobrinha da velha Lubélia, Adelaide, o estava a espreitar pelo canto do olho. A partir daí, o Ilídio esteve ciente de cada movimento. Ou porque podia tocá-la, ou porque, mesmo sem se tocarem, ela iria sentir que se estava a mexer. Chegou a conter a respiração, imaginou-se transparente. Uma rapariga nova na vila não era só vantagens, mas tinha de nutrir-se. Estava esganado com fome e tinha um prato cheio de serrabulho à frente. Essa tarefa foi muito facilitada quando a Adelaide começou a comer. Os movimentos dela desculpavam os dele. Comeram até a colher bater e bater no fundo inclinado do prato, babaram o queixo e palitaram os dentes com as unhas. A mãe do Cosme fez duas perguntas à Adelaide. Recebeu dois sins sumidos, que não foram suficientes para interessá-la. A conversa já tinha terminado quando, tímida, a Adelaide vomitou um jorro negro no colo do Ilídio. O caldo do serrabulho, misturado com pedaços meio mastigados de bofe, aqueceu-lhe as pernas. Não foi nesse dia que o Ilídio se apaixonou por ela.

1. D. Milú

A d. Milú aspirava à liberdade. O seu casamento, com quatrocentos convidados e bavaroise de ananás, era um detalhe, entre muitos. As joias eram um detalhe que suportava, como o seu nome, Maria de Lourdes, ou como a sua pele branca, mole. O seu avô, idealista, tinha sido proprietário do primeiro automóvel a atravessar as ruas da vila. O seu pai tinha sido proprietário do segundo. Mas a d. Milú, mesmo em rapariga, era pouco chegada à mecânica. De cada vez que fazia a viagem entre casa e o colégio interno, o cheiro dos estofos ficava-lhe entranhado nas narinas durante uma semana, acordava de manhã já a senti-lo. A d. Milú era adepta do ritmo seguro dos plátanos, defendia a botânica. Primeiro com o pai, depois com o marido, gostava de passear pelos campos. Ao observar um sobreiro, reconhecia a sua própria natureza. Ao observar uma erva acabada de nascer, também. Ao observar um pardal, também; um pavão, também; um peixe do lago, também; um girassol, também; um choupo, também.

Sozinha, gostava de passear pelo jardim.

Quando o marido morreu, não teve disposição para choros. Até aí, com quase setenta anos, a sua vida tinha decorrido sem tragédias maiores. Era o mesmo sol que a iluminava todos os dias. A lua chegava ao serão. A d. Milú era gentil para as mulheres que serviam na sua casa. Por lealdade, respeito e admiração, algumas envelheceram ao mesmo tempo que ela. Aos homens, a d. Milú dizia graças e usava palavras que não tinha costume de utilizar. Por cortesia, os homens riam-se dos seus trocadilhos. Habituada a ser a mais velha, era com essa mesma ligeireza que se dirigia ao padre. Aos sábados, chegava de bicicleta para rezar a missa na capela. Ria-se com gosto. Quando ia à capela da d. Milú, não levava sacristão. O Cosme insistia, queria ir, mas o padre não tinha tempo.

A d. Milú divertia-se com o facto de ver um padre a andar de bicicleta, um moderno, mas pedia-lhe que rezasse a missa integralmente em latim. Os netos eram já homens e, durante a homilia, aborreciam-se até perder a consciência. O genro e a filha acordavam-se um ao outro com ligeiros apertos nas costas da mão. A atenção da família reunia-se nos cânticos. Quem os encontrasse separados, não imaginava a polifonia de que eram capazes em conjunto. A d. Milú erguia as sobrancelhas, esticava as pálpebras e cantava com uma voz que tinha aprendido em discos de gramofone, óperas italianas. Os agudos da filha da d. Milú encaixavam na voz barítona do marido, casadinhos. Os netos da d. Milú, ao contrário do que se temera, tinham beneficiado com a mudança de voz. No início, o padre assustou-se, mas depois foi percebendo o significado profundo de ir àquela capela uma vez por semana. Aquelas cinco pessoas precisavam que alguém lhes desse razões para a cantoria.

Adormecia cedo, em lençóis frescos, mas havia dores que lhe cresciam dentro do corpo. A d. Milú duvidava que as parreiras sentissem dores nas articulações, mas resignava-se. Nas passeatas pelo jardim, avançava devagar, com a bengala firmada à frente. De manhã, quando ninguém estava a olhar, descalçava-se e ficava parada sobre a terra, como um arbusto. Essa era uma imagem inusitada, que ninguém via.

Foi a d. Milú que apresentou o pedreiro à mãe do Ilídio. Não o fez pessoalmente. Encomendou um vestido, ao mesmo tempo que encomendou um reboco novo para os pedestais das estátuas do jardim. Na entrada da copa, enquanto esperavam que a d. Milú os recebesse, conheceram-se. Nascidos na vila, sabiam quem o outro era, claro, mas nunca tinham calhado a falar. A mãe do Ilídio tinha má fama e havia muito tempo que Josué não estava com uma mulher. Ela era bastante mais nova do que o pedreiro. Pouco se tinha ressentido com o parir, continuava viçosa. Logo nessa hora, ele disse-lhe que precisava de um par de calças. Quando ela passou por casa dele para tirar as medidas, agarraram-se.

E separaram-se logo a seguir. Ela era uma rapariga de dezoito anos, mas falou com voz de mulher. Consciente da forma como a luz lhe iluminava as faces, os lábios, séria, disse ao Josué que não queria. Ele pensou em insistir, mas sentou-se numa cadeira. Ela pousou a mão sobre a dele e esse toque já não foi de vontade. Ele levantou-se e deixou que ela o medisse com a fita. Foi ela que começou a rir-se. Josué perguntou-lhe a razão e começou também a rir-se. Ela não respondeu, apenas continuou a rir. Ele deixou de perguntar porque, enquanto se ria, achava que já sabia o motivo para estarem a rir. Estavam juntos a rir-se.

2. Barbeiro
No barbeiro, sabiam zero. Quando o Josué ia cortar o cabelo, enquanto esperava, os homens começavam a falar de qualquer coisa. Depois, se não encontravam ocasião para falar dela, era o próprio barbeiro que, sorrindo, começava a conversa. Então, podia ficar parado com a tesoura e o pente suspensos a pouca distância da cabeça de um homem, pano apertado à volta do pescoço, metade do cabelo cortado. O Josué não queria falar do assunto, rodava a cabeça, como se não quisesse dar detalhes, talvez sorrisse também. O barbeiro tinha os olhos a brilhar e continuava a cortar o cabelo, sério, a regalar-se com o que imaginava.

Varrer cabelos, varrer mãos-cheias de cabelos pretos e grisalhos, ou arrastá-las com os pés, sentir cabelos rijos a furarem a língua da bota, tirá-los à noite das meias, mal iluminados pela luz do candeeiro a petróleo. A barbearia cheirava a creme da barba, claras em castelo raspadas da cara com uma lâmina, pontos de sangue, pequenas figuras brilhantes de carne viva, o lápis de gelo para tapar as feridas, o borrifador de pó de talco, de borracha, como uma buzina muda; a barbearia tinha o cheiro daqueles que estavam sentados nas cadeiras a conversar ou à espera de vez e daqueles que se assomavam para ver quem estava. As paredes estavam forradas por fotografias de atrizes e outras mulheres estrangeiras. Nos instantes em que as conversas chegavam ao silêncio, os homens ficavam parados a olhar para as mulheres das fotografias. Elas olhavam sempre de volta, mantinham um sorriso que cada homem acreditava ser apenas para si. Cercado por essas mulheres desinibidas, estava o espelho. Refletia toda a divisão, como se fosse uma janela para outra barbearia, onde estavam os mesmos homens, mas onde tinham outros pensamentos.

Era sábado de manhã quando o Josué, à espera para cortar o cabelo, sabia que ninguém ali seria capaz de compreender o que acontecia quando se encontravam. Ela gostava de ficar a falar com ele, o tempo passava demasiado depressa e ela tinha de sair sempre a correr, tinha de ir buscar o filho a casa de alguma velha que ficara a tomar conta dele. Viam-se uma ou duas vezes por semana e era espantoso, como um espetáculo de fogo preso, assistir à luz daquela rapariga morena, sempre entusiasmada com pormenores, a rir-se muito alto. O barbeiro sabia disso. Alguém que precisava de cortar o cabelo ou fazer a barba tinha ouvido as suas gargalhadas na rua, ao passar. Ela é das que se riem? O Josué deixava esta pergunta sem resposta, como deixava quase todas, o seu acanhamento era a resposta. O Josué sabia bem aquilo que os outros entendiam, mas também sabia que era um homem livre e que a fama dela era irrecuperável. Havia a possibilidade de alguém considerar que um homem não se devia meter com uma rapariga da idade dela, com a fama dela e com um filho sem pai, mas seria incompreensível para todos que um homem ainda novo e saudável recebesse em casa uma rapariga com a fama dela sem a papar ou, sequer, a mamar.

Além disso, às vezes, assim que ela saía pela porta fora, disparada, com as bugigangas a pularem dentro da cesta de costura, ele instalava-se ao lume e, de pernas afastadas, sob esse clarão, masturbava-se a pensar nela. Tinha-lhe amizade.

O barbeiro era capaz de abrir e fechar a tesoura com grande rapidez. Tinha um bigode negro, do género despenteado, e era coxo. Por via do sogro, tomava conta de uma das hortas que ficavam arrumadas ao muro da fonte nova. Esse era um assunto que agradava ao Josué. Para quem ainda não tinha ouvido, o barbeiro costumava falar de uma bela mangueira que passava por cima do muro e que uma das suas filhas ficava a acertar de encontro à bica. Na outra ponta, o barbeiro, de boina, enchia as caldeiras das árvores e regava tudo o que tinha disposto na horta. E a água não é boa? O Josué ficava a teimar nesta pergunta, até que o barbeiro lhe dizia é boa a água.

Então pois, a água não era má. Já tinham chegado a essa conclusão muitas vezes, mas nem os que moravam perto se serviam dela. A casa da d. Milú tinha poço, claro, a restante vizinhança lançava-se em grandes voltas com carroças, carrinhos de mão ou carregavam bilhas à cabeça. De entre os que moravam perto, eram poucos os que tinham bestas. Havia também mulheres menos asseadas que não se incomodavam de lavar a roupa nos tanques. Mas só quem não tinha escrúpulos é que usava aquela água para beber.

Sentado na cadeira de barbeiro, encarava o espelho com um jeito esmorecido. Depois da fonte nova, não voltaram a contratá-lo como mestre e, em vez de chamar homens para as suas obras, foi ele que começou a ser chamado para ajudar nas obras alheias. Tirando isso, biscates. Não se queixava de nada, apenas do orgulho. Custava-lhe habituar-se a essa dor fininha, espetada nos nervos, agulha. O barbeiro perguntava então, como é que vai ser? Mas o corte de cabelo do Josué era sempre o mesmo, não era precisa resposta. O barbeiro sabia bem, era igual ao de todos os homens da vila.

Quando o Josué não estava, o seu nome continuava a ser mencionado. Os homens tentavam acertar com a palma da mão nas moscas que lhes pousavam nas pernas. A vila oferecia assuntos curiosos e vários, mas nem sempre havia novidades em relação a todos eles. O enredo que mais trazia o nome do Josué à barbearia era a sua ligação à mãe do Ilídio. Esse era um assunto que tinha sempre muitas novidades. Por um lado, o pai dela, bêbado escandaloso, libertava-se a dizer toda a espécie de alarvidades. Por outro, nas missas, nas entrelinhas dos sermões, o padre ia deixando escapar notícias românticas. Quando o barbeiro ou os homens queriam falar da mãe do Ilídio, não precisavam de mencionar o filho, o pai infeliz ou o Josué, chamavam-lhe a amiga do padre.

3. Padre
O Josué nunca tinha falado com ela sobre o padre. Houve uma única vez, foi ela que começou. Disse o padre, e reticências. Silêncio, à espera. O Josué continuou a olhá-la sério, sem reação, e ela mudou de assunto. Não chegou a ser uma conversa.

Às vezes, o mundo parece inclinado. Depois de um enterro, proporcionou-se que o padre e o Josué tivessem de se cumprimentar. Estava a chover. Foi um momento indesejado pelos dois, o padre a exagerar gestos e cortesias, o pedreiro a murmurar metades de palavra. Sem saberem, apenas a imaginarem aquilo que o outro poderia estar a pensar. Felizmente, estava a chover.

Todos os dias, ela ia levar o leite ao padre. Tinha duas vasilhas de alumínio, uma era do padre. Acerca do leite, os mais ordinários discorriam bastante. Eram comentários desse nível que os homens faziam no terreiro ou na barbearia. As mulheres que se encostavam à sombra para conversar seguravam uma vassoura de palha, diziam-lhe um cumprimento desbotado e ficavam a vê-la afastar-se. Quando estava a boa distância, as vozes das mulheres silvavam, como rastilhos de foguetes. Toda a gente sabia. Quando já estava tontinho, o padre começou a dar ares, a descair-se, mas foi a mulher que servia na sua casa que confirmou. Enquanto punha a mesa com almoços e jantares, a mulher que servia na casa do padre foi-lhe anotando as mudanças: primeiro, um sorriso que não lhe saía do rosto, uma compreensão infinita perante comida queimada, salgada, vinagrosa; depois, começava a falar da amiga a propósito de agriões, do tempo, da circulação sanguínea; depois, era só ela, a amiga, só falava nela, os sermões eram uma comédia, só queria estar com ela, já estava tontinho.

Quando ficou prenha, os humores do padre foram acalmando, misturando-se com a realidade. De manhã, ele gostava de comer torradas. A mulher que servia na sua casa fazia-lhas ao lume. Foi nessa ligeira espera, diante de uma caneca de café, que o padre teve a ideia. Marcou-lhe encontro com dois pastores de ovelhas. Ela aceitou a ideia, compreendeu-a. No quarto de visitas da casa do padre, ela recebeu um à quarta-feira e recebeu o outro à quinta-feira. Enquanto estiveram no quarto, uma hora, duas horas, o padre ficou sentado na sala, napperon sobre as costas da poltrona, a levar um copo de água aos lábios e a ouvir vozes e solavancos.

A mulher que servia na casa do padre lavou os lençóis.

Nessas tardes, o padre desceu ao seu inverno, janeiro, para assim regressar ao ponto de onde, meses antes, se tinha afastado. Nessa paisagem nítida, pareciam estar todas as suas escolhas, toda a sua vida, aquilo com que podia contar, aquilo que era. A realidade tornou-se real muito de repente, chegou a sentir tonturas, tensão baixa. Os seus humores foram acalmando e, na quinta-feira, quando entrou no quarto, assim que o segundo pastor saiu, quando a recebeu nos braços e sentiu o cheiro estagnado do quarto, teve pensamentos novos.

Ela não queria nada. Na noite em que nasceu o filho, na cozinha, a pouca distância do lume, sentada numa poça, ficou a segurá-lo com as duas mãos e a olhá-lo. Essa visão, repetida, deu-lhe forças para fazer tudo, tudo e, mais tarde, para sair da casa onde tinha nascido e dado à luz. Na presença de várias testemunhas, quando lhe perguntaram pelo pai do filho, mencionou o nome dos dois pastores de ovelhas. Quando receberam a notícia, tanto um como o outro fizeram gestos com o cajado, chamaram--lhe cadela e ignoraram o assunto. Nesses meses, antes e depois do nascimento do Ilídio, ela lembrou-se muitas vezes da mãe.

Por seu lado, o padre lembrou-se muitas vezes de moelas com molho de tomate, possuía um gosto de certo requinte. Tinha estudado para padre e, ao contrário de quase todas as pessoas da vila, conhecia outros lugares. Conhecia o lugar de onde tinha vindo, longe, que lhe moldara a maneira de dizer certas palavras, conhecia o seminário e conhecia aquela vila. A mulher que servia na sua casa há doze anos, desde que ele chegara, tinha jeito para fazer chá. Quando vinha com o tabuleiro do bule, quando ele lhe agradecia, ela fechava os olhos e sentia uma compressa morna sobre o peito.

Era uma vida tranquila. O fresco da igreja fechada, o eco dos passos, os batizados, as primeiras comunhões. O padre nunca quis conhecer o Ilídio. Pela razão, teria cancelado as entregas, cada vez mais raras, de leite. Mas o corpo não o deixou. O padre era novo e sabia que, ao sair do banho, ou ao pedalar pelas ruas da vila, podia lembrar-se da primeira vez. Essa memória fazia-lhe arder as faces e consistia na imagem de uma rapariga de quase catorze anos, ela, encostada a uma cómoda, a levantar a saia e a convidá-lo. Por isso, foi um alívio quando chegou a hora de deixá-la partir. Continuaria a lembrar-se da primeira vez, todos os pormenores, o instante molhado em que entrara dentro dela, mas seria obrigado a fechar essa imagem na memória. Assim, ficava mais próxima de apenas ter sido imaginada, de nunca ter acontecido.

Ao longo do tempo, os contactos entre o padre e o Ilídio, que não chegou a ser batizado, foram ínfimos. Dez anos depois, resumiam-se a histórias curtas que um e outro ouviam contar ao Cosme e a um breve episódio em que, sabendo do interesse da mãe em inscrevê-lo na escola, intercedeu junto da freira para que aceitasse uma garrafa de azeite e um aluno na primeira classe. O padre tinha boas intenções. O início do desinteresse que sentia pela criança começava na certeza de não ser seu filho. E não era. A mãe do Ilídio também sabia que não.

* * *

4. Aquele da Sorna

A meio da tarde, depois de beber uma boa dose, procurava uma sombra e dormia a sesta. Um dos lugares onde gostava de se recolher era uma das paredes da Casa do Povo. À sombra, à fresca, a parede era irregular, cavada na cal e, rente ao chão, tinha um buraco onde o seu corpo cabia parcialmente. A camada de surro que a parede acumulava naquele ponto tinha a sua forma. Ressonava, ficava com o corpo meio dentro da parede, como uma larva, meio estendido no chão, como perdido e, de tempos a tempos, aliviava-se, fazia eco. Quem usufruía deste espetáculo eram as crianças, que se aproximavam devagar, em fila indiana, e lhe faziam cócegas com a ponta de um pau esticado.

A correr atrás de algum gaiato, tinha o cabelo desgrenhado, a barba grande, suja, a pele queimada e vincada pelo sol, a voz grossa, a rasgar-se na garganta, e os dentes amarelos. Cheirava a suor velho, a vinho tinto, a vómito; cheirava à urina que, nos dias maus, lhe escorria pela fazenda das calças; cheirava a fénico. Enquanto corriam à sua frente, as crianças riam-se, nem os mais pequenos tinham medo.

O pai da amiga do padre tinha um nome, chamava-se Armindo. Muito às vezes, quando estava sóbrio, sério, talvez um pouco triste, dizia chamo-me Armindo. Ninguém fazia caso. Chamavam-lhe Aquele da Sorna. Desconhecia-se o padrinho, mas ninguém precisava de explicação, era um nome evidente. Riam-se, chamavam-lhe Aquele da Sorna. Escarravam para dentro dos copos de vinho que lhe pagavam e ficavam a vê-lo beber, davam-lhe os atilhos dos chouriços para mastigar, desafiavam-no a tarefas impossíveis em troca de vinho tinto. Nas ruas, nos poiais da vila, as mulheres diziam que era uma miséria. Quando diziam que tinha ficado assim depois da morte da mulher, santa, esqueciam-se que, já nesse tempo, desaparecia durante dois, três dias a trabalhar no campo e, logo a seguir, passava quatro, cinco, a cair de taberna em taberna. A grande diferença era que a mulher, quando o apanhava, dava-lhe grandes banhos dentro de um alguidar, andava muito mais enxaguado. Se o apanhasse dormente, ia buscar a tesoura da costura e cortava-lhe o cabelo, andava muito mais tosquiado.

A mulher Daquele da Sorna, mãe da amiga do padre, também tinha um nome. Era conhecido sobretudo pelas mulheres que lhe enchiam a casa com pedidos de blusas e saias pretas de viúva. Eram peças que duravam anos. As mulheres enervavam-se quando precisavam de uma peça de roupa, ficavam indecisas e aparvalhadas com a ilusão de futuro contida numa peça de roupa por estrear. Ela compreendia-as. Ainda nova, já as suas mãos eram tão gabadas pelas ricas, pelas perfumadas, que eram quem gastava mais pano, como pelas mulheres do campo, que tinham meia dúzia de saias ao longo da vida. Ensinou à filha o que sabia, essa arte iria ajudá-la em muitas horas, não em todas.

Havia quem atravessasse a vila para ver uma menina de onze anos a coser à máquina, cheia de desenvoltura. Para chegar ao pedal, tinha uma lata que oscilava debaixo dos pés. Às vezes, a mãe aproximava-se para acertar essa lata no pedal da máquina, e afastava-se, sorria, enternecia-se. Quando estava deitada na cama, morta, arranjada pela filha, as visitas procuravam momentos próprios para comentarem a pouca sorte daquele casamento. Em voz alta, houve uma mulher que disse: haviam de tê-la visto vestida de noiva. A filha tinha doze anos e ouvia tudo com os olhos. Por detrás deles, guardava imagens da morte da mãe, que não contava a ninguém.

Não, não tinha sido por causa da morte da mulher. Às vezes, em estaladas da consciência, ele próprio culpava a morte da mulher, podia até chorar, comovido, podia babar-se, mas não, não tinha sido por causa disso. A única diferença foi que, depois da morte da mulher, os rapazes mais velhos aproximavam-se para lhe dar pontapés com o mesmo capricho com que podiam atirar uma pedrada ao lombo de um cão. No princípio, quando se afastava, sem responder, era por ter desistido de si próprio, por falta de opções, por não saber o que fazer; mais tarde, não respondia, afastava-se, porque temia que algum dos rapazes que lhe davam pontapés pudesse ser o Ilídio.

Não era. O Ilídio sabia que aquele homem era pai da sua mãe e tinha-lhe medo. Os outros rapazes riam-se, contavam episódios, o Ilídio até podia rir também, podia escutá-los e fingir, mas tinha medo. Era escuro e morrente esse medo, tinha-lhe sido transmitido pela mãe. Ele não sabia que a mãe lhe tinha pegado o medo, a mãe também não, nem sabia sequer que o medo se pode pegar pelos olhos. Ela pensava que as imagens que recordava estavam fechadas dentro dela, parecia-lhe que ela própria era como uma casa fechada, onde aquelas imagens se repetiam sempre. Quando aquilo começou a acontecer, ela não sabia do que se tratava, tinha onze anos e a mãe fazia-lhe pequenos vestidos para as colheres de pau. Na memória, essas imagens esfregavam-se umas de encontro às outras, eram minutos com o olhar perdido na abertura estática de uma janela, um apito agudo e permanente, tinham cores imprecisas. Mais tarde, mais velha, quando aquilo estava a acontecer, ela facilitava os movimentos do pai, conhecia-os. Os pensamentos eram já concretos, feitos de palavras, a temperatura era nítida, ela pensava em tantas coisas.

A mãe estava viva e, depois, a mãe morreu, nunca contariam a ninguém, e ele não parou. Ficou enjoada, prenha, e ele não parou. A tirar a medida para umas mangas, ela tinha dificuldade de dizer alguma coisa sobre o pai, de mencioná-lo ou de ouvi-lo mencionado. Mas havia algo nesse silêncio que desenhava uma sombra daquilo que só ela sabia. Foi por isso que ninguém na vila a censurou quando se foi embora. O Josué chegava com o Ilídio, ainda pequeno, e ninguém tinha nada a dizer.

Havia noites em que Aquele da Sorna, perdido de bêbado, enrolava o cinto à volta do pescoço e ia para as laranjeiras do terreiro, sozinho, dizer que se matava. Eram noites frias. Atirava a ponta do cinto para algum ramo mais baixo, mas nunca acertava.

(1958)
Se alguém me tivesse querido esfolar, eu tinha aceitado.

Apanhei uma camada de brotoeja de tal ordem que até me doíam as unhas de tanto coçar. As mulheres que entravam no quarto juntavam as mãos no peito e diziam ai, rapariga, como tu estás. Eu sabia que não estava capaz de aparecer à frente de gente mas ainda sabia melhor que não me podia mexer, tinha o corpo todo marcado com comichão, tinha carreiros de pontos encarnados, cabeças, por todo o lado. Eu não tinha parança numa posição. Tinha a tua idade, dezassete anos, e não via senão as paredes daquele quarto. Não tinha sequer uma janelinha, imagina. Eu costumava enfiar os braços até ao cotovelo na cevada. Disseram que foi disso. Eu pouco queria saber do que era, ficava estendida na cama, horas, às escuras, cheia de pomada, só a aguentar aquele inferno.

Desde que começara o verão, a velha Lubélia já tinha contado esta história à sobrinha uma dúzia de vezes, pelo menos. Julho estava a terminar, agosto pressentia-se. Ano após ano, a velha Lubélia tinha medo que a sobrinha se aborrecesse. Quando não a via, assustava-se, chamava-a, Adelaide, Adelaide, chegava a afligir-se, e a rapariga aparecia, inocente, com o envelope das fotografias na mão. Às escondidas, a velha Lubélia já lhe tinha analisado a gaveta da banquinha bastas vezes. Era um envelope gasto, com uma fotografia dos pais e outra de dois irmãos pequenos.

A velha Lubélia sabia. Visitou a irmã uma vez, a casa suja, a abarrotar de filhos, a saírem por baixo das cadeiras e ela, a Adelaide, teria dez ou onze anos, com um bebé ao colo. Era uma casa igual àquela onde tinha nascido, onde tinha nascido a irmã parideira e onde tinham nascido todos os seus catorze irmãos, contando com rapazes e raparigas, vivos e mortos.

Em segredo, à noite, depois de rezar, acreditava que era por isso que, com quase trinta anos, quando já tinha desistido de casar, aceitou trabalho naquela vila. Foi tomar conta de uma velha sozinha e amarga. Nunca gostou da velha, mas herdou-lhe a loja e encontrou nela um exemplo da sua própria amargura.

A velha Lubélia passava os dias atrás do balcão. Por cima da porta, tinha uma tabuleta antiga que dizia: vende-se estampilhas. Ao lado, preso à parede, estava um marco do correio, de ferro. Era a velha Lubélia que tinha a chave. Vendia estampilhas e muitos outros artigos: papel, lápis, envelopes e, perto do Natal, um ou dois brinquedos, que as crianças ficavam a espreitar da rua. Fazia o serviço de correios e, quando era caso disso, também registava nascimentos e óbitos. A troco de quase nada, punha os óculos e lia a correspondência de quem não sabia ler.

Por costume, amaldiçoava cada grão daquela terra, mas era ali que pertencia. Sentia paz quando fechava os olhos e, para lá da inveja, desprezo e ódio que alimentava por um grupo vasto de pessoas, sentia uma certa comunhão com aquele lugar. Sabia o nome de todas as ruas, becos e travessas. Sabia de cor o nome completo de todas as pessoas adultas da vila.

Dois anos depois, quando voltou à terra onde nasceu, a casa da irmã, não ficou tempo suficiente para visitá-la. Animada pelos reflexos de si própria que encontrou na menina, levou-a para viver consigo. Por tudo isto, a velha Lubélia sabia. Pode sentir-se falta até de um esfregão velho. As saudades turvam o tempo e, à distância, qualquer coisa má, péssima, pode transformar-se em qualquer coisa maravilhosa, uma especialidade. É a mesma coisa, a mesma qualquer coisa, mas as saudades já a confundiram. Ela própria, lá onde estiver, não sabe que tipo de coisa é.

E sempre aquele quarto preto, aquela matação de cabeça. A porta fechada. Eu ouvia os meus irmãos a rirem-se na rua, ao serão. Para mim, não havia serão. Acordava de noite com uma espertina fatal, eu sabia que as pessoas estavam todas a dormir, mas tanto me fazia, o quarto estava sempre preto, uma sombra mais ou menos fresca. A comichão queimava-me o corpo todo, eu pensava vou morrer, estou já morta. Quando me custava a respirar, não era tanto das dores ou da febre, era da falta de lugar para onde fugir.

Enquanto via o comer no lume, mexia-o com uma colher de pau, lambia-a, a velha Lubélia repetia este ponto, o quarto fechado e escuro, porque tinha começado a contar a história apenas para chegar a ele. De maneira enviesada, queria explicar-se, queria que a sobrinha entendesse que devia sentir-se bem ali. No quintal, havia um abrunheiro carregado. A velha Lubélia percebia que a casca dos abrunhos era um pouco ácida, mas esse não era motivo para a sobrinha esmorecer. Contra todos os seus hábitos, chegava a levá-la a ouvir telefonia na Casa do Povo, já tinham ido duas vezes ver filmes de cinema e havia a promessa de que, qualquer dia, iriam a um baile. Descaiu-se com essa promessa depois da visita do irmão da Adelaide.

Numa tarde, março, estava a atender uma mulher indecisa entre dois envelopes, quando chegou um homem a dizer que era sobrinho dela. Os irmãos encontraram-se com grande estrondo. A velha Lubélia nunca tinha visto a Adelaide falar com aquela voz, a pele assentava-lhe melhor no rosto. No lume da cozinha, foi a própria velha Lubélia que lhe assou meio chouriço. Engasgou-se a contar novidades à irmã. Era chouriço do bom. Quando terminou, a velha recolheu o prato e deu-lhe uma descompostura por ter feito aquele caminho, cem quilómetros, mais de cem quilómetros de bicicleta. Era insólito e irresponsável. Podia ter-se esfalfado. A pergunta que lhe fazia era: se te tivesses esfalfado, o que seria da tua mãe?

Nisso não pensaste tu.

A Adelaide e o irmão ficaram a olhar para a velha Lubélia, não souberam o que dizer. Nesse lapso, a velha deu-lhe um puxão nas costas da cadeira e começou a despedir-se. Um rapaz não podia dormir na mesma casa de duas mulheres solteiras. Além disso, o caminho era longo, mais de cem quilómetros. Ia chegar tarde e ia encher a mãe de mais arrelias. Depois do irmão desaparecer, quando se deixou de ouvir o para-lamas a bater, a Adelaide começou a lacrimejar. Foi então que a velha Lubélia lhe prometeu que, qualquer dia, iriam a um baile.

(Quarto)
S

exo. Com dezassete anos, a velha Lubélia era nova. Quando o namorado lhe baixava as cuecas, já estava pronta para o receber. Muitas vezes, parecia-lhe que estava sempre pronta, queria sempre.

As horas demoravam a passar naquele quarto sem janelas. Depois, quando ele chegava, os minutos desapareciam. Houve uma tarde em que a mãe dela entrou no quarto e ele só teve tempo de enfiar a cabeça debaixo do lençol. A Lubélia, nova, transpirada, de pernas abertas, fingiu estar a dormir. A mãe saiu em silêncio e nunca souberam se reparou. Preferiram acreditar que não.

O namorado da Lubélia saltava pelo muro do quintal e, a seguir, tinha de atravessar a cozinha sem ser visto. À saída, enfrentava o mesmo perigo: irmãos, irmãs, pais, cães. A Lubélia podia estar deitada, com as mãos pousadas sobre a sua gravidez de três meses, a cismar em ilusões, e ele chegava. A porta abria-se e fechava-se num só gesto. Confirmavam o silêncio, a distância dos sons e não havia tempo que pudessem perder. O namorado da Lubélia era igual a uma bomba de rega.

Para além da missa, para além dos mandados, ir e vir, a velha Lubélia não permitia liberdades. As idas à Casa do Povo eram parte da tonteira de estar a ficar velha. Pelo menos, era assim que ela própria entendia esses serões. Se antes de chegar a Adelaide lhe dissessem que, anos mais tarde, passaria serões na Casa do Povo, sentada em cadeiras que lhe derreavam as costas, a ouvir cantigas, nem teria respondido. A tonteira de estar a ficar velha, pensava nestas palavras e, por trás do seu rosto macambúzio, por dentro dele, sorria, gostava. Passar pelas ruas de braço dado com a sobrinha, cumprimentar as pessoas sentadas à porta. Estafava-se, mas gostava. E, claro, a rapariga precisava de espairecer. Ela sabia que não podia contrariar o tempo e a natureza, seria um esforço inútil.

Iam à Casa do Povo duas vezes por semana, mais ou menos. Jantavam cedo e, ao início da noite, já seguiam com o mesmo passo, ligeiras. Foi o que fizeram nesse dia. Tanto no verão como no inverno, a mesa onde comiam estava encostada ao lume. A velha Lubélia comia de costas para o lume porque, assim, podia espreitar o balcão. Só fechava a porta à noite. De inverno, só fechava a porta mesmo ao início do serão. Os selos, os lápis e as barras de lacre tinham mais procura de manhã e ao fim da tarde. Andava na lida da casa, podia até estar no quintal, mas mal escutava alguém entrar, aparecia logo. As pessoas não precisavam de bater com a mão no balcão ou de chamá-la.

Com as voltas da telefonia, começou a fechar a loja mais cedo.

Arranjava-se bem, usava o alfinete de ouro. À entrada da Casa do Povo, havia grupos de mulheres a conversarem. A velha Lubélia e a sobrinha aproximavam-se de um, depois de cada um dos outros. Todos a tratavam por menina Lubélia. Eram das primeiras a entrar, sentavam-se na primeira fila, e já tinham cumprido todos os cumprimentos, a velha Lubélia já se tinha queixado de todas as maleitas. Entre aqueles que não mereciam cumprimento, estavam as crianças, os homens com menos de setenta anos e estavam os rapazes que arregalavam os olhos à passagem da Adelaide, roliça. Estes eram mesmo ignorados ostensivamente, a velha Lubélia virava a cara para o outro lado. Em todos os momentos, a sua expressão era severa, era a demonstração pública de que, no íntimo, desaprovava aquela reunião. A Adelaide mantinha a cabeça baixa, mas batia as pálpebras em todas as direções, não ignorava. Quando estavam sentadas, havia mesmo um rapaz que já lhe tinha visto o sorriso por duas vezes.

O momento de ligar a telefonia. Era uma máquina que impunha respeito. Quando se aproximavam dela, os homens metiam as mãos nos bolsos. Era impossível imaginar a quantidade de turbinas que existiam dentro daquela caixa estrangeira. Em vez de fazerem uma bomba, fizeram isto, pensava a velha Lubélia. O único homem que tocava na máquina, que a compreendia, era um indivíduo baixo, careca, que atendia ao balcão da Casa do Povo. Os seus dedos brancos, pouco sol, rodavam os botões da telefonia com uma elegância geométrica. A máquina uivava um gemido que se enfiava nos ouvidos, depois começava a rugir, depois afinava-se na voz de um locutor, a articular muito bem as palavras, a anunciar pastas de dentes, licores, e a apresentar artistas. A velha Lubélia consolava-se com o momento de ligar a telefonia. Seguia cada gesto e cada posição do homem que a ligava. À maneira de uma mulher de quase setenta anos, à sua maneira, desejava-o sexualmente.

A Adelaide aproveitava estes e outros instantes para levantar o olhar e encontrar o seu preferido, encostado à parede com outros rapazes. Sabia o seu nome, Ilídio, sabia bastante sobre ele. Conhecia-o de vista havia anos. Era muito o que entendia da forma do queixo dele, às vezes, em casa, a lembrar-se, desenhava-o com o dedo no tampo da mesa. E a distância dos olhos dele, era por aí que comunicavam. Quando ela chegava de braço dado com a tia, ele, onde estivesse, deixava de prestar atenção à conversa, podiam continuar a falar com a sua imagem, mas ele já não estava lá.

O salão da Casa do Povo era pequeno. Cabia meia dúzia de filas de cadeiras para as mulheres, viradas para a telefonia, que estava sobre uma mesa, arrumada à parede do fundo. Os homens encostavam-se onde podiam ou juntavam-se à porta. As crianças sentavam-se no chão, ao lado de cães deitados, entre pernas, como troncos de árvores. No inverno, havia braseiras, as mulheres agarravam-se aos xailes e puxavam-nos sobre os ombros. No verão, tinha de desligar-se a telefonia de meia em meia hora, aquecia, as mulheres deixavam as mãos caídas no colo ou no bolso do avental. Nesse serão, foi também assim. Nos minutos que a telefonia passava desligada, a arrefecer, os homens destapavam a porta para bulir uma aragem. Quando estava a velha Lubélia, não desligavam a luz da electricidade. Tentaram-no por duas vezes e o coração dela disparara, pânico, pânico, tinham de voltar a ligar a luz. Ela dizia que era por causa das poucas-vergonhas, a sobrinha desconfiava que era por causa da brotoeja.

(Quarto)
B

rotoeja foi a desculpa que os pais inventaram para esconder a filha. Numa conversa sussurrada ao pé da coelheira, consideraram outros males. Foi o pai que escolheu, uma camada de brotoeja, fica uma camada de brotoeja.

A Lubélia protestou, não queria. Deitada na cama, desconsolada, despenteada, esqueceu-se de falar até à primeira visita furtiva do namorado, alguns dias depois. Essa foi a primeira vez que rebolaram numa cama. Antes, tinham-se aliviado encostados ao coreto, atrás de umas balsas, em cima de uma figueira, sentados num banco de pedra, de encontro a vários muros.

A mãe soube logo, faltaram trapos ensanguentados para lavar. O pai soube semanas mais tarde, quando a mãe lhe contou. No começo do verão, no quintal, entardecer, os pais decidiram escondê-la. Acreditavam que o rapaz, namorado clandestino, iria assumir responsabilidades. O pai dele era varredor, honesto. Iriam ter longas conversas. Se tomaram a decisão de a afastar dos olhos do povo, não foi por acharem que o povo era mau, foi por acharem que o povo era péssimo, ruim, terrível. O povo tinha amargo e venenoso nos olhos.

O quarto não pertencia ao mundo. Por si só, era um mundo. Ela passava horas deitada, pouca luz. Com serenidade, sentia o repouso do corpo remexido e sentia um ser que se desenvolvia, crescia, no seu centro. Então, como se flutuasse num rio, podia adormecer.

Dormiam juntas. No início, o caixão que a velha Lubélia guardava debaixo da cama fazia impressão à sobrinha. Era um caixão novo, envernizado. Aos sábados, tirava-o debaixo da cama, limpava-lhe o pó com um pano e abria-o sob a claridade da janela do quarto. O interior tinha franzidos de pano branco, brilhante. Comparado com os móveis da casa, o caixão era muito mais estimado. Sentada ao lume, a cismar, a velha Lubélia considerou a sua compra durante meses. Ainda morava sozinha, quando chegou o homem para medi-la e, depois, para entregar o caixão pronto. A velha Lubélia era dona de si própria, teve a ideia de mandar fazer um caixão porque não queria dever favores a ninguém.

Na Casa do Povo, o orgulho congelava-lhe o rosto. Através do fumo que os homens sopravam e que se levantava dos cigarros, a arderem-lhes entre os dedos, antes de serem pisados contra o chão, o Ilídio não parava de olhar para a Adelaide. Mesmo quando ela fingia estar a olhar para outro lado, e ficava a vigiá-lo apenas por um reflexo cromado da telefonia, ele continuava a olhar para ela. A velha Lubélia e a sobrinha saíam sempre antes do fim. Quando faltava um quarto para as dez, a velha levantava-se com a rapariga colada ao braço. Justificava-se com a confusão de todos a saírem ao mesmo tempo. Com mais sinceridade, atraía-a a imagem de levantar-se entre as outras mulheres, viúvas e casadas. Durante esse momento inteiro, olhavam-na apenas de baixo. A velha Lubélia e a sobrinha saíam a meio de uma cantiga, ninguém reclamava por arrastarem as cadeiras. Foi assim também naquele serão. Com uma diferença, quando passavam em direção à porta, aconteceu.

O coração dela bateu depressa, sentiu-o no pescoço,

custou-lhe respirar. A Adelaide sentiu a mão dele a tocar-lhe nos dedos. Era um toque quente, forte, pele, ai, e deixou-lhe um papel dobrado na palma da mão. O ar entrava e era logo expulso pelo peito. Ela apertava o papel com tanta força. O seu punho fechado endureceu como as cadeiras de pau da Casa do Povo. Depois de saírem, já se tinham afastado, a tia perguntou-lhe estás a sentir-te bem? Assustou-se, respondeu que sim. A tia continuou o caminho, queria falar, ouvir-se ao longo das ruas, o calor a subir da terra e das pedras, o céu pleno de estrelas, todo o universo.

Quando chegaram a casa, a Adelaide teve de abrir os dedos um a um. Cada dedo retomava a sua forma, renascia. Depois, com delicadeza, desdobrou o pequeno papel, estava humedecido pelo suor da palma da mão. Com caligrafia perfeita:

Se namorares comigo, dou-te um pombo, cem escudos e um livro.

Ilídio. Ela temia o que desejava. Tentou distinguir um cheiro por baixo do suor que repassava o papel. O amor, ela sempre sonhara com essa palavra, essa ideia. Agora podia começar a vivê-la. Escondeu o papel no louceiro.

Estás a mexer no louceiro?

Assustou-se com a pergunta da tia, respondeu que não. A velha Lubélia repetia que tinha sono, mas a sua sombra não parava de projetar-se na parede, a luz fraca da vela. A Adelaide entrou no quarto e deitou-se. A tia preparava-se para ressonar, estava a ganhar balanço. Os grilos rodavam guizos rente à terra, os cães ladravam uns aos outros entre pontas opostas da vila. A Adelaide não conseguia adormecer, um pombo, cem escudos e um livro, não queria adormecer.

A essa hora, o Ilídio podia ter passado pela rua da Adelaide. Depois da Casa do Povo, foi procurar o Josué ao terreiro. Não estava ao balcão da taberna, não estava a conversar ao pé do poste, não estava a ver os homens a jogar às cartas. O Ilídio escolheu ir para casa pelo caminho da azinhaga, iluminado por estrelas e sombras negras de oliveiras. O escuro não lhe metia medo. Ao mesmo tempo, noutro ponto da vila, numa cama de ferro, ao lado da velha Lubélia, por cima de um caixão, a Adelaide não adormecia. Quando chegou a casa, o Josué estava acordado, no quintal, em tronco nu. Sentou-se ao lado dele. No silêncio, o Josué descuidou-se. Riram-se. E continuaram em silêncio. A lua.

O Ilídio sonhou que a Adelaide se afundava num poço sem fundo, uma queda perpétua, um grito, e acordou de repente, a sufocar. No lavatório, atirou água sobre o rosto com as duas mãos para diluir essas imagens. Resultou. Permaneceu apenas uma dor de cabeça, leve, na qual conseguia até descobrir algum repouso. Não tinha vontade de melancia ao acordar, só o Josué para ter ideias dessas. Acabou por comer uma talhada. Estava fresca, comeu outra, pevides.

O Josué não era pai do Ilídio, nem queria ser, mas tratava dele com cuidado. As pessoas da vila que o encontravam menos, quando olhavam para o Ilídio, lembravam-se da mãe. O dia em que a d. Milú não pagou ao pedreiro era uma espécie de lugar árido, de ruína, estava lá, existia mas, depois disso, havia muito que tinha crescido apenas entre os dois. Muito que era importante. Há nove anos que o Ilídio morava naquela casa do São João, não gostava quando o Josué se punha a recordar.

Como em todas as manhãs, chegaram juntos à obra. Havia o cheiro do cimento a secar, o mestre já lá estava, o Josué disse-lhe bom-dia e o mestre levou-o logo pelo braço, para lhe perguntar algum pormenor. Estavam seis homens a fazer aquela casa. O Ilídio desembaraçou a fechadura de arames da barraca onde ficavam guardadas as ferramentas. Tinha sido ele a fechá-la no dia anterior.

Não costumavam trabalhar na construção de casas de raiz. Para o Ilídio, era a terceira vez. Antes de passar água pelos baldes, batia com eles no chão para tirar camadas de cimento velho que se acumulavam. Esse barulho seco, sem eco, atravessava as paredes da obra e espalhava-se pela manhã, o dia começava a mexer.

Faziam poucas casas de raiz, mas tinham pena. O Josué estava destinado à construção civil, mas as obras grandes da vila, casas, barracões, eram entregues apenas a três mestres. Com quarenta e cinco anos, Josué só aceitava trabalhar para um deles. Ao longo dos anos, inventara maledicências com os outros até ficar a trabalhar apenas com aquele mestre de bigode branco ou sozinho, biscates, pias entupidas. Os outros dois mestres eram pouco mais novos do que Josué. O mestre do bigode branco tinha quase setenta anos, mas trabalhava como um rapaz de trinta, era reto, Josué tratava-o por vossemecê.

Vossemecê, tem de fazer conta com a folga da viga.

O Josué voltou com o mestre. Desta vez, era ele que o trazia pelo braço. O telhado estava quase pronto, iam começar a rebocar as paredes. Enquanto o Ilídio lavava as colheres de pedreiro, havia um barulho de metal contra metal e água, o sol começava a aquecer o cimento entre os tijolos. Na rua, em frente à obra, o Ilídio espetou a pá várias vezes no monte da areia fina, como se quisesse matá-lo, começava, atirou várias pazadas de areia para o chão. Com mais cuidado, encheu a pá de cimento e atirou-a sobre a areia. Foi buscar a enxada e misturou tudo até a areia mudar de cor, mais escura, abriu um buraco no centro do monte. Encheu dois baldes de água. Era bonito aquele lago de água contido num monte de areia misturada com cimento, sentia prazer em destruí--lo com a enxada. Um fio de água a escapar-se e ele recolhia-o com a ponta da enxada, arrastava-o, puxava--o para si. Já tinha a biqueira das botas coberta de massa. O outro servente estava a olhá-lo, à espera. Quis misturar a massa um pouco mais e, depois, encheu-lhe os dois baldes. Viu-o entrar pelo buraco da porta, carregado, tremente, e recomeçou a fazer massa. Seria assim toda a manhã. À tarde, trocavam.

 Aquela casa precisava de muito reboco. Os donos iam casar-se em meados de setembro. O pai da noiva aparecia todos os dias, ao fim da tarde, vinha sempre exaltado. A obra estava atrasada, já devia estar pronta. O pai da noiva estava-se rintando para a chuva que tinha caído durante duas semanas, sem descanso, sobre os buracos abertos dos alicerces. Doía-se pelo pedreiro que estava de cama, eram sete homens no início da obra, ninguém tinha culpa de uma picareta desgovernada, mas tinha combinado com o mestre que a casa estava pronta no princípio de agosto. Faltavam dias e os carpinteiros ainda nem tinham começado a tirar medidas. O pai da noiva angustiava-se. Houve uma vez em que começou a gritar:

 Vígaros, estou rodeado por uma cambada de vígaros.

 O mestre acalmou-o. Depois, quando se foi embora, estavam todos a beber um copo de vinho, o mestre fez uma cara amargosa, cuspiu um bocadinho de rolha e disse:

Ele não quer é pagar.

Se havia eco, o Josué gostava de assobiar. Escolhia uma entre as três melodias incompletas que conhecia e, de repente, o tempo passava ao ritmo daquele assobio, estendia-se. Além desse concerto, naquela manhã, ouvia-se o som da massa a ser raspada da talocha com a colher e, depois, a ser atirada de encontro à parede, como um soco húmido. Três homens repetiam isto em tempos diferentes, aleatórios. Ilídio pensava em comboios quando sentiu passos, levantou o olhar e viu o Cosme. Estava de férias. O pai não o queria a guardar porcos. No verão seguinte, já teria acabado o quinto ano. A poucos metros do Ilídio, o Cosme ficou parado, boina na cabeça, mãos nos bolsos. Depois de um compasso, tossiu e perguntou:

Então?

Então o quê?

Então o quê?

Sim, então o quê?

Então o quê, então a gaja?

Então a gaja o quê?

Então a gaja os tomates. Conta, porra.

O Ilídio riu-se e contou.

1. Um pombo

O Cosme tinha pouco com que se entreter e, por isso, também estava com o Ilídio quando chegaram à porta da casa do Galopim. Era já agosto, a tarde estava no seu último ponto. Depois do trabalho, o Ilídio tinha-se lavado, trocado de roupa e tinha saído na direção da casa do

Galopim. A cal ganhava uma escuridão branda. O Cosme apanhou-o a meio do caminho e ouviu o Ilídio contar que, na véspera, na Casa do Povo, ela respondeu, fez que sim com a cabeça. Normalmente, o Cosme queixava-se da falta de pormenor das descrições mas, naquela ocasião, só conseguia espantar-se. A sobrinha da velha Lubélia, Adelaide, aproveitou distrações da velha para lhe fazer que sim com a cabeça. Depois de ele já ter percebido, já ter sorrido, ela ainda lhe fez que sim com a cabeça duas vezes, para que não restassem dúvidas.

Entusiasmado, o Cosme bateu à porta. Arrependeu-se logo que sentiu a madeira velha, um monte de tábuas mal pregadas, a abanar debaixo do punho. As fracas condições da porta, os remendos soltos e os buracos fizeram com que as duas batidas do Cosme parecessem trovões. Ficaram calados debaixo da memória desses estrondos. A porta mexeu-se, o Galopim encostou os olhos verticais a uma nesga aberta da porta, sorriu. Quando o Cosme e o Ilídio entraram, os pombos lançaram-se a voar entre vários pontos da casa, das cadeiras para as vigas do teto, das vigas para a mesa, da mesa para cima do louceiro, do louceiro para as vigas, as cadeiras, a mesa, alguns pombos saíram a voar pela porta aberta do quintal. Com essa agitação, o irmão do Galopim, que estava deitado numa cama, agitou-se também, começou a fazer sons com a garganta e a torcer-se como podia. Coberto de terra e de suor, o Galopim tinha acabado de chegar do campo, olhava-os com um sorriso reverente, esperando que falassem.

O irmão do Galopim era magro e branco. Tanto as suas pernas, como os seus braços eram longos chamiços, como ramos de parreira ou gravetos de outra ordem, pele e osso. Estava encolhido na cama. Vestia uma camisola interior de algodão, só. Tinha os pés encarquilhados e as mãos torcidas para dentro, o extremo dos seus braços eram os pulsos, dobrados num ângulo. Quando abria ligeiramente as pernas, apresentava um badalo considerável, valente martelo. Tinha a cabeça de lado, com a face assente sobre o lençol. Tinha os olhos esganados, aflitos, à procura, como se quisessem libertar-se daquele corpo, como se aqueles olhos se tivessem apercebido de repente que estavam naquele corpo e quisessem rebentar nas órbitas. Apertava os lábios, os ossos da cara, a barba a crescer, a cabeça pequena. O Cosme não era capaz de olhar para outro lado. Enquanto o Ilídio explicava, o Galopim ouvia e o Cosme olhava, os pombos acalmavam-se aos poucos. O restolhar das asas dos pombos explodia apenas às vezes. O Ilídio já tinha terminado, mas o Galopim mantinha a cara com que escutara toda a explicação, como se esperasse mais. Mas não havia mais, o Galopim despertou e começou a apontar para os pombos, a oferecê-los, aquele é o mais matreiro, aquele é o mais esquivo. Ia para torcer o pescoço a um, quando o Ilídio o impediu. Queria o pombo vivo. Agarrou-o pelas costas, apertando-lhe as asas e pagou-o com dinheiro trocado. O Cosme continuou em silêncio. A escuridão instalava-se e atenuava o peso do cheiro. A única claridade era a pouca que entrava pela porta do quintal, a claridade da noite que começava. Despediram-se do Galopim e nem viram que, em cima de um banco, ao lado do lume apagado, indiferente perante o resto da casa, estava o tabuleiro de xadrez, com uma partida iniciada.

O Ilídio entrou bem dentro da sombra, o sol era ácido. A Adelaide seguiu-o. Ninguém diria que era dois anos mais novo do que ela. Tinha dado um grande salto entre os treze e os catorze. Com quinze anos, continuava a crescer. O Ilídio abriu um botão da camisa, ela olhou para o outro lado, ele afastou o braço que trazia colado ao corpo e estendeu-lhe o pombo com a mão direita. A Adelaide riu-se. Não imaginava que ele lhe quisesse mesmo dar um pombo. Não podia aceitar, não tinha onde guardar pombos. O Ilídio sorriu-lhe com os olhos e largou o pombo no ar. Solto, iria voltar para a casa do Galopim. Juntos, viram-no desaparecer no céu.

2. Cem escudos

Tinha a nota preparada e estendeu-a em cima do lençol, alisou-a. Estava com pouca vontade de dormir, o candeeiro de petróleo iluminava o quarto com um cheiro quente, o pombo arrulhava dentro da caixa de sapatos. O Ilídio encantava-se com o poder daquele papel, com aqueles desenhos e aquela cor, que valia quase uma semana de carregar pedras, peneirar areia, acartar baldes de massa. No fundo, ao dar-lhe aquele papel, estaria a dar-lhe o resultado de horas da sua vida, estava a dizer-lhe: estive vivo para ti, por ti. Deitado na cama, o Ilídio tinha a certeza de que ela, mais do que ninguém, ia entender o significado profundo daquela nota.

A Adelaide riu-se. Tinha aquele à-vontade com um rapaz por causa de ter lidado tanto com os irmãos, estava habituada. Além disso, a Adelaide gostava de rir-se.

Por instantes, esperou que o Ilídio fizesse alguma habilidade com a nota, como tinha feito com o pombo. Mas continuou apenas a estender-lha. Ela aceitou-a, dobrou-a e guardou-a no bolso do avental.

3. Um livro

Cedo, antes de irem para o trabalho, quando andaram os dois aos pulos em cima das cadeiras, da mesa, a tentarem apanhar o pombo com o cabo da vassoura, o Josué não fez qualquer pergunta. Mas, assim que o Ilídio pousou o livro em cima da mesa, o pedreiro perguntou logo:

Onde é que vais com isso?

Foi mais fácil não responder. Voltou a guardar o livro.

A caminho da obra, o Josué começou por falar da importância daquele livro, devia estimá-lo sempre. Quando ia para dizer qualquer coisa sobre a mãe do Ilídio, este mandou-o calar. Não gostava que se mencionasse esse assunto, não existia. Brigaram durante o resto do caminho e estiveram amuados toda a manhã.

Vai-me lá buscar o prumo.

Foi com estas palavras que, ao fim da manhã, o Josué voltou a dirigir-se ao Ilídio. Enquanto o via afastar-se na direção da barraca das ferramentas, o Josué acreditava que o simbolismo do prumo lhe tinha passado totalmente despercebido. Enganava-se.

Assim que os homens começaram a abrandar e o mestre deu ordem de almoço, o Ilídio inventou uma desculpa de rapaz e correu para casa. As ruas, a casa, guardou a nota no bolso da camisa, foi buscar o livro e tirou o pombo da caixa de sapatos. Desta vez com extremo cuidado para não se soltar de novo. Enfiou-o dentro da camisa e apertou-o com o interior do braço. O pombo acomodou-se, estava pronto para tudo.

    O Ilídio chegou primeiro e ficou na esquina do beco, ao sol. Segurava o livro na mão direita e tinha o outro braço apertado de encontro ao peito. Esperou e viu-a chegar com uma alcofa vazia. Apreciou os passos dela. A Adelaide tinha adiado um mandado que lhe fora pedido a meio da manhã. A velha Lubélia queria fazer sopa de espinafres para o jantar. Quando chegava ao quintal, admirava-se com a sobrinha a lavar a roupa. A Adelaide esperou pela hora certa, combinada por gestos e papéis, para ir buscar os espinafres. Tinha sido mais fácil do que conseguira prever na véspera, angustiada, a segurar a cabeça sobre a mesa de jantar.

    Como se desaparecessem, entraram no beco. Não havia tempo. Se alguém imaginasse, seria mau. Se alguém visse, seria o fim. O beco ficava nas traseiras da padaria, cheirava a farinha e a lenha de azinho. Na sombra, o pombo, os cem escudos. Estavam a sós pela primeira vez, havia detalhes da respiração. O Ilídio estendeu-lhe o livro com as mãos desencontradas. Os anos tinham passado sobre aquele livro. Em tamanho, o livro era uma espécie de morte. A Adelaide aceitou o livro e ajeitou-o na alcofa.

    Tenho de ir.

    A Adelaide saiu da sombra, saiu do beco e apressou-se pela rua acima. O Ilídio ficou a vê-la. Já eram completamente namorados. Existiu esse momento e existiu o momento em que, nas costas do Ilídio, dois cães se destaparam a brigar. Assustou-se, nem tinha dado pela presença dos cães, nem tinha dado pela maneira como se estudaram à distância, rosnaram. Aqueles cães odiavam-se. Tchtó, cão. Sem se aproximar, bateu as palmas e fez barulho, tentou enxotá-los. Um dos cães afastou-se a ganir. O sol era incandescente na cal. O Ilídio começou a correr pelas ruas, dava pulos. Estava feliz e atrasado. Quando chegasse à obra, de certeza que o mestre lhe ia chamar cara-de-cu. Adorava chamar-lhe cara-de-cu, fazia gosto nisso. Se o Josué estivesse presente, ria-se e não dizia nada.

(1960)
O comboio era incompreendido pelo Galopim.
Encostado à janela, de boca aberta, via os campos a passarem e sentia o barulho do comboio no encosto, no rabo sentado, nos pés dentro dos sapatos. As nuvens afastavam-se mais devagar do que as árvores, que passavam a zunir. Olha um rapaz lá além a guardar meia dúzia de ovelhas. Galopim apontava para a janela, mas os outros rapazes da sua idade pouco ligavam. Usava um fato cinzento que lhe tinha sido oferecido por uma viúva. É uma boa vantagem terem o mesmo tamanho, disse a viúva. Mas não tinham. O Galopim era encorpado, mas o falecido, velho grande, era mais encorpado ainda. As calças, presas por um cinto, faziam foles na zona da cintura. As mangas do casaco chegavam-lhe quase às pontas dos dedos. A viúva também disse que era uma boa vantagem calçarem o mesmo número, mas também não calçavam. Os sapatos iam seguros por palmilhas de cartão, ásperas.

A cidade, os olhos do Galopim rebolavam-se pela cidade. Os barulhos faziam-lhe perguntas a que não sabia responder. As casas levantavam-se diante dele. Os pombos acalmavam-no em voos sobre praças e avenidas. Ao longo dos passeios, evitando e ultrapassando pessoas desconhecidas, o Galopim seguia os outros rapazes da sua idade. E entraram numa porta aberta, subiram por umas escadas estreitas, degraus de madeira gasta, que cheiravam a musgo seco e que escureciam.

O Galopim continuou a segurar a maleta quase vazia. Estava ligeiramente despenteado. Tentou escutar com muita atenção aquilo que foi dito pelo rapaz da sua idade, muito sério, e pela mulher do peito para cima, que estava sentada atrás de um balcão.

Somos oito.

Mas havia um gato, peludo, que passava pelas pernas dos outros rapazes da sua idade, pelas suas, e que, com um pulo, chegou a subir para cima do balcão. O Galopim deixou de escutar a conversa para seguir os movimentos do bicho. A mulher não se interessou quando estendeu a chave ao rapaz com quem tinha estado a falar. No fundo de um corredor, atrás de uma porta, estava o quarto: meia dúzia de beliches de ferro, um canto do teto desmoronado, nuvens negras de humidade nas paredes, uma mesa pequena e velha. Os rapazes da idade do Galopim estavam alegres. No dia seguinte, iam às sortes. Aos olhos deles, a cidade parecia azeite de fritar. Era quase de noite.

Os rapazes falavam dos seus assuntos. O Galopim estava sentado numa cama a olhar. Apanhou um bocadinho de silêncio e perguntou:

O que é que a gente come?

Os rapazes riram-se. O Galopim estava habituado. Se o ouviam, riam-se sempre. Então, um deles aproximou-se, pousou-lhe um braço sobre os ombros e, como se lhe segredasse, disse:

Viste o gato que estava na entrada? Vamos caçá-lo, amanhá-lo e passá-lo ao estreito. Assadinho, com batatas que vamos comprar, sabe a coelho.

Todos os rapazes se riram. Ficaram a rir-se durante muito tempo. Um deles disse que iam comprar batatas novas, riram-se mais. Outro disse que para as velhas não tinha dentes e riram-se mais. Outro disse que as velhas é que não tinham dentes e continuaram a rir-se. O Galopim também se estava a rir.

Já era de noite quando os rapazes saíram. O Galopim continuou sentado na cama. Um dos rapazes da sua idade disse-lhe que iam comprar batatas, os outros, claro, riram-se. Iam às putas.

A primeira que encontraram disse que se chamava Glória, teria talvez uns cinquenta anos, mostrou-lhes a perna até à liga, recolheu as notas e foi andando para o beco onde os esperaria um a um. Discutiram por instantes acerca de quem seria o primeiro. Ganhou aquele que teve a decepção de perceber que o beco era, na verdade, uma rua deserta, papéis levados pelo vento. Da puta, não restava a sombra.

Os rapazes caminharam em silêncio com as mãos nos bolsos. O dinheiro que lhes sobrava chegava à justa para um copo de vinho a cada um. Entraram numa taberna e beberam-no. Quando se sentaram nos degraus de uma igreja, tinham o sabor a vinho tinto a preencher-lhes a boca. Ficaram a ver o movimento. Glória, disse um. Outro gabou-lhe o peito, imitou-lhe a forma com as mãos. E discutiram cada detalhe, desde que falou com eles até ao instante em que, de costas, virou a esquina. Disseram que tinha cara de puta, imaginaram a quantidade de homens que já tinha servido, concordaram que estava com vontade quando olhou para eles. Deve ter acontecido alguma coisa, disse um. Deve ter aparecido alguém, disse outro. Levantaram-se com mais ânimo e com os rabos gelados.

Quando chegaram à pensão, nas escadas, no corredor, havia os que queriam dizer alguma coisa e havia aqueles que os mandavam calar. Havia também os passos de todos na madeira, como uma trovoada distante. Abriram a porta e ficaram em silêncio.

O Galopim segurava a navalha e estava a terminar de esfolar o gato.

Onde é que fazemos o lume?

Os outros rapazes da sua idade não responderam. Foi a primeira vez que não se riram daquilo que disse.

No dia seguinte, foram às sortes. O Galopim ficou mal.

(1964)
As paredes estavam mais resignadas do que os pombos.

Era uma hora prateada. O fim da tarde atravessava o tempo e entrava pela porta aberta do quintal. O fim da tarde atravessava o vento. Ouvia-se o restolhar das folhas das árvores, ao longe, mas ouvia-se também as asas dos pombos a riscarem o ar, gemidos cortados, mas ouvia-se também o lume a arder, as chamas a fazerem estalar o madeiro, mas ouvia-se também a água. O irmão do Galopim estava nu, sentado dentro de um alguidar de esmalte, encolhido. O Galopim entornava uma panela de água morna sobre as costas do irmão, fazia vapor. Os pombos não tinham medo do lume, nem da água, nem do vapor. Voavam porque não podiam estar parados, eram pombos novos. Às vezes, saíam de dentro das sombras e atiravam-se pela porta aberta do quintal. Encontrariam o céu. O Galopim levantava a água com as mãos e passava-a pelo corpo do irmão, pelos ombros bicudos, pelos braços magros. Lavava-lhe a baba do queixo e do peito. Lavava-lhe a cara, sentia-lhe a barba a espetar-se na palma das mãos. O irmão respirava sôfrego pelo nariz, abria muito os olhos. O clarão do lume não bastava para iluminar a casa toda. Havia pombos que chegavam com o último resto de luz. Admiravam-se quando pousavam na mesa, nas vigas ou no louceiro. Tinham notícias para dar aos outros pombos. O Galopim pousou a toalha nas costas do irmão, abraçou-se a ele e pegou-lhe ao colo. Levou-o a pingar até à cadeira que estava parada diante do lume. Limpou-o, ficou a limpá-lo. Sobre a cama estava a camisola de algodão, as ceroulas e um par de meias.

O Mondego tinha excelentes margens para vomitar. O Cosme conhecia a fundo a vida de estudante, era difícil surpreendê-lo mas, sempre que podia, vinha à vila, passava o verão, a Páscoa, o Natal. Em Coimbra, o Cosme continuava sempre a pensar na vila. Quando chegava, queria saber quem tinha morrido e, enquanto ouvia nomes e explicações, doía-se tanto como quando ainda era ele que embalava o toque de finados, pequeno sacristão, a vibração profunda dos sinos a propagar-se sobre a vila. O Cosme era capaz de muita seriedade.

Também era capaz das mais variadas atitudes, principalmente atitudes parvas, irrefletidas, que indispunham a maioria dos presentes. Quando entrava no terreiro, os homens e os rapazes arrebitavam logo a orelha, aproximavam-se dele à espera de circo. Naquela noite, o Ilídio estava encostado a uma parede do terreiro a ouvir o discurso do Cosme. A lua estava fora de série.

E eu disse-lhe: estás a ver-me de óculos ou o quê? E a gaja tinha mesmo uns óculos, e ficou especada a olhar para mim. Uma puta de óculos especada a olhar para mim. E eu disse-lhe: desenrasca-te como quiseres, mas eu não pago cinquenta paus por uma mamada.

A história podia continuar até à precisão infinita dos pormenores, mas a manhã iria nascer cedo no dia seguinte e, se contasse a história toda, acabava-se. Ali, no terreiro, as histórias eram contadas aos bocados. Por isso, houve uma pausa, uma frase incompleta, e os homens aproveitaram para despedir-se. Recolheram os sorrisos e levaram-nos pelos caminhos por onde se afastaram. A lua iluminava o fundo das direções. A calma era fresca. O Ilídio e o Cosme ficaram sozinhos com um rapaz de onze ou doze anos que os olhava à espera de mais. Não sabiam quem era. Passaram por ele sem o verem. O rapaz olhou em volta e estava apenas a noite.

O rosto do Cosme, baixo, era muito diferente daquele outro rosto, também seu, iluminado e vivo, com que contava os enredos das putas no dia da inspeção. O Ilídio tinha a mão direita no bolso das calças e a mão esquerda no bolso do casaco. O Cosme parou-se, pararam os dois, e acendeu um cigarro. E continuaram a descer a rua. Lá em baixo, chegariam ao ponto em que se separavam. Na esquina em frente ao ferreiro, ao lado do ferrador, o Cosme virava à direita, na direção do cemitério, e o Ilídio seguia a caminho do São João. Até lá chegarem, sabiam por experiência que o comprido da rua podia variar. Já a tinham descido a correr, o vento a passar-lhes pelos ouvidos, as imagens desfocadas das portas a sucederem-se, as paredes derretidas em formas de cal; e já tinham demorado horas perdidas a descerem essa mesma rua, a darem um passo, a pararem, a pararem, a darem outro passo, quase a darem outro, e a pararem, a ficarem parados. Aquela parecia ser uma destas vezes longas, sombras lentas. O Ilídio caminhava devagar, deixando o seu peso cair em cima de cada passada, o Cosme caminhava mais devagar ainda.

A guerra.

O quê?

A guerra, porra.

O Ilídio estava tão coberto pelos seus pensamentos que lhe custou entender o Cosme à primeira.

Eu sei que vou morrer na merda daquela guerra. Ou venho de lá sem uma perna, sem a pila. Eu sei, não me perguntes como é que eu sei. Aquilo não é para gajos como eu, vais ver. Venho de lá cego, vais ver. Vais ver bem, eu é que não vou ver nada, venho morto. Aí, as ruas da vila cheias de velhos, que já devem tempo desmedido à cova, todos chorosos, a dizerem: coitadinho e tal. E eu a arrotar colhões de preto. Que metam o coitadinho nas nalgas. Ah, é a pátria e mais não sei o quê. Então, e porque é que sou eu que tenho de amargar com essa merda? Não me dizes? Porque é que sou eu que tenho de ficar ali, esticado no caixão, a engolir a pátria à pazada?

Estás com medo?
Estou com frio.

Ainda de madrugada, a Adelaide despertou com o pesadelo de um cão a ladrar na rua. Voltou a adormecer mas, quando acordou para levantar-se, pareceu-lhe que não tinha dormido nada. Em camisa de noite, foi buscar um braçado de lenha, uma pinha seca e acendeu o lume. Ficou sentada no mocho a olhar para a tia, silenciosa e despenteada. Também em camisa de noite, de ombros cobertos por um xaile, a velha Lubélia traçou retas no chão da cozinha. Abriu portas, janelas, encheu uma chocolateira de água e encostou-a ao lume, para fazer o café.

A Adelaide tinha a cara a precisar de ser lavada. Tinha os olhos melosos, ramelosos e panentes, tinha mau hálito. As ideias da velha Lubélia resmungavam, encontravam expressão em longos vagidos nasais, não eram bem palavras. Quem a conhecesse pior acharia que estava mal-humorada. A Adelaide conhecia-a bem. Em muitos aspectos, eram duas mulheres.

Aquele início de manhã estava um gelo. A Adelaide tinha gosma a escorrer-lhe pela garganta e segurava uma pergunta que era espessa, interdita, exatamente com a consistência dessa gosma. Pigarreou, tossiu, escarrou verde para dentro da pia. De garganta limpa, perguntou:

Tia?
Sim?
Tia?
Sim?
Amanhã, podemos ir ao baile das sortes?
A velha olhou-a admirada.

Por favor.
A velha ainda não tinha respondido.
Por favor, vá lá.
A velha ainda não tinha respondido, mas Adelaide já sorria com os olhos.
Por favor.
Bailes e mais bailes. No meu tempo, as cachopas nem se atreviam.
A Adelaide já não ouviu o resto da resposta e começou a entoar uma canção e a dar voltas no meio da cozinha. A velha Lubélia disse para ninguém, para um espírito, para uma sombra:
Olha, ficou maluca.
A Adelaide sorria muito.

(Quarto)
T

inha o corpo saturado de estar na cama. Era uma rapariga de dezassete anos e o corpo pedia-lhe para mexer-se. A escuridão tirava-lhe as forças. A recordação da voz do pai tirava-lhe as forças. Na única vez em que tentou fugir, chegou ao quintal. As estrelas valeram a pena. O irmão segurou-a pelo braço, apertou-lho e levou-a ao quarto dos pais. O pai em tronco nu, a sua voz.
A Lubélia recordava cada pormenor da última visita do namorado. Teve dias e dias para lembrá-la. Depois, começou a contar semanas. Já se via o fim do verão e a sua barriga tinha outra importância. A mãe andava

triste. O pai andava triste. Eram espaçadas as conversas que ouvia através da porta, vindas da mesa do jantar. A Lubélia analisava os dedos no escuro, estendia-os de encontro à pouca luz que chegava da porta fechada, e não conseguia encontrar uma razão para o namorado nunca mais ter voltado. Era capaz de muitas fantasias, mas concluía sempre que não havia nenhuma razão real. Já com dezassete anos, de raiz, a Lubélia era rigorosa.

    Então, houve um momento em que toda a escuridão do quarto entrou dentro dela, encheu-a. Envelheceu. Quando o seu corpo rejeitou o que poderia ser uma criança e todo o seu sangue morto, a Lubélia ainda tinha dezassete anos, mas já era velha. Na primeira vez que saiu do quarto, magra, amparada por dois irmãos, já era velha.

    Ainda de manhã, ainda antes do almoço, a Adelaide olhou por duas vezes para o rosto da tia. Procurou-lhe os olhos como se pudesse decifrá-la, como se fossem as cartas que as mulheres analfabetas lhe pediam para ler, caligrafias distantes, referências a Deus. A Adelaide encontrou os olhos da tia duas vezes, mas continuou a duvidar.

    A história dessa dúvida era extensa e pontuada por períodos distintos. Durante épocas, estações, a Adelaide convencia-se de que a tia sabia. Essa teoria era suportada por pequenos sinais e cálculos. A Adelaide tinha quase a certeza, tinha um pouco menos de certeza e, por fim, não tinha certeza nenhuma. Logo a seguir, a Adelaide convencia-se de que a tia não sabia. Ficava assim durante meses. Depois, tinha quase a certeza, menos, menos, e não tinha certeza nenhuma outra vez.

É claro que a velha Lubélia sabia do namoro desde o início. A velha Lubélia conhecia as diferenças na respiração da sobrinha e distraía-se a confundi-la. Às vezes, dava-lhe a entender que sabia do namoro, nunca abertamente, nunca a mencionar o nome do Ilídio ou algo que tivesse direta ligação mas, por exemplo, a falar de sopa de nabiças e a discorrer sobre a importância do azeite. Nessas conversas, sobre o outono ou sobre roupa interior, aquilo que importava não era o assunto, tesouras ou fantasmas, mas a forma. Se estivessem a falar de bolos, o Ilídio podia ser, por exemplo, o fermento e a Adelaide podia ser, por exemplo, a farinha. Depois, era o trabalho de encaixar duas lógicas num único discurso. A velha Lubélia distraía-se com isto.

O Josué fumava um cigarro que lhe tinham dado. Pousava-o entre os lábios e cerrava os olhos ligeiramente. Os rapazes das sortes não tinham falta de cigarros ou de vinho tinto. O baile estava quase montado no barracão do pai do Cosme. O Josué assistia aos últimos preparativos com atenção. Era primavera, o dia terminava segundo regras moderadas. Havia um garrafão de vinho pousado no chão. Às vezes, o Cosme, ou outro rapaz, aproximava-se, baixava-se e enchia um copo. Esse gesto repetia-se. As cadeiras estavam dispostas em volta do barracão, encostadas às paredes, mas mesmo assim, o Galopim ainda chegou com duas cadeiras que já não tinham lugar. Ficou parado durante instantes, até o Cosme lhe dizer para levá-las de volta.

O Josué não se interrogava acerca de onde estaria o Ilídio porque conseguia imaginá-lo em casa, refletido pelo espelho do lavatório, a acertar cada detalhe do penteado e da roupa. Além disso, não se sentia a ausência do Ilídio. O baile era organizado com facilidade por um grupo de rapazes meio bêbados e pelo Galopim, voluntário desorientado.

Dois minutos depois de escurecer, chegou o tocador de concertina. O Josué e os outros homens que estavam na rua, ao lado do portão aberto, encostados à parede, viram-no chegar já com a concertina ao peito, pronto a interromper conversas com melodias improvisadas, quase iguais, difíceis de distinguir umas das outras. O Cosme veio recebê-lo. Virou-se para o Galopim, que apreciava o brilho da concertina de boca aberta, e pediu-lhe que fosse buscar um copo de vinho para o tocador.

Quando o Galopim voltou com um copo vazio na mão, o Cosme e o tocador ficaram a olhar para ele. Não havia mais vinho no garrafão.

Não sabes onde fica a despensa?

O Galopim sabia onde ficava a despensa e não entendeu a pergunta do Cosme. O Josué deu um passo em frente e disse:

Eu vou lá com ele.

O Cosme e o tocador, bigodes, voltaram à conversa. O Josué atravessou o barracão, seguido pelo Galopim. Tinham um sentido. Atravessaram o quintal, subiram os degraus da porta da cozinha, atravessaram-na sem falar com a mãe do Cosme, que se movimentava no centro de um escarcéu de panelas, e chegaram ao corredor, o ranger da porta da despensa pareceu uma mulher a bocejar. Entraram juntos nessa escuridão de paredes apertadas. O Galopim fechou a porta.

Para que foi isso?

Às escuras, o Galopim não soube responder. O Josué pediu-lhe que voltasse a abrir a porta. A despensa cheirava a vinagre e a comida estragada. Enquanto o Galopim dava encontrões na fechadura, o Josué apercebeu-se pelo peso que os garrafões estavam vazios. Precisava de luz, precisava de ar e, por isso, levantou-se e foi ajudar o Galopim. Pensou que lhe bastava chegar e abrir a porta, mas a fechadura recusou o seu jeito. Depois, recusou a sua força. Houve uma pausa antes de começar a bater com as mãos abertas na porta, mais do que uma trovoada. E fez outra pausa, à espera de reação. Ouviu-se a respiração do Galopim, ouviu-se as solas das botas a terricarem grãos de areia e de pó e, no interior desse silêncio, ruídos distantes, ruídos dentro das paredes, começaram a distinguir um zumbido, depois o zumbido reforçou-se, depois o zumbido encheu o ar negro da despensa. O Josué, habituado a obras e a vespeiros, reconheceu o exército de vespas ainda antes de sentir a primeira mordidela a arder-lhe no pescoço, a segunda nos lábios, a terceira e todas as que se seguiram. Começou a bater com toda a força na porta fechada, começou a dar-lhe pontapés. O Galopim, com vespas a entrarem-lhe para dentro da camisa, começou a gritar: acudam, acudam. A mãe do Cosme demorou a ouvi-los e a chamar os rapazes das sortes e os homens que estavam na rua a dar fé. Esse tempo foi uma espécie de guerra. Tanto o Josué como o Galopim lutavam com o ar, com a escuridão, dando chapadas na pele, sentindo vespas a esmagarem-se secas de encontro ao corpo.

Quando um homem valente arrombou a porta ao pontapé, o Josué e o Galopim saíram a correr, seguidos por vespas disparadas. Os rapazes ficaram a espalmar insetos de encontro às paredes do corredor. Houve uma catrapoada de murros na parede que ainda demorou um bom bocado. Quando já só havia uma ou outra vespa caprichosa a esconder-se em cantos do teto, os rostos viraram-se para o Josué e o Galopim, que recuperavam a respiração. Sem que ninguém perguntasse, queriam saber os detalhes do que tinha acontecido. Então, ao mesmo tempo, todos viraram o rosto na direção da despensa. Do interior da escuridão, a rastejar, saiu Aquele da Sorna. Tinha a camisa e as calças cobertas por vómito tinto e tinha o rosto desfigurado por mordidelas vermelhas de vespa. Tinha um olho mais aberto do que o outro, as faces pareciam em carne viva. Um dos rapazes agarrou-o pela gola da camisa, puxou-o, como se puxasse um cão pelo cachaço, e deixou-o cair de novo. Foi nessa altura, na surpresa e na confusão, que começou a punhada.

O Cosme, intoxicado, acertou nos queixos do rapaz que tinha puxado Aquele da Sorna. Esse rapaz chamava-se Bernardino e, quando as suas ideias se encheram com o murro que recebeu, não percebeu logo o que estava a acontecer. Recuou dois passos e bateu com a cabeça na parede, ressoou, mas outro já estava a agarrar o Cosme por trás e o Josué já estava a tentar agarrar os braços desse. No corredor apertado, os homens envolveram-se numa briga de músculos e de punhos cerrados. O Galopim parecia uma fera a acertar em todos os vultos que se aproximavam. A mãe do Cosme largava uivos estridentes. Aquele da Sorna estava encolhido no chão.

As pessoas que chegaram para acudir conseguiram atravessar a cozinha com eles, conseguiram atravessar o quintal. A pancadaria reanimou-se quando chegaram ao barracão. Foi nessa altura que um rapaz atirou a concertina ao Cosme. Não lhe acertou, rolaram botões pelo chão.

O Ilídio, penteado e nervoso, só soube que não haveria baile quando chegou ao portão e encontrou os destroços. A Adelaide e a tia souberam logo que saíram à rua. As mulheres, arrumadas às paredes, não falavam de outra coisa.

Havia uma brisa que passava rente à terra, que lhe tocava os pés descalços, mas que ele não sentia. De ceroulas e de camisola interior, sentado no quintal, o Ilídio pensava em assuntos distantes. Ouvia os sinos, pedaços de domingo, e os seus pensamentos seguiam miragens pelas ruas da vila. Sabia o que tinha de fazer. A roupa que tinha escolhido para o baile estava aprumada sobre a cadeira do quarto. Na véspera, quando a despiu, já sabia o que tinha de fazer.

Olhava para as nuvens que flutuavam transparentes, mas não queria adiar um segundo da sua passagem. Apenas queria respirar os últimos instantes de um tempo que, pela sua ação, estava prestes a acabar. Levantou-se e entrou em casa.

Começou a vestir-se. O Ilídio tinha a certeza de que a Adelaide sentia o mesmo que ele, exatamente o mesmo. Eram duas pessoas no mundo com os mesmos sentidos e com os mesmos sentimentos. Ganhara essa certeza a olhá-la nos olhos. Às vezes, quando podiam, largavam-se um sobre o outro, esganados com fome. Envolviam-se em sessões fulminantes de esfreganço, que o Ilídio aprendera a fazer durar na memória. Eram momentos mas, colecionados ao longo de anos, somados, eram horas. O Ilídio e a Adelaide misturavam-se. Além disso, compreendiam-se, sorriam ao mesmo tempo.

O Josué estava deitado, coberto de mordidelas ardentes de vespa, dorido por encontrões, pontapés e murros. O Ilídio saiu sem entrar no quarto do pedreiro. E caminhou muito direito pelas ruas da vila. Sentia-se solene. Os pequenos detalhes ganhavam grandiosidade: as ervas que cresciam ao rés das paredes, os cães que levantavam a cabeça para vê-lo passar, o som das botas a rasparem na terra, as pedras. No céu, os pássaros faziam sentido. O Ilídio acreditava num futuro que imaginava imperfeitamente. Avançava dentro dele. Talvez por isso, aquele caminho pareceu-lhe longo, como se atravessasse uma idade.

Sabia que, àquela hora, já tinham regressado da missa. Bateu à porta da velha Lubélia. Enquanto esperava, pensou nos comboios. Foi a Adelaide que abriu. Os seus olhares encontraram-se e foram um sobressalto perante o inevitável. O Ilídio tinha vinte e dois anos, era um homem sério. Entrou sem pedir licença e sem dizer bom-dia. A Adelaide afastou-se para deixá-lo passar. A sombra fresca da loja, o cheiro a goma-arábica, e chegou ao quintal, onde a velha Lubélia, em campo aberto, ainda com a roupa de ir à missa, arrelampada, ficou a olhá-lo sem querer entender. Não havia outra maneira, o Ilídio deixou as palavras saírem-lhe pelo rosto, como se fossem exteriores a ele, ditas por outra pessoa. Com as palavras mais simples e diretas, pediu a Adelaide em noivado.

Silêncio. Os pássaros, as árvores.

Não se notaram diferenças na expressão congelada

da velha Lubélia, o Ilídio e a Adelaide temeram-na, até ao momento em que a velha começou a rir-se de forma inédita. Os pássaros deixaram as árvores como se os ramos queimassem. As gargalhadas da velha Lubélia encheram o quintal inteiro e, depois, encheram a manhã inteira. As gargalhadas enrolavam-se-lhe na garganta, preenchiam-na. Respirava ar sorvido sem parar de rir.

    O Ilídio e a Adelaide riram-se também, acreditaram que podiam, mas desistiram ao fim de minutos. A velha Lubélia estava a rir-se sozinha. Então, começaram a ficar preocupados, deixaram de saber o que fazer. A Adelaide foi buscar um copo de água. O Ilídio ficou no quintal com a velha, que parecia rir-se cada vez mais alto. E não olhou sequer para o copo que a sobrinha lhe estendeu. As gargalhadas da velha Lubélia não davam sinais de abrandar. O Ilídio saiu e atravessou a vila. À porta, esperou que o médico terminasse de almoçar. Não desfrutou da boleia que o doutor lhe deu no automóvel porque estava preocupado. Quando chegaram, a velha Lubélia ainda estava no quintal, a rir-se com vontade.

Esta mala.
Diga?
Esta mala, fica com ela.
E para que é que eu a quero?
Não estava frio, mas estava fresco. A cozinha estava iluminada pelo candeeiro de petróleo e pelo lume. As mulheres tinham sombras desproporcionais, que subiam pelas paredes e que se dobravam nos ângulos do teto.
Foi então que a velha Lubélia falou da viagem. E fez silêncio, custou-lhe. A Adelaide continuou desentendida. A tia explicou-lhe que, se não fosse uma velha encarquilhada, ia com ela. Disse que já não tinha capacidade de ir a lado nenhum, mencionou o caixão que estava arrumado por baixo da cama. E fez silêncio, conformou--se. Eles vinham buscá-la daí a uma hora. Então, a sua voz voltou a ser rija e disse-lhe que não pensasse em dormir, que fosse fazer a mala.
As ideias procuravam organização na cabeça da Ade-

laide quando entrou no quarto. Pousou a mala sobre a cama. Procurou um casaco de malha para amaciar o fundo. Pousou o livro fechado sobre o casaco de malha, aconchegou-o.

1. Conversa entre o Ilídio e o Josué

O Josué dizia que o vinagre era para as picadas de urtigas, não tinha poder sobre as mordidelas de vespa, mas quando o Ilídio lhe passava o pano molhado em vinagre pelos braços, sentia um alívio fresco. Sabia que o veneno se tinha dissolvido no seu interior, sentia-o a ramificar-se na pele, a misturar-se com o sangue nas veias mais finas. Às vezes, acreditava que as vespas lhe tinham ateado fogo ao corpo. Não conseguia ter pensamentos longos. Por isso, não foi trabalhar.

O Ilídio cheirava a obra, a cimento. Acabara de chegar do trabalho e tinha uma dúvida a mexer-se dentro da cabeça. Molhava o pano em vinagre e passava-o pelos braços, pescoço e peito do pedreiro, que gemia baixinho, gania. O Ilídio parou a meio de um gesto.

A loja esteve fechada todo o dia.

Eu não me aguento. É isto o inferno. É isto o diabo a andar de rojo no inferno.

Não ouviu? Estou a dizer-lhe que a loja esteve fechada todo o dia. Ninguém as viu meter um pé na rua.

Traz-me um copo de água.

A velha não vai conseguir fechá-la em casa. A velha dum corno. Mas eu não sei. Encostei-me por duas vezes à porta e nada. Não bulia um plim.

Traz-me um copo de água, por favor.

Parecia que estava tudo falecido. Parecia que não

estava lá ninguém. Rondei a tapada para ver o quintal e estava tudo fechado. Se a velha a fechou, fechou-se com ela.

Já não urino desde manhã. Se calhar, ainda vais ter de ir chamar o médico.

Se a velha lhe fez mal, estouro-a.

Porque é que não vais lá?

O quê?

Não ouviste? Porque é que não vais lá?

Quase não se despediu da tia. A velha Lubélia estava a receber o calor do lume quando bateram à porta. A Adelaide abriu e, na rua, no escuro, estava um homem parado a olhá-la.

Quando lá chegares, escreve-me um postal.

A Adelaide recebeu a voz da tia, mas não lhe respondeu. Dirigiu-lhe o rosto, mas a velha Lubélia continuou fixa no lume. A rua era apenas escura. A Adelaide saiu sem dizer nada. A mala ainda não lhe pesava. O xaile que levava sobre os ombros era desnecessário. Fechou a porta atrás de si. Ao ficar sozinha com o homem, ao longo das ruas, sentiu-se tímida. Caminhava dois ou três passos atrás de um homem que nunca tinha visto. Procurou a lua no céu, mas não a encontrou.

Começou por não perceber por que razão as ruas da vila estavam desertas, não era tarde. Dentro das casas, as pessoas estavam a terminar de jantar. Mas, aos poucos, acabou por encontrar um sentido sem palavras para aquela solidão. Chegaram depressa ao fim da vila. Não porque caminhassem depressa, mas porque, dentro dos pensamentos da Adelaide, o tempo passava a uma velocidade diferente. Não sabia quem era aquele homem, não sabia para onde a levava. Descobriu uma parte nova do seu receio quando chegaram ao início de uma estrada do campo e continuaram: os passos na terra, a respiração, tantos grilos.

    Primeiro, era uma sombra opaca. Depois, era uma camioneta debaixo de um sobreiro. Aproximaram-se com as solas a estalarem folhas secas. Era uma noite verdadeira. Em cima da camioneta estava um grupo de homens encolhidos. A Adelaide nunca tinha visto qualquer um deles. Não a cumprimentaram, apenas se acomodaram no lugar onde estavam sentados, o queixo por cima dos joelhos, e ajeitaram as boinas na cabeça. À frente, a porta da camioneta abriu-se, um braço de mulher, e esse foi um convite para entrar. O homem que a acompanhava escolheu a outra porta e sentou-se ao guiador. Entre a Adelaide e o homem, estava uma mulher de olhos vivos. A chave, o motor da camioneta. A Adelaide olhou para trás e viu os homens a esconderem-se do vento, de casacos abotoados, vultos com quem partilhava o que desconhecia.

    Os faróis da camioneta mal chegavam para iluminar a noite. A mulher abriu a navalha e cortou uma maçã ao meio. Deu uma metade ao homem e, quando estendeu a outra metade à Adelaide, olhou-a diretamente. Ao engolir a primeira dentada, os ouvidos da Adelaide desentupiram-se, abriram-se. Então, foi como se o mundo mudasse, como se crescesse, como se a distância se tornasse real de repente. A camioneta progredia, esforçava-se por entre campos de oliveiras. A cada buraco da estrada, saltavam todos dentro da camioneta. Eram lançados no ar e, a seguir, caíam com um estrondo. Às vezes, havia alguns metros de descanso e, logo depois, acontecia duas vezes seguidas, três vezes seguidas. Na cabina da camioneta, eram as mulheres que voavam com menos controlo. O homem saltava no mesmo sítio, para cima e para baixo, a segurar o guiador com as duas mãos, com os olhos na estrada. Numas vezes, dava guinadas para se afastar de algum buraco. Noutras vezes, desistia de tentar. As mulheres saltavam uma para cada lado ou chocavam no ar com os ombros, davam cabeçadas no teto. Atrás, era certo que os homens iam derreados. Foi caída sobre o banco, sem posição, com a boca cheia de maçã mastigada, que a Adelaide se apercebeu do que lhe estava a acontecer e chorou como uma cachopa. O homem e a mulher viram que estava a fazer uma careta e a chorar, mas não se incomodaram. Estavam habituados.

2. Conversa entre o Ilídio e a velha Lubélia

O Ilídio não encontrou as ruas até chegar à casa da Adelaide. O muro da tapada tinha um buraco onde pousava o pé para trepar. Caminhava com as ervas pelos joelhos, as estrelas eram o universo inteiro a acompanhá-lo. Ao olhar para a frente, uma linha em direção ao muro, via o rosto sério da Adelaide, a fixá-lo desde o interior inventado da sua vontade. Havia uma brisa que passava pelas folhas das oliveiras. Na escuridão, a cal do muro era prateada.

Saltou o muro do quintal com facilidade. Debaixo do abrunheiro, sentiu-se protegido da noite. Três passos. Tinha um martelo e uma chave de fendas no bolso interior do casaco, mas assim que pousou a mão sobre a fechadura, a porta abriu-se sem queixa. Avançou com muito vagar e tento no chão da cozinha. Ficou parado no escuro a ouvir o silêncio. Aproximou-se da porta do quarto, empurrou-a com pouca força, aproximou o rosto, o silêncio, e ouviu:

Porque é que demoraste tanto?

A respiração do Ilídio foi perturbada, o seu peito levou um encontrão. Dentro desse susto, pareceu-lhe que aquela voz pertencia à velha Lubélia, mas sem vincos da idade, sem camadas sobrepostas de ressentimento, como jovem, menina.

Chega-te mais. Esperei tanto por ti, fartei-me de chorar, quase acreditei que não vinhas.

O Ilídio avançou no negro do quarto e chamou a Adelaide. Sentiu as mãos da velha Lubélia a puxarem-no.

Abraça-me, estou com precisão de um abraço.

Onde é que ela está? O que é que lhe fez?

A velha esperou antes de responder:

Levaram o nosso bebé, meu amor. Eu não fui capaz de segurá-lo dentro de mim e eles levaram-no. A minha mãe veio trocar os lençóis. Queimou os lençóis velhos no lume.

Onde é que ela está?

O cheiro de fazenda queimada encheu a casa, empestou tudo.

O Ilídio segurou os ombros magros da velha, a flanela da camisa de noite, e abanou-a.

O que é que lhe fez?

Eu não fui capaz de segurá-lo dentro de mim, meu amor bendito. Eu quis segurá-lo, tentei por tudo, mas já não tinha capricho para tanto. O meu corpo tinha mais força do que eu.

Onde é que está a Adelaide? O que é que lhe fez?

O nosso bebé está agora a caminho do céu, meu amor. Deus não há-de permitir que um anjinho inocente padeça de males que não lhe são devidos. Deus ouve com misericórdia sem fim. É por isso que estás aqui. Pedi tanto por ti, pedi tanto a Deus que te trouxesse de novo aos meus braços. Beija-me na boca, meu amor, meu grande amor.

Foi triste o momento em que o Ilídio empurrou o corpo da velha na escuridão. Sentiu-a cair de costas sobre a cama.

Vem. Estou pronta, meu amor, meu grande amor. Entra dentro de mim, estafona-me toda. Estou limpa e pronta.

Uma última vez, sem esperança:

Onde é que está a Adelaide?

A voz da velha Lubélia, rejuvenescida, quase a sussurrar:

Vem.

O Ilídio levou as mãos à cara, esfregou-a como se não lhe pertencesse e saiu. No quintal, a noite era maior do que antes. Em algum lugar daquela noite, a Adelaide respirava, via um pedaço de mundo a rodeá-la, tinha pensamentos. O Ilídio saltou o muro do quintal e, depois, o muro da tapada. Chegou à rua e caminhou direito a casa, perdido.

3. Conversa entre o Ilídio e o Cosme

Acorda, acorda.

Não estou a dormir.

Era uma hora qualquer a meio da tarde. Eram três da tarde, ou três e meia, ou quatro, ou quatro e meia. O

Ilídio, deitado na cama, não sabia as horas. O Cosme, de pé, à entrada do quarto, também não. O Josué estava a trabalhar, mas a porta nunca estava fechada à chave, só no trinco, o Cosme entrou à vontade.
Acorda.
Já te disse que não estou a dormir.
Sei para onde é que ela foi. Contou-me o Etelvino Maltês. Contou-lhe o das bicicletas, parece que ouviu a Zefa e a Cremilde do Tarrancho a calhandrarem debaixo da janela dele. Contou-me agora, no terreiro. Vim logo a correr.
O Ilídio estava de cama. Não sabia o que decidir. O Josué julgava que o compreendia. O Cosme também julgava que o compreendia. O Ilídio levantou-se, ficou sentado no colchão, nada o poderia impedir de olhar diretamente para o Cosme, o silêncio breve.
Foi para a França.
O silêncio longo. Dentro desse tempo, em que se poderia imaginar uma carroça que não estava a passar na rua, ou um rebanho de ovelhas que não estava a passar na rua, o olhar do Ilídio encheu-se de perguntas, de medo, de paisagens distantes, de vento, de ternura, de desejo, de coragem e de certezas.
Ajudas-me?
Agora, não é boa altura para pedir mais dinheiro ao meu pai.
Não é isso. Eu cá me arranjo. Ajudas-me a perguntar maneira de chegar à França?
Antes de sair, rapaz, o Cosme sorriu.
Eu vou contigo.

A Adelaide só soube que ia para a França, quando a camioneta parou debaixo de um sobreiro, no meio da noite, quando pisou a terra. Foi a mulher que lhe disse, como se ela própria não entendesse o que dizia. A França, qualquer coisa. A partir daquele ponto, seguiam a pé. As veredas eram concretas, separadas por tojos, feitas de terra macia e pedras. As duas mulheres e os homens seguiam em fila. Quando a Adelaide tropeçava, batia nas costas do homem que ia à sua frente. Tinham um céu enorme e negro sobre tudo o que viam. O homem que conduzira a camioneta sabia o caminho. As veredas eram concretas entre as sombras, mas a imagem do Ilídio podia apenas ser vista pela Adelaide. Era um rosto que se levantava diante do dela, recordado no beco da padaria, a aproximar-se antes de beijá-la. A sua voz soava dentro da cabeça da Adelaide. Havia os grilos, havia o barulho arrastado dos passos, podia haver um homem que tossia e escarrava mas, por cima disso, havia a voz do Ilídio a fazer promessas de felicidade.

Duas horas em que a Adelaide subiu e desceu cabeços sem sair da fila. Pararam para descansar. Sentaram-se ao pé de um fio de água, um ribeiro pobre. A Adelaide ficou sentada no chão, continuou abraçada à mala, a olhar para os homens que cortavam lascas de pão, ofereceram-lhe um pedaço, recusou, ou a olhar para dentro da noite, desconsolada.

É a ausência que faz nascer o pensamento.

De repente, a mulher chegou, vinda da escuridão, aflita, as saias a restolharem, a respiração a entrar pelo meio das palavras, a parti-las. Deixou-se cair nos braços do marido, condutor da camioneta. Firme, caminhou ao seu lado, enquanto os outros os seguiam, a Adelaide caminhava também atrás deles, também sem saber.

No chão, destroço, atrás da sombra de uma rocha, estava o corpo de um dos homens que viera na parte de trás da camioneta. Tinha o rosto e os olhos atravessados por riscos de garras, tinha a pele rasgada por vincos fundos, cravados na carne. Tinha o rosto esfarrapado. Faltava-lhe um dos lados do pescoço, comido, arrancado à dentada. Estava branco, como se não fosse feito de pessoa, como se fosse uma forma de areia fina. Não escorria sangue das feridas. Estava seco e gelado.

Foram os lobos.

Um dos homens começou a querer cavar um buraco com um pau.

Não temos tempo para isso agora.

Enquanto voltavam às malas e aos sacos, a mulher soluçava ainda debaixo do braço do marido. Os homens murmuravam palavras fechadas. O marido tinha uma expressão séria e apressava toda a gente, dizia que ou iam ou ficavam, dizia que havia de regressar para enterrar o morto, mas nem ele próprio, nem ninguém acreditou que o fizesse.

4. Conversa entre o Ilídio e o Galopim
Pega este pombo.

O Galopim ainda tinha a cara marcada pelas vespas e pela enxurrada de chapadões que tinha apanhado.

Pega, leva-o contigo. Faz assim: quando chegares lá à França, larga-o no ar e, depois, quando voltar, já ficamos a saber que chegaste bem.

O Ilídio recebeu o pombo. O irmão do Galopim estava deitado de lado, com a cabeça arrumada ao colchão, respirava pelo nariz e ouvia. O Ilídio levantou o olhar do pombo que segurava.

Não te esqueças de lhe dar água. Nem que tenhas de lhe mijar para cima. A água é que nunca pode faltar.

Sabes que se precisares de alguma coisa podes ir ter com o Josué, sabes?

O Galopim disse que sim com a cabeça e continuou a sorrir.

O Ilídio abraçou-o.

(Posto da guarda)
Q

uem abriu a porta foi o Ilídio com catorze anos. Era domingo, era quase hora de almoço e, no instante em que o olhavam sem terem ainda aberto a boca, o Ilídio pensou que se tratava de um peditório da igreja, de alguma decisão que tinha nascido na missa. Eram dois homens a segurarem as pontas de uma colcha. Atrás, a acompanhá-los, o padre explicava-se à mouca e ao marido da mouca. O Ilídio viu-o e afastou logo o olhar. Os homens que seguravam a colcha disseram-lhe o que queriam.

O Ilídio deixou-os à espera e entrou dentro de casa, atravessou a cozinha para encontrar o Josué a urinar no quintal e contar-lhe.

Estão a fazer um peditório para construírem um posto da guarda.

Um posto da guarda?

Sem desviar a atenção do arco de urina, sem interromper o seu fluxo, largou um sonoro, redondo, que troou no ar. Não foi por coincidência que dois pardais se lançaram a voar em direções opostas.

Olha, entrega-lhes este marmelo.

E riu-se. O Ilídio continuou a olhar para ele, sério. O Josué viu a urina recolher-se, sacudiu algumas pingas e, enquanto abotoava as calças, disse:

Espera, diz-lhe que, depois, ajudamos na obra.

Foi o que o Ilídio disse. E ficou a vê-los baterem à porta de cada um dos vizinhos e repetirem a mesma conversa, enquanto desciam a rua. Com catorze anos, o Ilídio não entendia. À frente, iam dois homens, seguravam em pontas opostas de uma colcha. Atrás, a segui-los, iam o padre, a mouca e o marido. A colcha parecia ter um certo brilho de nova, os homens seguravam-lhe nos cantos e, quando as pessoas atiravam moedas para o seu interior, ouvia-se o tlintlim; e a barriga da colcha, a arredondar-se na direção do chão, parecia crescer.

O Ilídio não entendia como é que aquelas pessoas, que contavam tostões no balcão da mercearia, que se lamentavam na padaria, arranjavam condições para se despedirem de moedas com aquele desapego. O Ilídio tinha catorze anos, sabia o valor do dinheiro e de um rabo de sardinha.

Já ao serão, depois de mastigarem um naco de pão com toucinho, a falar baixo, alumiado pelo candeeiro de petróleo, o Josué explicou-lhe.

Têm miúfa. São uns ratos borrados. Se não derem para o posto, têm medo que os outros pensem que estão a esconder algum crime. Antes querem ficar sem comer do que arrancarem-lhes as unhas com um alicate.

Fez uma pausa e falou ainda mais baixo.

A culpa é do Salazar, esse filho de uma correnteza de putas, esse cão. E o padre é outro que tal. Enchem o bandulho de bolos, massa finta, mas têm a cabeça cheia de estrume. Andam sempre com a boca cheia de pobres, a doer-se, os pobrezinhos, os pobrezinhos, mas hás-de cá vir dizer-me quando os vires fazer a cabeça de um alfinete pelos pobres. São uns parasitas desgraçados, hão-de apodrecer com todo o veneno que carregam debaixo do pelo, isto se não estiverem já podres, se não tiverem só merda líquida a correr-lhes nas veias.

O Ilídio ouviu estas palavras e sentiu-se importante, crescido, homem. Essa foi a primeira vez que o Josué lhe falou de política.

Mais tarde, depois de um silêncio demorado, a propósito de nada, o Josué disse ainda:

Um posto da guarda. Esta vila está com tanta falta de um posto da guarda como de uma camada de sarna. Esse padre precisava era que lhe construíssem um posto da guarda pelo cu acima.

O Josué era, sobretudo, um sentimental. Em noites esparsas da taberna, com os outros homens, após meia dúzia de copos de vinho, chorava inevitavelmente. Muitas vezes, nessas situações, os olhos começavam-lhe a lacrimejar e nem conseguia identificar o porquê. Chegava primeiro a emoção e, só depois, o motivo. Os outros homens da taberna respeitavam essa franqueza. Por isso, quando ainda não tinha começado a aquartelar as roupas na mala, o Ilídio não se admirou que o Josué já estivesse a chorar.

O Ilídio não precisava de assentar a palma da mão na superfície das paredes da casa para saber os pormenores da sua textura. Antes de se instalar à mesa, pousou a mala a pouca distância da porta. O Josué andava entre a mesa, o lume, o armário com portas de rede e a gaveta dos talheres, transportava coisas ou esquecia-se de coisas, do pão, dos garfos. Sentaram-se para jantar, mas quase não comeram, não foram capazes. O Josué tinha baixado a chama do candeeiro de propósito, não queria ser visto. A mala, feita, pronta, era uma presença.

Então, o Josué quis falar-lhe de coragem. Em vez disso, pediu-lhe que comesse, disse-lhe que iria precisar de forças. Ao olhá-lo, o pedreiro lembrava-se bem da madrugada em que se atrasou para ir buscá-lo à fonte nova, lembrava-se de todos os momentos em que sorriram juntos. Compreendia que o Ilídio tinha de partir. Queria que se sentisse vivo e não queria voltar a mentir-lhe. Anos antes, quando os rapazes da idade do Ilídio foram às sortes, convenceu-o a não ir, afirmou-lhe que não valia a pena. Disse-lhe:

Com mãe desaparecida e pai incógnito, não vale a pena ires.

Na altura, acreditou que preferia fazer-lhe mal do que perdê-lo. Os remorsos chegaram refletidos no espelho. Depois de assistir à tristeza do Ilídio durante dias, durante semanas, ao ver-se no espelho, não queria acreditar que aquelas palavras tinham saído do seu rosto. Não voltaram a falar nisso e esse arrependimento escureceu dentro dele.

No outro lado da mesa, noutros pensamentos, enquanto empurrava batatas com o garfo, o Ilídio quis dizer-lhe que tinha aprendido a sua dignidade, que iria sempre conservar o seu exemplo. Em vez disso, continuou o silêncio e, por instinto, tentou proteger-se, pensando em comboios.

Por fim, a explicação: quando era mais novo do que a sua memória, três anos, quatro anos, a mãe do Ilídio sentava-se à máquina de costura. Do balanço dos seus pés, do círculo que a sua mão seguia, nascia um estrondo repetido. Nessas horas, a mãe escolhia uma voz que o descansava, uma voz feita dos panos mais macios, e dizia-lhe que aquele era o barulho dos comboios, que não devia ter medo. Nessas horas, a mãe sorria com força. Depois, aquilo que lhe dizia dos comboios tinha ilusão.

O Josué e o Ilídio eram dois homens de idades diferentes, sentados a uma mesa que partilhavam desde um tempo que, ali, parecia ser toda a vida. O tampo da mesa estava gasto por toda a história do mundo. Não havia uma palavra simples que os descrevesse. A hora chegou como um prego enferrujado, a espetar-se entre as costelas.

Lágrimas, sentimental, foi o Josué que se levantou primeiro, a cadeira a arrastar-se por detrás das pernas. O Ilídio levantou-se logo a seguir, o seu rosto, material rochoso. Um deles abriu a porta. A noite era tão grande. Onde estava a lua? As mãos do Josué e do Ilídio tocaram-se e separaram-se. O Ilídio avançou pela rua até desaparecer, até ficar só a rua vazia, até parecer que também a rua desapareceu. O Josué fechou a porta e a casa tornou-se definitiva, nenhum lume seria capaz de aquecê-la.

(Posto da guarda)
A

brir os alicerces com uma picareta foi uma tarefa que o Josué fez quase sozinho, recusando ajuda durante dias inteiros de lama, calculando que esse crédito juntos dos fascistas lhe haveria de ser precioso. Ao mesmo tempo, esse sacrifício era um período de superação pessoal. Ao empreendê-lo, recuperava a crença nas suas mãos. Depois, no quintal, sussurrando, quando os homens o vinham procurar, mandava o Ilídio dizer-lhes que não estava, que não sabia onde estava. Quando o encontravam no terreiro e lhe pediam diretamente que aparecesse na obra, inventava desculpas e hérnias.

O posto da guarda foi-se levantando. O padre passava tardes, de mãos nos bolsos, a saudar a generosidade do bom povo. Os homens que o acompanhavam, beneméritos de espírito, exprimiam concordância e, sem que ninguém lhes perguntasse, enumeravam de cor uma lista de todos aqueles que não tinham contribuído. Houve uma Páscoa em que, debaixo de sol, homens contrariados assentaram as últimas telhas e em que mulheres com dores de costas caiaram as últimas paredes. Assim que o posto ficou pronto, o Josué apareceu a perguntar se precisavam de ajuda.

A inauguração foi feita numa manhã de sábado. Houve missa, bênção, cânticos, discurso do genro da d. Milú, presidente da Junta e aplausos sob sinal. Os guardas estavam prometidos para daí a um mês. Para começar, um cabo e dois soldados, garantiu o genro da d. Milú. Passou o primeiro verão e o primeiro outono. Em dezembro, cresceu uma fiada de cogumelos ao rés das paredes. Em janeiro, ninguém arriscou comentar as primeiras manchas de musgo. Por dentro, o posto da guarda tinha um chão de tacos; tinha secretárias por estrear, vindas de Lisboa; tinha reposteiros nas janelas fechadas, que cheiravam a mofo. Só faltavam os guardas, mas esses nunca chegaram. A vila era demasiado longe de cidades onde ninguém conhecia o seu nome.

Os lobos. Até à primeira luz da madrugada, caminharam com medo dos lobos. A imagem do cadáver, o seu rosto de carne desarrumada e a opressão que, a partir daí, se enrolou à volta do peito não se dissolveu com o dia a nascer sobre os pequenos sons, apenas mudou de cor, clareou. Com a luz, o mundo cresceu. O homem que antes conduzia a camioneta era o único de movimentos livres, era o único que reparava nos pássaros a alargarem a extensão do céu. Os homens olhavam uns para os outros, esse era o seu horizonte, não se atreviam a mais.

 A mulher já não seguia com eles. Muito antes do início do dia, muito dentro da noite, tinha voltado sozinha para trás. Todos entenderam que regressava por causa da memória do homem morto. Apesar de nem todos entenderem que partisse sozinha por caminhos esconsos e negros, infestados de criaturas invisíveis e assassinas, todos entenderam que sofresse e que necessitasse de solidão purgatória.

 Houve um susto coletivo, ai, no momento em que o rosto mascarrado de um homem surgiu de trás do tronco de uma árvore. Esse susto estava ainda nos rostos, quando o homem que antes conduzia a camioneta se largou a sorrir e a espanholar. Conheciam-se, um estava à espera do outro. Conversaram, riram-se. Então, entregou-os ao espanhol, barba por fazer, expressão maldosa. E não se despediu, desapareceu. Seguiram o espanhol sem saberem para onde iam. Eram uma pequena multidão de desconhecidos assustados. As malas doíam-lhes da mesma maneira que lhes doíam os pés, as pernas ou a espinha. Arrastavam uma vontade que era cada vez mais difícil de explicar, náufragos de todas as palavras que não diziam, manchas cinzentas a atravessarem campos, a esconderem-se. Entre eles, seguia a Adelaide, pensamentos misturados com mágoa e pó.

 Outra camioneta. O espanhol fê-los subir para a parte de trás. A Adelaide, com a ajuda de um homem que a puxou pelo pulso, também subiu. Então, o espanhol cobriu-os com uma lona. Ficaram a saber ainda menos. O motor começou a funcionar. A lona cheirava a borracha e a terra seca. O ar que respiravam e que atravessavam com os olhares era cinzento-escuro, não a cor do fim da tarde, mais escuro do que isso. Talvez por culpa dos solavancos, talvez por culpa dos nervos, um dos homens vomitou o líquido amarelo que lhe forrava o estômago, essa água chilra, claras de ovo, escorria pelo chão, passava pelas botas dos homens sentados e cheirava a vinagre azedo.

O pombo que o Galopim lhe tinha dado levava uma negaça e, dentro da mala, respirava entre camisolas interiores de algodão. Talvez se julgasse morto, talvez acreditasse que a vida se tinha transformado num lugar negro, quente, ritmado por passos certos.
 O Ilídio encontrou o Cosme arrumado ao portão da serração, como tinham estabelecido na véspera. Esperava-o ao lado de duas malas que, empilhadas, lhe chegavam à cintura. O Ilídio murmurou um cumprimento, o Cosme ia para encetar qualquer assunto, mas calou-se a meio de uma frase incompleta porque começou a equilibrar as malas nos braços para acompanhar o amigo que já estava meia dúzia de passos à sua frente, em direção à noite absoluta da estrada de terra. O Ilídio não estava com vontade de conversas e o Cosme não conseguia falar porque as malas pesavam-lhe, não queriam descolar-se do chão. A noite era negra, era negra. Os grilos estendiam fios de brilho dentro da noite. Se algum deles tivesse olhado para o céu, não teria encontrado a lua.
 Debaixo de um sobreiro, estava uma camioneta. Era assim que a tinham imaginado quando, no terreiro, um homem lhes recebeu o dinheiro e lhes explicou o que

ia acontecer. Não digo que vá ser fácil, afiançava, mas, durante a explicação, tudo parecia fácil. Aproximaram-se da camioneta. Havia um grupo de homens agachados na parte de trás, rapazes como eles, e havia uma mulher na cabina. O Cosme pousou as malas, segurou o Ilídio pelo ombro enquanto recuperou o fôlego e, esperto, dirigiu-se à mulher. O olhar com que ela lhe respondeu foi severo. Abrandou-o quando chegou ao rosto do Ilídio, quase sorriu. Ainda a fixá-lo, disse boa-noite. Regressando ao Cosme, ordenou-lhes que subissem para junto dos outros, o marido devia estar quase a chegar. Antes de o fazerem, o Ilídio ouviu a voz do Cosme a sussurrar-lhe uma evidência ao ouvido:

A gaja gostou de ti.

Encolhidos, esperaram talvez uma hora, talvez mais. O homem com quem tinham falado no terreiro, o marido da mulher, vinha a acompanhar uma rapariga que também entrou para dentro da cabina. O motor da camioneta rugiu duas vezes. A viagem começou.

O que seria a França? A Adelaide sabia três coisas acerca do país para onde se dirigia: na França, as pessoas tinham máquinas que faziam a lida da casa, que varriam o chão, que lavavam a loiça e a roupa, braços de ferro; na França, as pessoas só andavam de automóvel, mesmo para ir à padaria; na França, as pessoas comiam carne de cavalo cozida. Esta última informação era a que mais espécie lhe fazia, tinha pena dos bichos. Também já tinha ouvido falar da cidade de Paris, conhecia o nome, e também já sabia que os franceses falavam estrangeiro. Como iria entender-se num lugar em que toda a gente falava estrangeiro e comia cavalo? Durante as horas da viagem, coberta por lona, a fugir com o rosto aos olhares embaciados dos homens, a Adelaide apoquentava-se com estas perguntas, mas havia um pensamento que lhe fazia mais mazela.

A lembrança do rosto do Ilídio. Ao imaginar onde poderia estar o rosto do Ilídio naquele momento preciso, sentia-se sangrar por dentro, sentia que o interior da pele sangrava e que todo esse sangue se acumulava, líquido, grosso, e que lhe bastava tocar numa lasca mínima para que se esvaísse e a matasse. A Adelaide imaginava o seu sangue, a sua vida, a escorrer-lhe para fora do corpo, a formar uma poça e a entranhar-se na terra, a regressar, e baixava as pálpebras sobre os olhos.

Num momento que lhe pareceu tantas vezes que nunca chegaria, a camioneta parou. Quando a lona foi levantada, todos se tinham esquecido da luz e dos detalhes do mundo. Nos primeiros passos depois de descerem, tanto a Adelaide como os homens tiveram de reaprender a andar. Cada um escolheu uma direção torta para avançar sem destino. Tinham muita fome, mas não era nisso que pensavam. Os seus pensamentos dirigiam-se com a mesma falta de orientação e com a mesma hesitação gaga dos seus passos.

Estavam numa quinta, havia vacas de olhos grandes, serenas, que se admiravam com aquelas pessoas perdidas. O espanhol segurou a ponta de uma mangueira de onde jorrava água limpa. Ao tentarem correr, os homens tropeçaram em si próprios. Menina, a Adelaide começou a chorar.

O Cosme experimentou levar as malas aos ombros, à cabeça, mas não aguentava muito de nenhuma maneira e, de tempos a tempos, tinha de parar. O Ilídio esperava por ele, ajudava-o às vezes. Ao longo das veredas, iam sempre em último, os outros homens seguiam caminho e, em muitas ocasiões, os dois temeram perdê-los de vista. Quando, por fim, pararam à beira de um fio de água, foi um alívio. Mais do que sentarem-se, deixaram-se cair. O Ilídio aproveitou para tirar o pombo, dar-lhe ar e água. A envolvê-lo com as duas mãos, pensou em dizer ao Cosme que não podiam continuar com aquele peso de malas mas, antes disso, a mulher aproximou-se. Trazia meia maçã na mão e estendeu-lha em silêncio. Apesar da noite, o seu olhar parecia iluminado por um lume.

Anda.

O Ilídio levantou-se e seguiu-a. Os sons gastos dos outros homens, talvez vozes, ficavam para trás, abafados pelo céu carregado de negro. Enquanto seguia a mulher por uma vereda fina, o Ilídio levava ainda o pombo nas mãos. Tanto ele, como o pombo, não sabiam para onde iam, onde estavam. Era como se tivessem os dois uma negaça enfiada na cabeça, feita de tempo ou de couro, atada por baixo do pescoço, apertada.

A mulher parou onde apenas se ouvia a sua respiração rápida, cada vez mais rápida e os grilos, distantes. Então, o Ilídio viu-a bem. Tinha o rosto incendiado, feito de inferno. Os seus olhos eram portões para outro lugar. Os lábios da mulher afastaram-se sob o tamanho dos dentes, subitamente enormes e afiados. Levantou as mãos devagar e, na ponta dos dedos, tinha garras sujas, grossas. Sem que existisse um instante entre esse e o seguinte, a mulher lançou-se inteira sobre o Ilídio. Sentiu o corpo da mulher, duro e pesado sobre o seu, o estrafego da luta. Num gesto que não antecipou, espetou-lhe o pombo na boca aberta. Teve tempo de vê-la a desfazer o animal, os movimentos aflitos das asas, morrentes, e teve tempo de sair a correr.

Não encontrou a vereda, arrastou o mundo inteiro na direção dos homens sentados, a comerem pão, a beberem vinho. Levava o coração descontrolado, a bater-lhe no interior do corpo todo. Puxou o Cosme pelo braço. Não houve perguntas porque não houve palavras. O rosto do Ilídio estava coberto de pânico. Lançaram-se os dois a correr pelo campo negro. As malas ficaram para trás.

(Posto da guarda)
C

inzento ou azul-escuro eram as cores que assentavam sobre a cal enquanto anoitecia. A culpa era do céu. Havia ervas que cresciam coladas às paredes e havia ervas que insistiam em agitar-se debaixo da aragem. O Galopim chegava primeiro e esperava, sentava-se nos degraus da porta das traseiras. Ficava imóvel, transformava-se em pedra, em tijolo, imaginando que, assim, desaparecia, não podia ser visto. Dentro de uma sombra, a mulher casada chegava sempre com pressa.

O Galopim empurrava a janela que ficava ao lado da porta das traseiras. Bastava o empurrão de um dedo, o polegar, para se abrir. A mulher subia com a ajuda do Galopim, que lhe abraçava as coxas por trás. Ele subia logo a seguir, sem ajuda. As solas dos sapatos esmagavam o pó que crescia no chão de mosaicos da cozinha. Anos antes, ainda durante o projeto e, depois, durante a obra, o padre tinha dito muitas vezes:

Os guardas hão-de fazer belos petiscos aqui.

Caminhavam depois por um corredor onde era sempre inverno e chegavam a uma sala de secretárias. Então, a mulher casada agarrava-se de braços e pernas ao Galopim. Queria engolir-lhe a boca. Concentrada nas palmas das mãos, pescoço, ombros, peito, encostava-se a uma secretária e sentava-se. Em algum momento, rápido, a mulher casada baixava a mão direita sobre as calças do Galopim e já sabia que ia encontrar um vulto duro, amaciado pela fazenda. Abria-lhe os botões e, mesmo antes de agarrá-lo, sabia que iria senti-lo a pulsar, como se quisesse crescer ainda mais. Não o segurava durante muito tempo porque ficava ansiosa, tinha pressa.

Com a saia levantada até à cintura, nos dias mais sôfregos, afastava as cuecas e enfiava-o logo dentro de si. Cheia, respirava de outra maneira. Nos outros dias, também sôfregos, baixava as cuecas e ficava de pernas abertas, aberta, a esperar durante um instante. Esse instante era feito de impossível. Depois, preenchida, como se fosse morrer, sentia o tamanho enorme do Galopim, gigante. Ele segurava-a pelas pernas, que eram brancas, não viam sol. O interior dos braços dele envolviam-lhe as pernas, as coxas largas, superfície de pele branca. E ele tinha força suficiente para levá-la à beira da morte. A mulher casada sentia que, se ele continuasse, poderia matá-la. E ele continuava, com mais força, mais fundo, e ela sentia que, se ele continuasse, poderia matá-la. E ele continuava.

Havia também o calor da água espessa que escorria do centro onde, juntos, se rasgavam. Havia também o cheiro, mistura animal da transpiração do Galopim e do sexo, que escorria.

No fim, depois de enlouquecerem, ficavam desorientados por momentos. Regressavam devagar ao tempo, ao lugar onde estavam e a si próprios. O Galopim puxava as calças e abotoava-as. A mulher casada limpava-se com um lenço de assoar e compunha-se. Era já de noite. Na escuridão, fumavam um cigarro. Era a mulher que trazia cigarros e uma caixa de fósforos. E pensavam. E sabiam que aquilo não podia durar para sempre. Mesmo o Galopim, que era simples, sabia que aquilo não podia durar para sempre.

A noite que passou na quinta, deitada na palha, entre as vacas e o cheiro das vacas, o calor pastoso, foi uma bênção. Aproveitou esse descanso para reaprender a acreditar. De madrugada, quando o espanhol apareceu, alvorada, a acordar os homens estremunhados, a Adelaide foi capaz até de sorrir. Levantou-se e quis seguir caminho. Já na camioneta, coberta pela lona, quando um homem lhe estendeu meia fatia de pão, a Adelaide aceitou.

Horas, quantas horas durou essa parte da viagem? Sentada, aos solavancos, não havia maneira de saber quando voltaria a parar, mas tinha-se habituado ao motor, aos próprios solavancos, ao rígido com que as tábuas da camioneta lhe moíam o rabo, os músculos, lhe desconjuntavam os ossos. Ao mesmo tempo, estava animada pela ideia inventada de que o Ilídio havia de encontrá-la. Conseguia imaginá-lo a não desistir de tudo o que tinham imaginado. Além disso, ela própria haveria de chegar à França. E, lá, iria revolver tudo, revirar cada pedaço de caminho, até fazer o Ilídio saber onde estava ou até voltar para junto dele, os seus peitos de novo abraçados, colados, nenhuma distância. Dentro de si, sem palavras, repetia uma nuvem informe de esperança.

A camioneta parou. Desceram diante de uma multidão de homens e de algumas mulheres, algumas crianças agarradas às mães. Desta vez, a Adelaide e os companheiros de viagem não tiveram tempo de sentir a terra debaixo dos pés, o peso dessa segurança, porque se admiraram ao ver o que os rodeava: como uma feira, pessoas entre malas e alcofas, mantas estendidas no chão, sorrisos despenteados. A tarde não duraria muito tempo. Nessa mistura de cores escuras, havia um sossego propositado que até as crianças respeitavam. Não foi a Adelaide que disse uma palavra, foi uma mulher que se aproximou dela e que lhe falou em português, mas com outro jeito. Apontando-lhe o gargalo de um garrafão, ofereceu-lhe uma golada de vinho tinto, a Adelaide aceitou. Depois do início da conversa, sentada numa manta ao lado da mulher, soube que aquelas pessoas vinham do norte, conheciam bem o rio Douro, e soube que a França estava logo depois das montanhas que se levantavam lá ao fundo.

Começou a anoitecer, continuou a anoitecer e, num momento de silêncio, quando a mulher do norte se afastou e desapareceu atrás de um monte de estevas, ia urinar, mijar, a Adelaide abriu a mala. Afastou as roupas com delicadeza e encontrou o livro. Passou-lhe a ponta dos dedos pela capa, sentiu-o. Depois, levantou-o com as duas mãos, deslizou-o ao longo da pele do rosto, tocou-o com os lábios. Enquanto o abraçou, manteve os olhos fechados.

Mal conseguiam respirar. Pararam debaixo da noite, inclinados sobre o chão, com as mãos assentes nos joelhos. Sem entender, o Cosme estava meio zangado. O Ilídio explicou-lhe da maneira que foi capaz. A dificuldade de explicar foi igual à dificuldade de entender. Então, a meio de nada, o Cosme decidiu interromper esse momento e, por uma vez, ser metódico. A situação era: estavam no meio do mato, era noite cerrada, não sabiam o caminho para a França e possuíam os seguintes objetos: uma navalha, dois lenços, duas carteiras com um total de duzentos e trinta e cinco escudos, uma agenda pequena, um lápis com o bico partido e uma caixa de fósforos. Além disso, tinham os cintos, que podiam dar serventia em alguma ocasião imprevisível, e tinham um alfinete-de-ama, que prendia uma parte do forro do casaco do Ilídio.

Continuando na mesma direção, caminharam em silêncio, talvez esmorecidos, pensativos. Os tojos enrolavam-se-lhes nas pernas das calças, avançavam longe de veredas. O breu, sem lua, tornava mais vivas as formas que imaginavam, puxava-lhes a cor e afinava-lhes os contornos. No caso do Ilídio, era a forma do rosto da Adelaide que se aperfeiçoava. Queria-a tanto. Havia uma agitação invisível à volta das suas mãos nos momentos em que pensava nela com toda a força. O ar da noite tornava-se espesso e era respirado não como ar, mas como barrotes de madeira velha que lhe desciam pela garganta. Obrigava-se a continuar porque o seu corpo tinha vontade de desistir. Não compreendia o tamanho da distância que o separava dela. Lembrava-se também do Josué. Repetia dentro de si aquilo que lhe quisera dizer e que não conseguira. Essas palavras, incandescentes no silêncio, eram um óleo amargo que se misturava com a saliva e que lhe balançava no interior da boca, fel. A cada número contado de passos, o Ilídio cuspia.

A solidão absoluta é infértil.

No caso do Cosme, os seus pensamentos desenhavam imagens da vila e borrões desfocados das ruas de Coimbra. Tinha o tempo de estudante turvado pelo álcool e pela euforia. O esforço de subir as escadas monumentais era pouco comparável ao castigo de atravessar aquele mato negro. Lembrava-se da mãe, apoquentada, sem cor, e do pai, também apoquentado, com a mesma falta de cor, a contar de novo o dinheiro da viagem, notas com cheiro de dinheiro. Levava esse remorso como uma saca às costas. E confundia-se com os seus próprios pensamentos, divagava neles, dando encontrões nuns e noutros. Encontrava cismas sem resposta, a guerra, a guerra, e afundava-se nelas até aos joelhos. Talvez ir para a França fosse uma espécie de guerra, talvez estivesse a ir no sentido de tudo aquilo de que queria fugir. Para onde ia? Subitamente, a vida parecia-lhe uma encruzilhada de becos.

Espera.

O Cosme pediu ao Ilídio que parasse não tanto por estar cansado, mas porque precisava de falar, precisava de ser ouvido e precisava de alguma ideia que o reconfortasse. Mas não foi isso que aconteceu. Assustou-se com uma lebre que passou disparada a poucos metros.

Não é nada.

E continuaram. Sem relógio, não eram capazes de prever que a manhã iria nascer daí a uma hora. O negro do céu era tão opaco quanto o mundo que não existia a metros, quilómetros, do lugar onde estavam. Ao aproximarem-se de árvores, parecia-lhes que os ramos seguravam esse céu, como se as copas das árvores fossem o céu inteiro. Bastava-lhes a memória para saberem que existia lonjura. Muitas vezes, as pedras pareciam atravessar-lhes as solas das botas. Eram pedras duras, rochas com ângulos afiados, bicos que esperaram anos para aleijar-lhes as plantas dos pés.

Equilibravam-se numa descida quando o Cosme, pouco atrás do Ilídio, o viu desaparecer de repente. Um barulho rápido e um estrondo. Deu dois passos e ficou à beira de um precipício de metros. Só o silêncio. Quando o chamou, a voz saiu-lhe frágil:

Ilídio.

Depois, começou a descer, rodeando a ravina, quase caindo também. O Ilídio, deitado, tinha o rosto amarguçado na terra. O Cosme puxou-o pelos ombros, era pesado, as pernas e os braços eram pesados, a cabeça era pesada. Nervoso, o Cosme chamou-o muitas vezes, Ilídioilídioilídio, mas não teve resposta. As mãos do Cosme, sozinhas, começaram a tremer. O Ilídio tinha morrido.

Afinal, o Ilídio não tinha morrido. Que susto. O Cosme assustou-se com uma intensidade que, até aí, desconhecia. Quando o Ilídio abriu os olhos, nasceu o dia e o Cosme ficou sem conseguir falar durante minutos. O alívio não foi suficiente para apagar o ferimento do choque que sentiu.

Ainda com a cabeça no colo do Cosme, o Ilídio murmurou as primeiras palavras incompreensíveis, só ele sabia o que queria dizer. Havia pássaros a despertar e a natureza toda mostrava-se indiferente àquele pequeno desgosto. Então, o Ilídio espreguiçou-se. Abriu a navalha e afiou o lápis. Segurou a agenda numa página qualquer, novembro, e escreveu: vamos embora daqui.

Hã?, era a resposta que o Josué dava quando alguém se dirigia a ele.

Boa tarde.

Hã?
Ou:
A massa está com a areia devida?
Hã?
Mesmo durante as horas de trabalho, o Josué tinha perdido a síria.

Foi assim nos dias que, devagar, se sucederam à partida do Ilídio, foi assim que essa primeira semana chegou e passou pela insensibilidade do Josué. Havia noites em que não conseguia estar em casa e havia manhãs em que não conseguia sair de casa. Mas, também devagar, foi arribando. A segunda semana contada depois da partida do Ilídio trouxe chuva e ânimo, trouxe dias cinzentos e um fundo de esperança ao peito do Josué mas, também nessa semana, quarta-feira, num canto do terreiro, antes de meia dúzia de copos de vinho, que não chegou a beber, o Galopim perguntou-lhe pelo Ilídio.

Até esse momento, ninguém lhe tinha perguntado pelo Ilídio, as pessoas da vila sabiam quais as perguntas que deviam evitar, mas o Galopim apenas sabia de outras matérias. O Josué conhecia bem essa simplicidade e, por isso, não levou a pergunta a mal, até sorriu. Antes que desse a resposta que não tinha, o Galopim, tão simples, contou-lhe a história do pombo, explicou-lhe pormenores da raça do bicho. O Josué ficou branco, a pele do seu rosto transformou-se em borracha branca e suor branco. Os pesadelos que tinha coberto com camadas frágeis de qualquer coisa, chamiços secos talvez, destaparam-se de novo, carne viva, pequenos lagos de sangue.

Mais tonto do que se tivesse chegado a entrar na taberna, o Josué não se conseguiu despedir do Galopim.

Tocado pela nitidez de todas as arestas, atravessou a vila e foi para casa cismar.

Na França, o caminho foi todo feito de comboio. A Adelaide arregalava os olhos quando passavam por vilas, grandes plantações, milheirais. Ainda mal tinha assistido a duas ou três estações desfocadas e já era amiga inseparável da mulher do norte que conhecera na véspera e que viajava ao seu lado. Chamava-se Libânia e ia ter com o marido. A Adelaide quis saber tudo.

Tinha casado por procuração. A Libânia contou-lhe que foi uma festa bonita com rojões e mostrou-lhe um retrato, vestida de noiva, ao lado de um homem bem-posto, de fato. Era o padrinho, chamava-se um nome que a Adelaide não memorizou, Alfredo ou Alberto, e, durante a cerimónia, fez as vezes do noivo que, a essa hora, estava empoleirado na grua de uma obra francesa. A Libânia conhecia esses detalhes porque, no sábado do matrimónio, ao serão, noite de núpcias, fizeram-lhe a surpresa de a levar à mercearia, onde falou ao telefone com o marido. O aparelho estava pousado sobre o balcão, ao lado de uma pilha de folhas de papel pardo e, durante a conversa, os pais e o homem da mercearia ficaram a olhar para ela, enquanto gritava para o telefone e enquanto tentava ouvir os gritos que o marido dava do outro lado, na França. Depois, ao longo dos meses, não estiveram mais à vontade na correspondência, porque a Libânia não sabia ler e tinha de ditar as palavras a esse mesmo homem da mercearia que, muitas vezes, lhe sugeria formas mais polidas de se exprimir. Mas a Libânia era descarada e quis contar à Adelaide intimidades de quando o marido ainda era namorado e vizinho. A Adelaide interrompeu-a porque nunca tinha ouvido falar de casamentos por procuração e estava mais interessada em conhecer essa lei. A Libânia explicou-lhe o pouco que ela própria entendia de papéis, mas falou-lhe com detalhe da bastante falta que faz um noivo no dia do casamento.

Se puderes, espera por estarem juntos.

Demasiado tarde. A Adelaide só já era capaz de pensar em casar-se com o Ilídio por procuração. Manteve essa ideia fixa quase até à chegada a Paris. Entremeou-a apenas com o espanto que lhe causavam certas paisagens. A França era um belo país e a Adelaide estava esperançada.

Ai, que vida.

O Cosme queixou-se mais de mil vezes antes de chegarem à entrada de uma terra espanhola. Quando se agacharam atrás de uma moita e ficaram a ver as casas lá ao longe, no cimo de um cabeço, o Ilídio prantou-se sobre os joelhos. O tombo tinha-o feito coxear durante quilómetros. Levava os calcanhares derreados e o braço esquerdo parecia querer descolar-se do ombro, parecia estar preso apenas por alguns fios de músculo e pela pele, pela pele.

Foi o Cosme que saltou para o meio da estrada e que espantou as mulas de um espanhol, sentado numa carroça, a segurar as arreatas. Se o Cosme tivesse perguntado ao Ilídio, ele teria sido capaz de o dissuadir. Mas não, saltou simplesmente para o meio da estrada, desesperado e esfomeado. O espanhol riu-se, deu-lhes água e levou-os até outro lugar qualquer. Durante todo o caminho, o Cosme não se calou, talvez o espanhol entendesse metade.

A França, queremos ir para a França.

O espanhol ria-se, fazia que sim com a cabeça. Era boa pessoa.

Já depois desse espanhol, à noite, os ter passado a outro espanhol, com outra carroça, quando seguiam com o rabo tremido, o Cosme sussurrou ao Ilídio:

Aquele espanhol era boa pessoa.

Com esse segundo espanhol, o Cosme aprendeu algumas palavras. As primeiras foram: hijos de puta. O espanhol dizia abundantemente hijos de puta e guardia civil. O Cosme concordava:

Sim, sim. Guardia civil, hijos de puta.

O Ilídio, calado e deitado, recuperava.

A viagem com o segundo espanhol foi longa, durou três noites. As mulas estavam desensofridas de cansaço quando chegaram a uma quinta no centro de nada. O serão estava entrado e um homem, terceiro espanhol, saiu à porta de uma casa que, no seu interior, estava alumiada por candeeiros de petróleo. As mãos do segundo e do terceiro espanhol estalaram num aperto de mão. Falaram bastante. O terceiro espanhol entrou em casa, saiu e trouxe-lhes um pão. O Cosme partiu-o ao meio e engoliu a sua parte. Foi também o terceiro espanhol que os levou ao palheiro. Não descalçaram as botas, ressonaram ao desafio até ao nascer do dia, até o portão do palheiro se abrir, cheio de sol, e o segundo espanhol entrar para se despedir. Não havia dúvida de que também era boa pessoa. Abraçou-os e, comovido, chamou-lhes companheiros, desejou-lhes sorte. Entenderam bem essas palavras.

Passaram uma semana a limpar pocilgas, a assistir a partos de marranas e a planear tudo o que desconheciam e que os esperava. O ferro das pás raspava no chão de cimento para recolher montes frescos de estrume de porco. As placentas tinham de ser levadas com as duas mãos e com o interior dos braços até ao cotovelo. Os planos eram feitos à noite, nos minutos em que permaneciam acordados, com as lâminas de palha a atravessarem a roupa e a espetarem-se na pele. Nesses dias, o Cosme quase se apaixonou pela mulher desdentada, despenteada, mal-enjorcada, que lhes servia uma malga de sopa ao almoço e que sorria muito, sorriso bonito. Mas não houve tempo para sentimentos tão intensos porque, numa madrugada, domingo, o terceiro espanhol pagou-lhes com dinheiro vivo, muchas gracias, deu-lhes um papel rabiscado de indicações e apontou-lhes a direção da França.

Enquanto caminhavam, de novo sozinhos com o céu, sentiam medo e alívio.

Os óculos estavam pousados sobre o balcão. A velha Lubélia segurou-os com a ponta dos dedos, como se segurasse um inseto, e enfiou-os na cara, sobre a cana do nariz, atrás das orelhas. Segurava um maço de cartas e inspecionava-as uma a uma. O tempo passava devagar porque era uma manhã de quinta-feira e, na rua, só muito raramente surgia algum homem de bicicleta ou alguma mulher carregada de repolhos. Também dentro da velha Lubélia o tempo era respirado a esse ritmo. Os papéis de embrulho, as folhas de cartolina, as tesouras por estrear, as afiadeiras, os frascos de cola estavam todos arrumados nas prateleiras devidas. Nenhuma mosca cruzava o ar da loja, que era limpo e fresco, como se fosse maio.

O Josué entrou com roupas sujas, com o rosto carregado e com as botas a esturdir trovões no chão de madeira. A velha Lubélia olhou-o e não teve oportunidade de exprimir o seu espanto para lá dos olhos pequenos, que se abriram muito sob as lentes dos óculos, porque o Josué fechou a porta atrás de si, a sombra, e, como uma ameaça, disse:

Agora, vais explicar-me tudo bem explicadinho.

A velha Lubélia lançou-se a correr para dentro de casa. Deu três ou quatro passos na cozinha e, quando se virou, viu-o à mesma distância de antes e começou a uivar:

Acudam, acudam.

O Josué lançou-se sobre ela e tapou-lhe a boca. A mão cobriu-lhe metade do rosto, sentiu-lhe os lábios finos na palma da mão, a pele mole da cara. Assustados, os olhos dela, muito abertos, as narinas rápidas a lançarem vapor morno no polegar do Josué. A mão dele era muito maior do que a cara da velha Lubélia. Raiva nos olhos do Josué. Ela tentava segurar-lhe os braços, as suas mãos eram magras e velhas, a pele manchada, as veias nas costas das mãos, os seus pulsos eram finos e não podiam nada contra o corpo dele. A respiração do Josué também era rápida. Houve um momento sem palavras, as vigas no teto, a cal gelada nas paredes, os pratos baços no louceiro. Então, a mão dela desceu pelo peito do Josué e chegou-lhe às calças. As pontas dos dedos procuraram a braguilha e, sem distinção no pânico, foi aí que se tornaram sensíveis.

O movimento da mão da velha Lubélia fez com que

se deixassem cair, como se perdessem a força nas pernas. Enquanto o Josué punha a língua dentro da boca da velha Lubélia, espetavam os cotovelos nas pedras do chão da cozinha e embaraçavam as pernas. A velha Lubélia abriu-lhe os botões da braguilha e segurou uma mão-cheia de carne. O Josué enfiou-lhe as duas mãos no decote da blusa e rasgou-a. Depois, puxou-lhe a camisola interior e enfiou a mão aberta num lugar de pele mole e morna. A velha Lubélia segurava-o já fora das calças e mexia-lhe com a mão inteira, esfregava-o por baixo da saia levantada. Passaram tempo assim, minutos. Então, o Josué abriu os olhos e parou. A velha Lubélia, ao fim de um instante, quando reparou, abriu também os olhos e parou também. Olharam-se e ele levantou-se, deixando-a sentada no meio do chão da cozinha, descomposta, com o rosto a estender uma súplica silenciosa.

O Ilídio e o Cosme estavam a dormir depois de passarem duas noites e dois dias sem parar, a pé, quase sem parar. Por insistência do Cosme, tinham descansado umas poucas vezes durante meia dúzia de minutos.
Estou a sentir a pele colada aos ossos da cara. Olha para mim, diz-me, tenho a pele colada aos ossos da cara? Estou a sentir os olhos a crescer, mas sei que é a cara que está a minguar. Olha para mim, não me mintas, não te tenho por mentiroso, diz-me, tenho a cara a minguar?
O Ilídio olhava-o desinteressado e, em alturas como esta, propunha que parassem. As árvores pareciam maiores quando vistas desde o chão. O Cosme estendia-se na terra, à sombra de uma árvore, a terra fresca debaixo das costas e, quando abria os olhos, via os ramos

a espetarem-se no céu. Nesse bocado de tempo, não se queixava.

 Antes de adormecerem, o Cosme foi ainda capaz de dizer:

 Achas que alguma vez vamos chegar à França?

 O Ilídio não respondeu. Se tivesse respondido, o Cosme não teria ouvido porque, assim que terminou a pergunta, adormeceram de repente. Acordaram também ao mesmo tempo. Antes, revolveram-se na terra, como se tentassem escapar de um sonho, pesadelo. Eram pulgas. O dia estava a nascer, novo, e tinham carreiros de pulgas que lhes subiam pelas pernas, pelos braços, que lhes faziam longas travessias pelas costas e pelo peito, que lhes pontuavam o pescoço e o rosto. O Cosme começou a desabotoar a camisa até ouvir vozes. Foi o Ilídio que se assomou e, entre moitas, armados de carabinas, viu um grupo de homens fardados, cinco ou seis, com chapéus ridículos na cabeça. Sentiu-se a suar. O Cosme também se assomou e também viu os soldados da guardia civil.

 Ficaram encostados ao tronco da árvore, como se pudessem transformar-se em casca de carvalho. Ouviam o restolhar das moitas, os passos e as vozes espanholas, vozes brutas. Sentiam o coração e sentiam as pulgas a cobri-los, a mexerem-se com patinhas minúsculas de pulga ao longo da pele. Quando os mordiam, sentiam o ardor, fósforos ou agulhas. Mas o pior era a comichão, riscos de comichão em pontos do corpo que, normalmente, esqueciam: a dobra atrás das pernas, as virilhas, as axilas. Ou não, o pior era o coração inteiro a bater-lhes na garganta e a antecipação dos guardas a surpreenderem-nos, a apontarem-lhes as carabinas e os olhares, a imobilizarem-nos com aquelas vozes ásperas e a levarem-nos para algum lugar sem luz, podre.

Cada instante desse tempo foi multiplicado por uma vida paralisada.

Quando acreditaram que já não se distinguiam os sons dos guardas, continuaram em silêncio até separarem essa memória dos ruídos do campo: o vento, as pedras, as ervas a secarem. Então, com muito tento, voltaram a assomar-se. Os guardas já não estavam à vista. Lançaram-se à bulha com as pulgas.

Tinham adormecido de noite e, por isso, não tinham reparado que a terra estava coberta de pulgas. Havia folhas de erva que estavam pretas, vergadas sob o peso de multidões condensadas de pulgas. Tinham de sair dali. Queriam andar, os guardas não deviam estar longe, mas só eram capazes de correr. Esse movimento fazia com que as pulgas os mordessem mais e com que o ardor fosse mais combustível.

Chegaram a um ribeiro. As montanhas levantavam-se diante deles. Nem o Ilídio e nem o Cosme conheciam aquela paisagem. O céu era imenso, conheciam aquele céu, e a água parecia fresca, limpa, corria com força. O Cosme não teve outro pensamento e atirou-se, vestido e calçado, para dentro de água. Lançou mãos-cheias de água sobre a cara, esfregou-se. Com água até à cintura, com os cabelos a escorrerem-lhe sobre a testa, despiu-se até ficar nu. Bateu com as roupas nas pedras, raivoso. O Ilídio, na margem, assistiu a tudo isso. Só então o Cosme se lembrou das notas que recebeu na quinta. Estava a espalhá-las sobre uma pedra para secarem, ao lado das roupas enrodilhadas, quando chegou um guarda espanhol. O Ilídio baixou-se atrás de um monte de estevas, o Cosme, nu e esquelético, ficou sem ação.

O guarda segurava a carabina com as duas mãos e não disse nada. Deu alguns passos na direção do Cosme, que o olhava, desconsolado, vítima, com o cabelo a escorrer, liso, a fazer-lhe a cabeça redonda. Então, quando já estava perto, quando conseguiam distinguir cada traço da expressão um do outro, o guarda baixou-se e, com a mão esquerda, recolheu cada uma das notas molhadas e foi-se embora.

Quando o Ilídio se aproximou, o Cosme continuava na mesma posição, plancho e raquítico, capaz de chorar. O Ilídio, sem palavras, encorajou-o a vestir-se. Apanhou as roupas uma a uma e vestiu-as muito lentamente. Afastaram-se juntos e foram catar-se para a sombra de uma árvore.

Depois desse dia, dessa noite, do dia seguinte e da noite seguinte, haveriam de chegar à França.

A Adelaide e a Libânia deram as mãos quando o comboio entrou nos arredores de Paris. Tanto se admiraram com os prédios, como com as fábricas, com os armazéns, como com as pessoas que estavam suspensas nas estações onde o comboio passava sem parar. Deixavam escapar risinhos nervosos, ansiosos. Tinham as duas a mesma idade infantil, o mesmo brilho indisfarçável na pele, a mesma dificuldade de escolher pensamentos. Nesse vagão cheio, viajavam também mulheres mais velhas que se benziam e uma mulher com um rapaz pequeno ao colo, um filho.

O comboio começou a abrandar, a ser paralelo a

muitas outras linhas, carris e comboios sem fim. As mulheres que estavam no vagão e todas as pessoas que seguiam no comboio começaram a arrumar segredos nos cestos, nas malas, começaram a tapar as alcofas com panos até deixarem apenas o cheiro dos atilhos de chouriço e as nódoas de vinho tinto, o cheiro dos dentes de alho, meias cebolas, suor. A Libânia tinha já pouco controlo nos gestos, queria saltar por cima das pessoas paradas à sua frente porque queria saltar por cima do tempo. Para, comboio; para, comboio, repetia dentro de si. A Adelaide, abraçada à sua única mala, seguia-a com passos rápidos e curtos, passinhos, sem saber para onde olhar. No corredor, havia grandes multidões que se empurravam de encontro à porta. Então o comboio parou, bufou e, após um instante, as portas abriram-se e libertaram um emaranhado de vozes sortidas na Gare de Austerlitz.

Quando saíram, ainda a Adelaide estava a desentropeçar as pernas, já a Libânia, depois de movimentos furtivos da cabeça, estava com os dois braços à volta do pescoço de um homem, o seu marido barbudo. Os pais estavam a abraçar os filhos, que choravam desalmados e que tinham crescido tanto em meses, os homens estavam a dar apertos de mão uns aos outros e a Adelaide estava sozinha, o mundo construía-se à sua volta. Sem nada, a Adelaide respirou e percebeu que o ar era tão diferente. Voltou a respirar. A Libânia, de mão dada com o marido, aproximou-se.

Vem com a gente.

A Adelaide não podia aceitar. Tinha sido ensinada a nunca aceitar nada e essa educação tornara-se parte da sua natureza. A Libânia foi puxada pelo marido e ouviu-o dizer-lhe algo, que se misturou com os ruídos da estação e que apenas ela entendeu. Fosse o que fosse, tanto fazia, a Libânia tinha ido de Portugal até à França e não era uma mulher comum. Voltando a aproximar-se da Adelaide, disse:

Anda.

Tímida, a Adelaide seguiu-os. À entrada da estação, subiram para cima de uma camioneta cheia de homens e mulheres agarradas a crianças ranhosas, babosas. Essa camioneta havia de levá-los à casa do marido da Libânia. Durante o caminho de avenidas, a Adelaide e uma multidão de rostos, encavalitados em bagagens e uns nos outros, olhavam para todos os lados. Paris era uma cidade nova, pronta a estrear. As casas que se viam, enormes, eram novas, pintadas com aprumo. Já tinha caído a noite, mas havia tanta luz que parecia de dia, estava mais claro do que muitas manhãs de inverno.

Sentada no chão da camioneta, a Adelaide tinha o joelho de um homem espetado nas costelas, mas pouco noticiou esse incómodo. O que lhe ocupava a atenção eram as cores dos semáforos, o barulho ligeiro dos outros carros, as casas tão altas. A meio do caminho, lembrou-se da viagem que tinha feito numa camioneta parecida com aquela, coberta por lona. Poucas semelhanças encontrava entre esses dois lugares iguais, o vento levava-lhe os cabelos, podia respirar.

Após mais de uma hora de viagem, ou duas, a camioneta parou num lugar escuro. As pessoas começaram a levantar-se e a saltar com os pés juntos para o chão. A Libânia e o marido levantaram-se também. Tinham chegado. As ruas de terra estavam rodeadas por casas com paredes de chapa de madeira, remendos de lata enferrujada, pregos tortos, arame. Havia vultos de crianças a brincar e cães desinteressados. A Adelaide seguiu a Libânia, que seguia o marido. Na rua, ouviam-se as vozes dentro das casas. Na rua, ouviam-se os bebés que choravam dentro das casas, ouviam-se os homens a arrotar. O marido da Libânia tirou uma chave do bolso para abrir o cadeado da porta, puxou a corrente. Entraram. Um fósforo, o candeeiro de petróleo. Pão com azeitonas. Compuseram o canto onde ia dormir. Deitou-se.

   De olhos fechados, estava como se adormecesse e ouviu a Libânia a sussurrar todas as novidades da terra deles ao marido, mas estava a tomar pouca atenção, não entendia algumas palavras. Depois, quando o serão estava mais entrado, a Libânia e o marido começaram no estrafego, bichos esfaimados. Só pararam um pouco antes do despontar da madrugada, mas não foi por isso que a Adelaide passou a noite dentro de uma espertina branca, foi porque não parou de pensar no Ilídio. O meu Ilídio, pensava ela.

   Com a ponta da navalha, debaixo do olhar atento do Cosme, o Ilídio rodeou a parte tocada da maçã, o castanho mole chegava ao sabugo. Depois, com cuidados, segurou a maçã na ponta dos dedos, viu-a de vários prismas para lhe analisar a forma irregular e, com precisão indiscutível, cortou-a em duas metades que continham exatamente a mesma proporção de polpa, de pele e de caroço. Ainda o Ilídio não tinha dado a primeira dentada e já o Cosme tinha engolido a metade dele e lambia-se com a língua toda fora da boca.

   Estavam na França e, por isso, tinham outro tipo de medo. Passavam pelos guardas franceses sem receio, o Cosme fazia mesmo questão de se baixar a atar as botas diante deles, mas carregavam problemas de outra ordem. Tinham chegado à estação de Hendaia depois de um caminho desmedido pelas montanhas, onde caçaram um coelho à pedrada, esfolaram-no e assaram-no, chuparam ossinhos. E avançaram para Hendaia, admiraram-se com os veleiros, mas não quiseram perder tempo, foram logo para os comboios, conforme estava explicado no papel que o espanhol da quinta lhes entregara. Na casa de banho da estação, enquanto lavavam a cara, os braços e o peito, um francês ofereceu-se para trocar o dinheiro espanhol que o Ilídio tinha conseguido guardar. Parecia uma boa quantia, tinha um certo volume, mas apenas recebeu três notas francesas em troca. Ficaram desconfiados, mas não conseguiram imaginar uma alternativa e, quando procuraram o francês, filho de um corno, já não o encontraram em lado nenhum.

Bi-lhe-tes pa-ra Pa-ris.

O Ilídio falou alto para o francês que o olhava desde o buraco da bilheteira, dividiu as palavras para que entendesse melhor, mostrou-lhe dois dedos de uma mão e, com a outra, apontou para si próprio e para o peito do Cosme. O francês da bilheteira enrolou algumas frases e, quando viu que o Ilídio não percebia, escreveu um número num papel.

O que é que andaste a fazer estes anos todos na escola?

O Ilídio começava a agastar-se com o Cosme, estudante da treta, que, tanto estudo, tanto estudo, e nem sequer era capaz de dizer uma palavra em francês.

Sempre fui muito melhor a latim.

A contribuir para essa irritação, o dinheiro que possuíam não chegava sequer para cobrir um terço do número que estava escrito no papel. Foi então que caminharam desconsolados ao longo de uma plataforma da estação e, com a navalha, dividiram a maçã.

Zanga e desânimo, ficaram uma hora sem falar. Essa hora foi contada pelo ponteiro maior do relógio da estação, uma volta completa. Nesse tempo, também os estômagos se zangaram com eles, resmungaram, e o Cosme palitou os dentes com beijinhos. Depois, com a voz a sair da rouquidão, o Ilídio sugeriu que procurassem um trabalho. O Cosme não podia com os braços e com as pernas, e apresentou todo o género de perguntas: como, onde, quando, a fazer o quê. O Ilídio não tinha respostas certas, só uma esperança vaga a que se agarrava e que, às vezes, lhe desaparecia entre os dedos. Ficaram a falar assim, sentados num banco da estação, enquanto franceses passavam à sua volta. Eram homens e mulheres com ideias que não partilhavam, que não se conseguiam distinguir nos seus rostos. E nem eles se interessavam pelos franceses, nem os franceses se interessavam por eles. Para os franceses, eles eram como um poste ou qualquer figura cinzenta. Para eles, os franceses eram como sons distantes. Mas houve um homem, gabardina e chapéu, que ficou parado a pouca distância e que, ao olhá-los, esboçava um sorriso.

Antes de fazer o caminho até à casa do Galopim, o Josué pensou muito. Esses pensamentos levantavam pouca complexidade, ir, não ir, mas o medo, traçado com pânico, impedia-o de tomar uma decisão. A meio de uma tarde de sábado, pássaros a esticarem o tempo, avançou finalmente pelas ruas da vila. Estava boa luz e brilhava uma claridade intensa em cada detalhe. Quando bateu à porta velha da casa do Galopim, esperou pouco pelo seu rosto.

Na sombra, estavam os pombos a atravessarem a ansiedade, a arrulharem, e estava o olhar fixo do irmão do Galopim. O Josué achou que não precisava de fazer qualquer pergunta, mas o silêncio do Galopim continuava à espera, por isso, perguntou:

Ainda nada?

Desentendido, o Galopim não mudou a forma do seu silêncio e o Josué teve de explicar-lhe que estava a perguntar se o pombo tinha chegado.

Talvez tenha acontecido alguma coisa ao pombo, talvez se tenha perdido.

A abanar a cabeça, o Galopim disse-lhe que não, que não havia qualquer possibilidade de um pombo como aquele se perder. Era um pombo preparado para encontrar caminhos no céu, conhecia o vento, era capaz de vê-lo.

Vê o vento como a gente vemos aquela porta.

Tinha acabado de dizer isto quando, num susto, a porta rebentou e entraram três homens. O homem que vinha atrás apontou para o Galopim.

É aquele.

Os outros dois agarraram-no pelos braços e puxaram-no. Os pombos disparavam aflição em todas as direções. O irmão do Galopim parecia querer falar com os olhos cheios de sangue, com o corpo a contorcer-se atado a si próprio, com a boca torta. O Josué não sabia para onde dirigir os seus movimentos.

Na rua, estava um automóvel rodeado de cachopos

da vila. Havia mulheres a espreitarem atrás de cortinas de tule, havia cães ao rés das paredes e, lá ao fundo, havia galinhas espalhadas, a depenicarem qualquer niquice da terra. Os homens que levavam o Galopim iam para baixar-lhe a cabeça, enfiá-lo no automóvel, quando o Josué encontrou alguma coisa para dizer. O outro homem, o que apontou para o Galopim, pôs-se à frente:

Eu ouvi-o, clarinho, a difamar o presidente do Conselho.

O Galopim tinha mais vergonha do que medo, sabia que aquele homem que o acusava de invenções era o marido da mulher casada que ele encontrava duas, três vezes por semana no posto da guarda. Coitado. O Galopim tinha pena do homem e tinha vergonha de si próprio.

O Josué continuou a defendê-lo. Falou da simplicidade do Galopim, disse que ele nem saberia quem era o chefe do Conselho. Os cachopos tentavam perceber o que se estava a passar, as mulheres estavam amedrontadas dentro de casa, havia homens da vila a assomarem-se ao longe, os cães e as galinhas continuavam na sua vida diferente. Os homens que levavam o Galopim perguntaram ao Josué se queria que o levassem também.

Então, houve uma faixa da luz da tarde que acertou no corpo Daquele da Sorna. Não se soube de onde veio, soube-se apenas que apareceu de repente. Estava ali. Os rostos das crianças clarearam até ao momento em que começou a falar.

Fui eu que chamei nomes ao Salazar, esse porras.

Houve um instante de escândalo. E Aquele da Sorna começou a repetir:

Morra Salazar, morra Salazar.

Gritava. Os homens que seguravam o Galopim não

podiam permitir aquela situação, cada morra Salazar era insuportável. Largaram o Galopim, que voltou a ter braços e pernas, e agarraram Aquele da Sorna. Atiraram-no de qualquer maneira para o banco de trás do automóvel e desceram a rua a toda a velocidade. Assustados, os cães ladraram. Lá ao fundo, as galinhas saltaram e bateram as asas, aflitas, como se fossem projetadas pelos pneus.

Depois dessa agitação, ficou a rua. O Galopim, o homem que o acusara e o Josué estavam calados. Os cachopos estavam sem saber se podiam dizer alguma coisa. Os homens, à distância, e as mulheres, atrás das cortinas de tule, estavam à espera de qualquer reação. O Galopim entrou em casa, onde o irmão precisava de um abraço. O Josué e o homem afastaram-se em direções contrárias. Os cachopos já não tinham nada a fazer ali. As mulheres e os homens não tinham nada para ver e precisavam de pensar.

A rua ficou deserta.

Gabardina, chapéu e uma mala enorme. Ao seu lado, o homem tinha pousada uma mala enorme, alta, poderosa. A gabardina estava aberta, com um cinto de pano que lhe caía sobre a parte de trás das pernas, uma fivela elegante. Aquele era o tipo de homem que podia ter uma gravata, mas não tinha, tinha um colete de malha e uma camisa abotoada até ao penúltimo botão antes do colarinho. O chapéu era de feltro, com uma fita preta, claro.

Quando o homem se inclinou sobre o Ilídio e o Cosme, quando falou para eles, não o entenderam logo, demoraram a perceber que era português. Não tinha bigode, barba ou óculos, que, certamente, seriam contributos para a sua distinção, mas tinha um cachecol pousado sobre os ombros, mais escuro do que a gabardina, e tinha uma postura distinta, voz amigável, talvez tenha sido por isso que o Ilídio e o Cosme não o entenderam de imediato. Ofereceu-se para lhes pagar o bilhete.

O Ilídio teve dúvidas, mas fixou-lhe o olhar até se tranquilizar. O Ilídio acreditava que a generosidade se podia distinguir dessa maneira. O Cosme estava já preparado para carregar a mala do homem, levantou-a com as duas mãos quando começaram a dirigir-se para a bilheteira. A mala não era pequena mas, mesmo assim, era bastante mais pesada do que parecia. Ou talvez fosse a fraqueza acumulada do Cosme que a tornava custosa de carregar.

Ainda estava a recuperar o fôlego e já o homem, de bilhetes comprados, guardava a carteira. O Ilídio recebeu os bilhetes na palma da mão e, ao inspecioná-los, percebeu que eram de primeira. Baralhado, interrogativo, olhou para o homem, que lhe respondeu com um sorriso brando:

A companhia dá-me jeito.

O Ilídio carregou a mala com a dificuldade que o Cosme já conhecia. Enquanto esperaram pelo comboio, o homem ouviu o Cosme a descrever-lhe toda a viagem que tinham feito até aí. Riu-se com educação nas partes cómicas e consternou-se nas partes trágicas. Fez comentários de solidariedade assertiva:

É lamentável que os nossos compatriotas tenham de padecer agruras como essas.

Assim que o comboio chegou, barulho, agitação,

cabeças portuguesas a saírem pelas janelas. O Ilídio sentiu-se tímido ao atravessar o corredor da carruagem da primeira classe. Pareceu-lhe que, tanto os revisores como os passageiros, fumadores de cachimbo, o olhavam com desdém. O Ilídio e o Cosme juntaram as forças para erguer a mala até à prateleira das bagagens. O homem preocupava-se com o esforço dos dois parceiros de viagem e, ao mesmo tempo, verificava as horas no relógio de bolso.

O Ilídio só queria que o comboio começasse a andar, tinha curiosidade ou ansiedade, não era capaz de distingui-las. As vozes dos portugueses nas outras carruagens enchiam a estação e chegavam distantes à primeira classe. Houve um homem que se levantou e fechou uma nesga de janela aberta, deixou de se ouvir a multidão. O Cosme acomodou-se numa poltrona. O Ilídio embaraçava-se com a forma como o cheiro dos seus corpos, transpiração velha, se misturava com os perfumes do veludo, dos estofos. O homem tirou a gabardina, dobrou-a e sentou-se, abriu um jornal imenso. Nesse tempo leitor, entraram dois guardas franceses.

O Cosme sorria, cuidava que tinham chegado à França e que já nada podia acontecer. Os guardas pediram os passaportes.

O homem não teve problemas, continuou cordial, cordialmente. Apresentou o documento, bem conservado, os guardas observaram-lhe a superfície, tudo em ordem, e ficaram a olhar para o Cosme e o Ilídio, que olharam um para o outro. Então, explicaram ao homem que não tinham passaporte. O homem não perdeu a calma e, em francês, ditou qualquer coisa aos guardas, que também não perderam a calma e, com gentileza, retiraram-

-se. O homem sorriu e voltou a abrir o jornal diante de si. O Ilídio e o Cosme nunca souberam o que disse aos guardas.

Após um compasso, o comboio partiu.

1. Até Bordéus

O Cosme ia ferrado a dormir de boca aberta, o corpo oblíquo à poltrona. O Ilídio tinha ideias que não o deixavam adormecer, eram como pedras bicudas dentro dos olhos. Às vezes, talvez por sugestão, chorava-lhe a vista. Sereno, o homem lia cada uma das letras miúdas do jornal e, em momentos raros, virava uma página. Havia o som do comboio, da respiração do Cosme, uma página de jornal a virar-se muito de vez em quando, e o silêncio.

A paisagem riscava-se de encontro ao vidro da janela. O Ilídio pensava na Adelaide, por onde andarás tu, meu amor?, e havia qualquer coisa que se lhe encarquilhava nos lábios, talvez o silêncio. Pensava também no Josué, mestre, olhava para o horizonte e era capaz de o ver no quintal ou numa obra, diante de um fundo de reboco. Pensava também em detalhes da vila: as vozes das mulheres espalhadas pelas manhãs, os sinos da igreja, o terreiro aberto ao sol. Pensava também nos comboios, no comboio, aquele comboio onde seguia e que imaginara em instantes cobertos de esperança, mãe.

O homem parou de ler o jornal, sorriu, precisava de uma conversa. O Ilídio fez tenção de lhe apresentar algumas questões, mas conteve-se, seria de mau tom interrogá-lo. Em vez disso, disse apenas: a França. O homem sorriu e concordou: a França.

O Cosme acordou estremunhado. Afiançou que não tinha dormido, apenas tinha estado a refletir. E queixou-se de estar moído:
Tenho aqui uma dor no cachaço.
Não se queixou da fome. Foi o homem que perguntou:
Estão com apetite, meus senhores?
O Cosme arregalou os olhos.

2. Até Poitiers
Tinham estado sentados à volta de uma mesa baixa. O homem levantava a colher de sopa e parava-a no ar antes de a pousar no interior da boca. O Cosme tinha enfiado a ponta de um guardanapo no colarinho da camisa e o seu olhar não parava. Mais comer, quando chegava mais comer? O Cosme tinha comido o pão, o puré de batata, a carne, e recolhia o molho com o lado do garfo. O Ilídio tinha-se envergonhado, mas tinha comido também, baralhado com os talheres e com a solenidade que as pessoas mantinham naquela carruagem de candeeiros foscos. O empregado, fardado, traduzido pelo cavalheiro que os acompanhava, tinha tratado o Cosme por monsieur ao perguntar-lhe se desejava mais ervilhas. Pergunta inútil, a resposta era evidente.
Tinham já regressado ao vagão. Viagem longa, mas confortável. O Cosme não era mal-educado. Depois de arrotar, pedia sempre licença. O homem abriu uma cigarreira e ofereceu. Fumaram. Regalado, o Cosme começou a gabar-se dos estudos. O homem sorriu, sorria sempre. O Cosme perguntou-lhe o que estava a fazer em Hendaia. O homem aproveitou um detalhe da paisagem

e começou a falar do inverno rigoroso da França. O Cosme estava carregado de ânimo e lançou-se a dissertar sobre esse tema, que desconhecia. O homem começou por concordar com uma das suas ideias e, depois, de modo muito polido, quase sem que se notasse, discordou de todas as outras. O Cosme adormeceu a meio.

OIlídio e o homem olharam um para o outro. O homem disse: pois é. O Ilídio disse: pois é.

3. Até Paris

O que o leva a Paris?

Quando estava acordado, o Cosme gostava de fazer perguntas. O homem desculpou-se, precisava de ir aos lavabos. Mal saiu, o Cosme descuidou-se.

Tinha este guardado.

O Ilídio olhou-o sem paciência. Ficaram calados. Na estação de Orléans, o Cosme abriu a janela e assomou-se. Voltou coberto pelo apito do chefe de estação. Trazia o peito preenchido de ar novo. O sorriso enchia-lhe a cara inteira. Agarrou as mãos do Ilídio.

Já viste? Estamos na França. Já estamos na França.

O Ilídio tirou as mãos, não conseguia ser proprietário do mesmo entusiasmo. Antes disso, queria chegar a Paris. O Cosme já estava imparável, tinha vencido a guerra. Guerra, qual guerra? E encheu essas horas com promessas, com planos. No dia seguinte, ia tratar de uma lista infinita de assuntos. A França já era dele. O Ilídio estava como se o ouvisse, tinha a posição de estar a ouvi-lo, tinha o olhar, tinha uma expressão que era exatamente como se o ouvisse.

Estavam quase a chegar a Paris quando o Cosme

reparou que o homem ainda não tinha regressado. Enumerou possibilidades por comprovar, e deu-se como voluntário para ir buscá-lo. Foi.

O Ilídio esperou, esperou, mas foi só quando estavam mesmo a chegar à estação, a placa Paris-Austerlitz num muro, que o Cosme regressou e disse:

Ninguém sabe dele.

O Ilídio, pouco convencido, disse-lhe para ficar no vagão enquanto o ia buscar. Varreu a carruagem de primeira classe em pouco tempo, nada. Entrou para as outras carruagens, havia homens a empurrarem-se, a apertarem-se nos corredores, corpos com rostos. O comboio parou. O Ilídio foi rejeitado de um lado e de outro por pessoas que queriam sair. Já no comboio deserto, coberto de destroços, ruínas com cheiro de pés transpirados e comida, o Ilídio passou por cada canto daquela máquina imensa, abriu as portas de correr dos vagões e abriu as portas que separavam as carruagens, o cheiro a óleo negro, e nada. Em todos os lados, nada. Na estação, havia multidões de portugueses a abraçarem-se, irmãos e primos de boina, filhos a serem levantadas no colo, esposas comovidas, sentidas, chorosas. O Ilídio voltou ao vagão de primeira, onde encontrou o Cosme, na mesma posição em que o tinha deixado.

Então?

Não sabiam o que fazer. Chegou o revisor e facilitou-lhes a escolha, tinham de sair. Juntos, levaram a mala do homem, grande carrego, e desceram na estação. Estavam na França, estavam mesmo na França, mas não sabiam o que fazer. As mulheres afastavam-se debaixo dos xailes, os homens carregavam sacas de batatas aos ombros e afastavam-se também, os cachopos eram cachopinhos e afastavam-se. A estação ficou vazia de todos os que tinha vindo naquele comboio estafado.

Foi o Cosme, claro, que sugeriu que abrissem a mala. Se calhar, tem ouro lá dentro. O Ilídio começou por lutar com a ideia mas, por falta de alternativa, anuiu. Foram para um canto. Olharam para todos os lados e, com cuidado, soltaram as correias e abriram as fivelas.

Dentro da mala, desarticulado, estava o corpo do homem, morto, dobrado, ensopado por uma pasta de sangue, com os braços e as pernas sem jeito, a traçarem ângulos retos, com um olhar cego e a pele do rosto vincada pelo interior da mala.

Enquanto fechavam a mala, tiveram dificuldade em engolir saliva, respiraram ar grosso, morno. Depois, deixaram-na onde estava, encostada a uma parede, e foram-se embora o mais depressa que conseguiram.

À porta da estação, angústia, precisavam de uma cidade enorme que os recebesse. Paris tinha um tamanho que, naquele momento, ainda não eram capazes de calcular. Foi preciso atravessarem pontes sobre o Sena, andarem muito, calcorrearem praças, avenidas, quilómetros de passeios, até serem capazes de respirar fundo e, por fim, por fim, perceberem que tinham chegado.

Quando se ouviu bater à porta, o Josué estava sentado numa cadeira de pau, a lavar os pés num alguidar. Tinha os pés sornegos e queria amolecer as unhas antes de cortá-las. Era tão fresca aquela casa de homem. As batidas na porta pareciam apressadas. O Josué, com os pés de molho, não se mexeu. Ou mexeu-se, pouco, levantou a cabeça e disse: pode entrar. Quem quer que fosse seria alguém. Era o pai do Cosme, vinha afogueado. Então? Sorria.

Os olhos do Josué não escondiam um menino atrás de um rosto envelhecido, estavam pendurados na pausa do pai do Cosme, que possuía uma voz falante. Essa voz, milagre, disse que tinha chegado uma carta do Cosme. Essa carta saiu de dentro de um envelope e foi desdobrada no ar. Com as calças arregaçadas e os artelhos submersos, o Josué levantou-se.

Chegaram bem.

O Josué bebeu a voz do pai do Cosme e envolveu-se

de felicidade, transformou-se em açúcar. O Josué teve vontade de abraçá-lo, mas permaneceu no centro do alguidar, de pé, como se fosse espalhar-se numa explosão incandescente.

(1967)
A Adelaide queria tratar de vida.
Acordava com as voltas da Libânia, do outro lado do lençol, a dar papa à menina. A essa hora, o marido da Libânia estava maldisposto, tinha frio nos pés ou insatisfazia-se com miudezas. Seriam umas cinco da madrugada. A Adelaide não precisava de despertador, mas tinha um relógio de pulso, a que dava corda antes de adormecer e que pousava sobre um caixote, à cabeceira do colchão. A Adelaide dizia qualquer palavra sumida antes de tirar o lençol que estava suspenso numa corda, superfície branca de sombras, e que dividia a casa. Às vezes, quando a Libânia lhe pedia, a Adelaide levava a menina à escola maternal antes de ir para casa da patroa.

Seriam umas seis e meia quando abria o portão, a cadela andava solta no jardim e vinha sempre recebê-la, de rabo a abanar. A Adelaide nunca tinha visto uma cadela daquela raça, era uma cadela fina, chamava-se Princesse, mas a Adelaide, baixinho, chamava-lhe Princesa, fazia-lhe festas por detrás das orelhas e dava-lhe a mão a lamber. Em certos dias, ao fim da tarde, a patroa vestia-lhe uma casaca e levava-a a passear. A Adelaide tinha custado a habituar-se a essa moda. A cadela tinha bom pelo, não precisa de casacas, coitadinha.

Na França, a Adelaide tinha-se admirado com muito. Nunca se esquecia da primeira vez que entrou num supermercado. Imaginou a reação da velha Lubélia se alguma vez visse um supermercado daqueles. De manhã, à chegada, a Adelaide abria as janelas da cozinha da francesa e começava a preparar o pequeno-almoço, os copinhos de loiça onde enfiava os ovos malcozidos. Quando a francesa e o marido acordavam, quando se sentavam de roupão na mesa posta da sala, um ou outro podiam chamá-la pelo seu nome em francês e pedir-lhe qualquer coisa que faltasse. A Adelaide sabia utilizar a máquina torradeira.

A francesa e o marido estavam reformados, na *retraite*. Tinham filhos crescidos que moravam nas suas casas e que, em certos domingos, os visitavam, traziam os netos. A Adelaide gostava do cheiro da casa dos franceses. Era ela que comprava os detergentes, mas era a francesa que escolhia os aromas. Esses perfumes misturavam-se com o cheiro próprio dos estofos, das almofadas, das madeiras antigas e das lágrimas de cristal dos candeeiros. A televisão estava sempre ligada e espalhava uma música de vozes, que se diluía pelos corredores, que chegava à cozinha e se confundia com o vapor da panela de pressão, que descia as escadas até à cave e pousava na pilha de roupa suja dentro do cesto. A Adelaide sabia utilizar a máquina de lavar a roupa, não lhe guardava segredos.

Depois do almoço, sopa de courgette, tomates recheados, as horas passavam devagar, mas não havia pressa. Nesse tempo, a Adelaide pensava em muitas coisas, lembrava-se, mas não alimentava queixas. Alimentava os patrões e, depois, alimentava-se a ela própria. Por isso, na noite em que a Libânia lhe falou da biblioteca, ficou com o olhar parado.

Por efeito do mês de junho, aquela noite tinha uma

claridade que permitia que se olhassem. Estavam a poucos metros da fonte. Em Saint-Denis, as pessoas faziam uma fila de jerricãs, que, àquela hora, não chegava muito longe. Havia uma gritaria de crianças e, logo ao chegarem à fila, depois de cumprimentarem tantas pessoas no caminho, a Libânia pousou a menina, levava-a ao colo, e disse: quero falar-te de uma coisa. A Adelaide pôs o jerricã no fim da fila e, ao lado dele, avançando-o de tempos a tempos, a Libânia falou-lhe da biblioteca. Era um trabalho de limpezas, fácil, a biblioteca criava pouco lixo. Entrava de madrugada, saía cedo e ganhava bom dinheiro. A Libânia não podia aceitá-lo porque a barriga já se notava, ia dar à luz no outono, estava com saudades da maternidade e da canja servida em tigelas de alumínio.

Não sejas tontinha, disse a Libânia e acrescentou uma série de palavrões. A Adelaide preferia que a amiga não dissesse tantos palavrões e não queria deixar de servir na casa da francesa, estava bem. Quando chegaram à ponta da fila, foi a Adelaide que dispôs o jerricã por baixo da bica. Em silêncio, ouviram o barulho da água a cair no plástico vazio, depois a encher-se, depois cheio. A Libânia voltou a pegar na menina ao colo, a Adelaide segurou no jerricã com as duas mãos e fizeram o caminho de volta.

As mulheres vinham à porta das barracas chamar os cachopos, esvaíam-se num nome gritado. Tapados por sombras, os homens riam-se em grupos. Aos poucos, o bidonville de Saint-Denis anoitecia finalmente. Essa palavra, bidonville, era conhecida pela Adelaide e por toda a gente, mas ninguém a utilizava. Quando queriam falar do lugar onde moravam, diziam apenas Saint-Denis. Ao longe, ouvia-se um acordeão. Devia ser o Tobias. Era ele, com certeza.

Quando chegaram à porta de casa, a Libânia disse-lhe:
Vais ver que a tua patroa não se importa.

A Adelaide tinha medo de perguntar-lhe, tinha medo que se amofinasse e a dispensasse na hora mas, nessa noite, antes de dormir, quando saiu para apanhar uma combinação que tinha deixado pendurada a secar, o marido da Libânia estava a fumar um cigarro e tornou a segurá-la pela cintura, o seu hálito picava. Na manhã seguinte, juntou as palavras que conhecia e, com o rosto baixo, perguntou à francesa se podia aceitar o trabalho da biblioteca. Ia deixar de lhe fazer o pequeno-almoço. O coração acalmou-se com o sorriso que recebeu. A Adelaide compreendia-a mal, mas sabia que era uma mulher correta, a retraite tornava-a generosa.

Nesse mesmo dia, às seis da tarde, despegou mais cedo, fez o caminho no sentido da biblioteca. A França tinha carreiras finas, mas complicadas de entender, e a Adelaide perdeu-se. Acabou por achar o caminho com a ajuda de um português que a viu desorientada num passeio. Apresentou-se quase antes de fechar e, na madrugada seguinte, quinta-feira, já estava diante da biblioteca, portas de vidro, pronta para despejar cestos de papéis e limpar todo o pó que encontrasse.

(Cemitério)
V

elho que nem um corno. No enterro da d. Milú, o Josué sentiu-se velho. Ia fazer cinquenta e oito anos daí a um par de meses, mas não era o tempo que o moía, eram os intestinos que custavam a trabalhar, os dentes ruins e a solidão. Não conseguia entender porque é que o Ilídio nunca lhe tinha mandado uma palavra desde que chegara à França. Enquanto as pessoas se juntavam ao portão do cemitério, à espera que descarregassem o caixão da d. Milú, o Josué só pensava que, a seguir, havia de passar pela casa do pai do Cosme e perguntar se havia novidades. Era pelas cartas do Cosme que ia sabendo alguma coisa, pouca.

O Josué tinha as mãos nos bolsos e fugia das conversas.

O jazigo da família da d. Milú ficava à entrada, no início do corredor que chegava à capela. O genro da d. Milú, os netos e um bisneto não precisaram de carregar o caixão durante muita distância. Devia ser ligeiro, a d. Milú tinha começado a minguar havia anos. Entre as pessoas que assistiam, algumas mulheres acertavam os lenços na cabeça e perguntavam-se que idade teria. Ninguém sabia ao certo, devia passar dos noventa. Mas havia um tom de tristeza que crestava debaixo do sol e que se apaziguava na sombra dos ciprestes. Como poderiam explicar aos novos que, antes, tinha existido uma d. Milú? Não podiam.

A vez em que a d. Milú não me pagou, o Josué sentia estas palavras a passarem-lhe pela testa e, para além de se aleijar com elas, sentia que não esperava nada. As ruas da vila estavam vazias de ideias que o animassem. Já o caixão estava dentro do jazigo, já o padre tinha dito o que quis, quando a filha da d. Milú, o marido, os filhos, homens de barba aparada, e o neto, também crescido, se chegaram uns aos outros e começaram a cantar uma música de igreja. As pessoas admiraram-se, mas ninguém teve a ousadia de comentar. No lado de fora dos muros do cemitério, regressaram os barulhos distantes do campo, continuaram as cigarras, a natureza. No lado de dentro dos muros, alguém fechou o portão de ferro do jazigo.

O segurança, fardado, abria-lhe a porta de madrugada. Mesmo no verão, faltava ainda bastante para a claridade do dia. A Adelaide carregava no interruptor e as lâmpadas fluorescentes, depois de piscarem em cambalhotas de luz, acendiam-se uma a uma e faziam crescer um zumbido branco, que permanecia. Limpava as prateleiras com vagar e, mesmo assim, sobrava-lhe muito tempo para olhar em volta, folhear livros franceses e ver os bonecos. Noutros dias, gastava esse tempo a pensar. Noutros dias, escolhia uma esferográfica das secretárias limpas e arrumadas, escolhia uma folha branca e aproveitava para escrever uma carta à velha Lubélia, Querida tia, espero que estas linhas a encontrem de saúde. Chegou também a escrever aos irmãos, mas desistiu porque eles não sabiam escrever-lhe de volta, tinham as mãos grossas. Optou por mandar-lhes apenas o vale postal no início de cada mês. Sabia que eles entendiam o afeto sem palavras.

Assim que chegou à França, escreveu uma carta ao Ilídio, Meu amor, não imaginas o quanto te quero bem, mas não recebeu resposta. Escreveu outra, Meu amor, estás zangado comigo?, mas também não recebeu resposta. Escreveu ainda outra, Meu amor, o meu coração aflige-se, mas também não recebeu resposta, chorou.

Mais tarde, teve de conter-se para não lhe escrever mil cartas. Escrevia-as na cabeça, mas não as passava a limpo e não as mandava, magoava-se com essas cartas silenciosas e invisíveis. E passaram meses, passaram estações francesas: invernos gelados, primaveras frias, verões frescos. Quando entrou ao serviço na biblioteca, já só escrevia à tia, que lhe enviava linhas de novidades triviais e saudade ríspida.

Despegava às dez da manhã. Os empregados da biblioteca começavam a chegar às oito e meia, nove menos um quarto, eram homens e mulheres de francês silencioso, que aspiravam palavras mudas quando concordavam com alguma coisa, oui-oui-oui, alguns tinham óculos pendurados ao pescoço por correntes finas. Os leitores de livros chegavam às nove, o ponteiro dos minutos, tic, a bater na hora certa. Todos limpavam os pés num tapete enorme que repousava à entrada da biblioteca e, bem-educados, todos caminhavam como se não tocassem o chão. Às vezes, o cheiro dos livros antigos, o papel amarelo, podia confundir-se com poeira, mas não havia efetivamente muita poeira, as superfícies lisas brilhavam. A Adelaide dava a biblioteca por limpa após minutos. Ninguém se queixava. Pelo contrário, o seu asseio era gabado com frequência. Assim, passava tempo esquecido naquela paz, a ouvir-se respirar.

O segurança tinha-lhe estima. Era um italiano sorridente que, a cada madrugada, acrescentava uma palavra ao cumprimento que lhe fazia. Em várias ocasiões, quando a Adelaide estava sozinha, a procurar a palavra Portugal em alguma enciclopédia, sentia que ele a vigiava por detrás das estantes de livros. Nessas horas, até os automóveis das estradas estavam ainda a dormir, e qualquer silêncio se distinguia no silêncio, o virar de uma página tinha a dimensão fónica de um ciclone de papel. Não estranhava a afeição do segurança, somava-a ao desejo mais aberto de dois pretendentes, três se contasse com o Paiva, que tinha em Saint-Denis. Esses mandavam recados pelo marido da Libânia, que eram entregues à Libânia e que, depois, chegavam a ela. Aproveita, que não vais para nova. Mas a Adelaide não fazia caso. Estás à espera de quê? A Adelaide tinha vinte e sete anos e não sabia o que esperava.

Os pretendentes de Saint-Denis não se cansavam de passar o dia a acartar baldes de massa nos andares mais altos das obras e, já ao início do serão, quando a Adelaide passava com sacos de plástico cheios, podiam dizer uma frase em voz alta e artificial apenas para ela ouvir, para ela saber. Que bela mulher, disse um. A Adelaide sorria apenas por dentro. Também não estranhou quando um dos leitores de livros da biblioteca começou a reparar nela com insistência. Era um homem de pouco cabelo e maneiras inocentes. No início, a Adelaide apenas pensou nele no instante em que cruzaram olhares curvos, macios. Nesse ponto breve, analisou-lhe a forma das sobrancelhas, não lhe decifrou a idade ou as intenções.

A Adelaide não tinha apenas tempo, tinha horários também. Às dez saía da biblioteca e, sol ou chuva, esperava por carreiras francesas, mostrava o passe, a fotografia séria, e entrava na casa da patroa quando a manhã já estava a meio, ó Princesa, cadelinha mimosa. Nesses meses, ainda voltava para Saint-Denis às sete da tarde, quase sempre às oito ou às nove, mas pensava sempre que, dentro de pouco tempo, havia de arranjar uma casa, sua. Tinha pena de deixar a Libânia grávida, a menina pequena e tão engraçada, mas, mas, mas. Se as mulheres de Saint-Denis faziam conversas sobre casas para arrendar, a Adelaide ouvia-as.

Talvez influenciada pelas prateleiras carregadas da biblioteca, para que queriam os franceses tanto papel?, decidiu levar o livro que, no primeiro dia de namoro, o Ilídio lhe tinha dado, talvez o lesse. Nas suas mãos, a cor da capa estava esbatida pela quantidade de tempo que tinha passado fechado na mala, enquanto olhar para ele a magoava. O peso parecia diferente, a sua realidade era diferente da sua lembrança, da sua cicatriz. Assim, sentiu ainda um tremor antigo quando arrumou o livro na mala, ao lado do pequeno farnel embrulhado num guardanapo de pano, ao lado da carteira, das chaves. E, na madrugada seguinte, levou-o consigo para a biblioteca.

Havia de achar coragem.

Ao terceiro dia, respirou e, quando acreditou que ia começar a ler, houve alguma coisa que a distraiu, uma empregada da biblioteca que a chamou para lhe falar de um assunto das casas de banho, os espelhos, e só voltou ao livro, quando já era hora de sair. Estava na mesa onde o tinha deixado e admirou-se, escancarou a boca. O livro estava mexido. Alguém o tinha aberto numa página, número 239, e feito pequenos círculos a lápis, à volta das seguintes palavras: gosto, de, ti. Três palavras distribuídas pela página com círculos à volta. Olhou em redor e, ao longe, entre pessoas distraídas, viu o leitor de livros da biblioteca a fixá-la. Desviou o olhar, guardou o livro na mala e saiu. De repente, estava na rua. Levava pensamentos a ganharem volume, como nuvens.

O Ilídio não se importava de recordar a tarde em que tinha chegado a Champigny, mas quase nunca o fazia. Havia outras imagens, mais insistentes, a preenchê-lo. Possuía demasiadas lembranças e tentava expulsar todas as que fosse capaz, mas poucas ações lhe custavam tanto quanto esquecer. Nos momentos raros em que não se lembrava de uma resposta, sentia-se aliviado.

Saía cedo para a cacimba da madrugada, com o fato-macaco, com o capacete amarelo de plástico debaixo do braço. Ao lado de muitos homens, esperava pela camioneta que os levaria à obra. Tentava ocupar-se com as conversas que ouvia, podia tentar desenvolvê-las, mas os homens de Champigny raramente variavam os temas e o Ilídio era sempre capaz de descobrir uma ponte entre esses assuntos gastos e a sua memória.

Na obra, debaixo da cor do cimento, apreciava a companhia do polonês. Entendiam-se sobretudo por gestos ou por uma escolha de palavras portuguesas e polonesas, misturadas com destroços de francês, sorrisos tímidos e expressões do rosto. O tento que essa comunicação exigia permitia-lhe um descanso de instantes. O ruído permanente da betoneira e os gritos que os homens atiravam dos andaimes também o distraíam.

O Ilídio tinha esmorecido depois das cartas que escrevera à Adelaide e ao Josué. Antes, acabado de chegar à França, não tinha esperado que a Adelaide lhe respondesse. Afinal, estava a escrever-lhe para a vila e sabia que ela estava na França mas, ao mesmo tempo, tinha esperado que a Adelaide lhe respondesse. Talvez ela pudesse ler as cartas quando voltasse à vila, se voltasse, ou talvez lhe chegassem por via da velha Lubélia, ou talvez algum milagre as levasse na sua direção. Houve uma dessas cartas, a última, que seguiu dentro de um envelope endereçado ao Josué, pedindo que tentasse enviar-lha. Mas nada. Nem o próprio Josué respondera às cartas que lhe dirigira pessoalmente, em que lhe falava das grandes obras que se faziam na França. Chegou a enviar-lhe alguns desenhos mal-enjorcados, na tentativa de se explicar melhor. Primeiro, quis acreditar que eram os correios que não o encontravam naquele labirinto de casas sem janelas, paredes desniveladas de contraplacado. Mas também não era isso. Todos os vizinhos recebiam envelopes atafulhados de folhas dobradas, escritas nas margens, letra miúda. Às vezes, recebiam também fotografias de fotógrafo, encomendas atadas com fio de coco.

O desânimo total dessa constatação instalou-se quando já se tinha cansado a calcorrear todos os bairros de portugueses na região de Paris, quando já tinha passado domingos inteiros na Gare de Austerlitz a ver comboios chegarem e partirem, quando já se tinha aproximado de muitas mulheres que, junto ao Sena, à distância, pareciam mesmo ela mas que, depois, ao perto, não eram. O rosto do Ilídio era diferente quando, no final desses domingos, voltava para Champigny, a sua melhor roupa pendurada no corpo magro.

O Cosme assistia semanalmente às alterações no rosto do Ilídio. Vivia em Lagny numa casa de quatro homens, quatro quartos, uma cozinha com comida estragada e uma casa de banho sem asseio. Era contínuo num hospital francês, fazia o turno entre a meia-noite e as oito da manhã. Chegava à barraca do Ilídio nas folgas de domingo e repetia-lhe que desistisse. Estás a perder tempo, deixa que seja ela a procurar por ti. O Ilídio levava a mal estes comentários e pedia-lhe, com educação e má cara, que mudasse de assunto. Mas, aos poucos, um ano, dois anos, foi o Ilídio que abandonou essa conversa, como se a esquecesse, como se fosse capaz de esquecer.

Então, passou a ir e vir para o trabalho, afastando ideias, tentando não olhar para as mulheres que caminhavam no passeio, despedindo-se da esperança, ignorando-a. Mas é tão difícil ignorar aquilo que se sabe. No fim de cada dia, antes de se deitar, sob o candeeiro de petróleo, o Ilídio sentava-se num mocho e escrevia na agenda o número de horas que tinha trabalhado: doze horas, catorze horas, onze horas. No fim do mês haveria de fazer as contas e, somando, haveria de surpreender-se que esse tempo tivesse passado.

Quem era aquele leitor de livros? A Adelaide não soube sequer por que motivo repetia perguntas dentro de si. Nesse dia, interrogou tudo. Teve pontos de interrogação no fim de cada pensamento. Tenho sede de quê? Porque tenho sede? E bebeu um copo de água, encostada ao lava-loiças da cozinha da francesa. Em Saint-Denis, se não tivesse tanto sono, porque tenho tanto sono?, teria ficado acordada toda a noite. Essa era a vontade que não entendia e que lhe corava as faces. Antes, a Adelaide acreditava que conhecia bem o seu corpo mas, naquela noite, sob o som da Libânia e do marido a ressonarem, sentia a pele e perguntava o corpo ao próprio corpo.

Acordou com a mesma estafa e, durante o caminho para a biblioteca, teve cócegas no céu da boca. Não entendia que aquele leitor de livros falasse português mas, com mais dúvida ainda, não entendia aquelas palavras selecionadas na página, uma a uma, entre todas as outras. Gosto de ti? Eu, leitor de livros da biblioteca, homem desconhecido, gosto, gostar de leite morno, gostar de farófias, de ti, empregada de limpeza da biblioteca, mulher desconhecida. A Adelaide perguntava-se sobre aquele leitor de livros da biblioteca, quem era?, e perguntava-se sobre ela própria. Essa questão era um poço mais fundo.

Depois de limpar as casas de banho, enquanto tirava as luvas de borracha, já sabia o que fazer. Foi sentar-se na mesa onde tinha estado na véspera e analisou a página seguinte àquela onde o leitor de livros tinha escolhido palavras. Ao ler as frases, não lhes decifrava o significado, apenas procurava combinações. Podia ter demorado muito tempo, podia ter sido uma busca difícil, feita de possibilidades e tentativas, mas não foi. Encontrou rapidamente as palavras que diziam com exatidão aproximada aquilo que queria dizer. Com um lápis afiado, fez um círculo à volta das palavras: não, me, conhece. E sentiu os nervos. Olhou para as palavras destacadas na página e a respiração alterou-se. O dia ainda não tinha nascido, precisava de esperar.

Por fim, chegaram os empregados da biblioteca, traziam sorrisos quotidianos e a esperança banal das quartas-feiras, cheiravam a café. Faltava menos mas, mesmo assim, a Adelaide não soube o que fazer com esses minutos. O livro estava pousado na mesa, aberto na página certa. Quando passava por onde o pudesse ver, olhava na sua direção. Continuava imóvel, aberto, como se o mundo inteiro estivesse a ser sugado para o seu interior.

Então, logo a seguir às oito horas e cinquenta e nove minutos, como se esperava, chegaram as nove horas certas. A Adelaide, mal escondida, colocou-se num posto a partir do qual podia vigiar o livro. Cansou-se após poucos minutos, sentiu-se ridícula. Aproximou-se de uma janela e olhou para uma distância de prédios daltónicos. Percebeu que podia continuar a ver o livro pelo reflexo do vidro. Depois de minutos de vigilância, voltou a sentir-se ridícula. Sem vontade, foi à casa de banho. Lavou as mãos duas vezes.

Já não sabia o que fazer, já não tinha mais desculpas para si própria e estava a desgostar da ansiedade que lhe subia pela espinha. Por isso, saiu da casa de banho pronta a desistir. As suas pernas atravessaram a sala no sentido da mesa, do livro. Abrandou apenas nos últimos passos antes de segurá-lo com as duas mãos. Ele tinha respondido. Na página seguinte, tinha feito círculos à volta das seguintes palavras: mas, quero, conhecer. Olhou em volta, ao longe, o rosto dele parado a vê-la. Ai. Nessa manhã, a Adelaide desrespeitou os horários e quis sair dali depressa, quis abrir os braços, quis arreganhar os dentes.

Mais tarde, logo à hora de almoço, a francesa notou-lhe diferenças, mas não disse nada. À noite, a Libânia falou, queixou-se, mas a Adelaide só ouvia os seus pensamentos repetidos. Quando conseguiu estar sozinha, abriu o livro nas páginas que tinham círculos. Com a ponta do indicador tentou sentir os sulcos curvos do lápis no papel. Depois, analisou a página seguinte. Tinha várias alternativas. Escolheu fazer círculos à volta de: o seu, nome, ?. Sentiu que teve sorte por encontrar um ponto de interrogação, ferviam perguntas no seu interior. Nessa noite, adormecer foi um castigo. Se dormiu, teve um sono leve e sonhou com aquilo em que tinha pensado durante todo o dia.

Na madrugada seguinte, acordou mais cedo do que o habitual. A Libânia, o marido e a menina sopravam pesadamente no outro lado do lençol. A Adelaide, tentando não perturbar qualquer som dentro da escuridão, foi lavar-se na rua, um alguidar de esmalte. Às vezes, passava um cão magoado. O ar humedecia a terra.

A Adelaide penteou o cabelo.

Estremunhada, a Libânia saiu em camisa de dormir, que barriga, e perguntou-lhe se podia levar a menina à escola maternal. Era muito cedo, a Libânia estava a pedir-lhe para chegar atrasada à biblioteca. Por favor. Depois de tudo, a Adelaide não tinha recusas para a Libânia. Sentou-se num banco coxo à espera. O tempo pareceu-lhe lento como uma vida: nascer, ser rapariga, ser mulher com a memória de ser rapariga, ser velha com a memória de ser rapariga e de ser mulher, morrer. Depois, finalmente, a correr com a menina ao colo, o tempo pareceu-lhe rápido como uma asfixia. Esperou à porta fechada da escola, entregou a menina à primeira mulher que apareceu com um molho de chaves e fugiu por carreiras, que lhe pareceram lentas, até chegar à biblioteca. O segurança admirou-se quando a viu. A primeira coisa que fez foi pousar o livro aberto na página onde tinha deixado a pergunta feita por quatro círculos. Só depois, começou a limpeza da biblioteca.

Os empregados chegaram, as nove horas chegaram. A Adelaide parecia uma simplícia, não sabia onde havia de se arrumar. Tentava controlar as mãos, mas estava certa da sua incapacidade. Respirava fundo. Pousava as pálpebras sobre os olhos. Faltava pouco para as dez, conseguiu aguentar, e aproximou-se do livro. No cimo da página que se seguia à sua pergunta, com uma caligrafia surpreendente, estava escrito: Constantino. Por baixo, de novo, havia círculos à volta das palavras: podemos, falar. E havia um círculo à volta de um ponto de interrogação.

Essa foi uma quinta-feira que passou sem rasto. Para lá do ponto de interrogação, para lá daquele nome nobre, Constantino, aquela quinta-feira não guardava pormenores que a Adelaide conseguisse lembrar. Ainda na casa da francesa, analisou a página seguinte. Por curiosidade, procurou um não, procurou um talvez. Não encontrou. Em toda a página, esmiuçando palavra após palavra, apenas conseguiu encontrar uma resposta que fizesse sentido: sim. Fez um círculo à volta dessa palavra única e, em si, qualquer coisa se afundou em qualquer coisa.

O dia seguinte, sexta-feira, tinha permissão para chegar.

(Cemitério)
F

ez-lhe falta a solidão. O jazigo da família da d. Milú estava rodeado por um muro de ferro, baixo, com um portão de dobradiças perras. O espaço entre o muro e o jazigo mal chegava para assentar o escadote. Cresciam ervas secas nessa areia. Em duas ou três ocasiões, o Josué achou que podia cair e escavacar-se todo, mas conseguiu segurar-se. Andava a fazer o trabalho de vedar o jazigo.

Aquele setembro guardava ainda uma parte do escaldanço de agosto. O Josué limpava o suor com um lenço enrodilhado. Quando o genro da d. Milú o chamou à junta, deixou-se acreditar que talvez o fosse encarregar de uma obra, mestre, como fizera com a fonte nova havia tantos anos. Mas essa esperança era fosca, tinha a cor de papel engordurado, por isso, não se decepcionou quando o ouviu pedir-lhe para vedar o jazigo da família da mulher, onde descansava a sogra e restantes falecidos. Afinal, o outono vinha aí, havia de trazer chuva.

De manhã, pela fresca, chegavam viúvas com baldes vazios. Lavavam campas com rodilhas, movimentos longos sobre a superfície do mármore, substituíam flores pobres de plástico que o sol desbotava e cumprimentavam o Josué. Se tinham a coisa de trocar alguma história, essas seriam todas as palavras que ele ouvia até regressar à vila, no final do dia. O coveiro preferia jogar à sueca nas tabernas do que passar tardes perdidas a aprumar canteiros. Se não morria ninguém, aparecia duas ou três vezes por semana para regar os ciprestes. O Josué apreciava essa solidão.

O jazigo precisava de mais cuidados do que se podia prever e o Josué já não tinha tempo para fazer trabalhos sem perfeição. Por isso, gastou muito mais dias de volta do telhado do jazigo e ganhou o costume de estar sozinho. Sem ajuda, levantou chapas de mármore e reparou nas mudanças subtis do céu sem nuvens. Ao almoço, comia da marmita, à sombra do cipreste que se enraizava no talhão dos anjinhos.

A solidão fez-lhe falta naquela manhã. O coveiro, remolgo, estava a terminar de abrir a cova quando chegou o enterro. As pessoas juntaram-se à entrada do portão. O Josué desceu do escadote e tirou a boina. Tinha memória e ressentimento, mas também tinha dó.

As pessoas, com boa voz, diziam apenas: teve uma trombose. Ou, com mais verdade e com mais pormenores, sussurrando, explicavam que a loja estava fechada havia três dias. A vila sentia falta do correio e de pionés. Foram diversas as mulheres que lhe bateram à porta e que se esganiçaram a chamá-la, menina Lubélia, menina Lubélia, sem resultado. Então, as vizinhas juntaram-se, pediram ajuda e a porta foi arrombada. Na penumbra, encontraram-na na cama, nua e morta. Quem ouviu contar àqueles que viram disse que era um corpo triste e gelado. As pessoas fechavam os olhos com força, apertavam os lábios e agitavam a cabeça para expulsar essa imagem.

    O caixão entrou pelo corredor do cemitério aos ombros de quatro homens folgados. Esteve em exposição, pousado sobre tábuas, sobre a cova, enquanto o padre rezava ave-marias e afiançava que perdia uma das suas melhores paroquianas. O caixão, de linhas antiquadas, estimado. Era verdade o que se dizia, a velha Lubélia tinha guardado aquele caixão debaixo da cama durante décadas. O sol espalhava já a sua força máxima quando passaram duas cordas por baixo do caixão, tiraram as tábuas e o pousaram no fundo da cova. Com o sentido esquecido numa vaza de sueca, a contar trunfos de cabeça, o coveiro atirou pás cheias de terra sobre o caixão. Não se viu ninguém a chorar.

    A igreja cheirava a desodorizante e a laca. A menina equilibrava-se entre a Adelaide e a Libânia, usava um vestido brilhante e meias de folhos, sentia-se uma princesa de dois anos e meio. As mulheres baixavam-se para lhe fazer festas e dizer pedaços de palavras melosas. A Libânia sorria e respondia qualquer coisa. Todos os que estavam ali tinham tomado banho naquela manhã de domingo.

Chegaram cedo à missa portuguesa. Sentaram-se num bom lugar. A Libânia queria olhar em volta, arqueava os rins e ostentava o barrigão. O padre ainda não estava no altar. As vozes eram o eco de um novelo. Foi esse o momento que a Adelaide escolheu para dizer à amiga que tinha conhecido o Constantino.

Grande admiração.

A Libânia desinteressou-se das cores dos vestidos. Procurou os olhos da Adelaide, encontrou um sorriso manso, e quis saber tudo, conta-me tudo, mas o coro de mulheres com ganchos no cabelo encetou um cântico. A Adelaide fez um gesto silencioso com o queixo, única resposta. O padre entrou no altar e benzeu-se.

O Josué vinha a teimar consigo próprio quando entrou na rua de São João. Setembro podia acabar, o telhado do jazigo estava quase pronto e o Josué tinha pressa de envelhecer um pouco mais. Dentro de poucos anos, talvez se pudesse sentar no terreiro, ao lado dos homens que não esperavam por nada.

Os seus olhos embaciavam-se ao longe e, por isso, só percebeu que estava o vulto de uma mulher à sua porta quando estava a pouca distância. Por cortesia, apressou o passo. Era a filha do Pulguinhas Pequeno, a neta do Pulguinhas. Eh, rapariga. Trigueira, sorriso, entregou-lhe um maço de cartas. O Josué ficou a olhar para a mão estendida da mulher e não percebeu. Recebeu as cartas. Enquanto as folheava uma a uma, a neta do Pulguinhas explicou-lhe que andava a entregar correio atrasado e que tinha achado aquelas cartas numa caixa, por baixo do balcão da velha Lubélia.

O Josué estava incapaz de acreditar nas certezas mais expeditas. Eram cartas da França, o Ilídio era o remetente de todas elas. O Josué era um sentimental e, quanto mais velho, mais se descaía com fraquezas dessa ordem. Começou a chorar logo ali, no meio da rua. A rapariga não soube o que dizer, disse: não chore. Mas arrependeu-se logo porque o homem tinha todo o direito de chorar.

Com a porta da rua fechada, a marmita pousada em qualquer lugar, a porta do quintal aberta, o Josué sentou-se à mesa e, com a ponta da navalha, abriu cartas ao calhas. Doeu-se com a pergunta que a letra do Ilídio repetia: porque não me responde? Comoveu-se sozinho. Zangou-se com a velha Lubélia, velha ruim, mas de pouco lhe serviu zangar-se com uma defunta enterrada. Zangou-se consigo próprio por ter acreditado que o Ilídio se tinha esquecido dele.

Releu as cartas por ordem, analisou-as. Quando caiu o escuro, acendeu o candeeiro de petróleo e voltou a lê-las. Nessa noite, não quis dormir. Tinha de pensar em tudo o que tinha lido, tinha de deixar que aquele mundo de imagens lhe passasse pelos olhos abertos, fixos em algum ponto que ignorava. Na manhã do dia seguinte, em jejum natural, procurou folhas de papel de carta e encontrou algumas na gaveta dos papéis, por baixo de trapaças em que não tocava havia anos. Não escreveu muito, apenas uma parte do que tinha acumulado, aligeirou-se.

E saiu inteiro à rua. De novo, o sol. Depois de tanto tempo, sucessão de estações murchas, o sol. Atravessou a vila até à casa do padre. A porta foi aberta pela velha que o servia. O senhor prior está a descansar. O Josué tinha muito mais corpo do que ela e entrou. Isto resolve-se em pouco tempo. O padre estava rameloso em frente à mesa do pequeno-almoço. Sem tirar a boina, o Josué falou-lhe do problema da tropa do Ilídio. O padre ouviu e fez-se de desentendido. Então, o Josué falou-lhe do trabalho que tinha oferecido para o posto da guarda e perguntou-lhe se podia fazer o jeito. O padre, a olhar para uma mosca que aproveitava o fresco, disse que essa situação estava fora do seu alcance, que era um assunto da nação. O Josué não se alterou. Segurou o estojo de pano, desembrulhou uma faca das matanças e pousou-a na mesa, ao lado do pratinho onde o padre acumulava migalhas de torradas. Pouco tempo, o padre ia fazer o jeito.

Com a carta no bolso, o Josué voltou a atravessar a vila e chegou à casa do Pulguinhas Pequeno. Mandaram-no para a loja da velha Lubélia, continuava a ser lá que podia comprar selos. Atravessou a vila de novo e foi recebido pela filha do Pulguinhas Pequeno, atrás do balcão, substituta alegre. O rosto iluminado do Josué iluminou-a. Falaram como se tivessem a mesma idade, riram-se com a mesma facilidade.

Além das notícias que tinha escrito para o Ilídio, o Josué levava também a carta antiga que ele lhe tinha pedido que enviasse para a Adelaide. A filha do Pulguinhas Pequeno deu-lhe logo a direção francesa da sobrinha da velha Lubélia. Estava escrita no remetente de um envelope que lhe mostrou. Disse:

Esta carta chegou ontem para a menina Lubélia. Já não a apanhou.

O Josué preparou-se para copiar a direção, quando a rapariga lhe disse que tinha encontrado mais cartas. Era um maço de cartas da Adelaide para o Ilídio. O Josué recebeu-as e ficou a pensar.

Antes de enfiar a carta no marco do correio, a Adelaide deu-lhe um beijo com a ponta dos lábios, um beijo no papel, uma espécie de despedida ou superstição. Ouviu-a cair e afastou-se. Nesse caminho, chegaram-lhe meiguices da tia à lembrança: quando franzia a testa e se amedrontava, quando usava voz de rapariga para chamá-la desde o quintal, quando se confundia. Essas imagens eram escolhidas entre outras, menos dóceis, mais amargosas, que a teriam ofendido naquele momento. Consciente da escolha, preferia as recordações agradáveis, estava frio e tinha de viver. Não queria congelar-se diante do marco do correio.

Que verão fresco. A Adelaide pensou que aquele papel faria a viagem contrária à que ela própria tinha feito. Talvez a tia pousasse o envelope sobre o balcão da loja, talvez o pousasse sobre a mesa da cozinha, haveria de fazê-lo certamente. Deu consigo a sentir falta do balcão da loja e da mesa da cozinha, onde pousou os cotovelos tantas vezes. Ali, numa rua francesa, feita de cores diferentes e de materiais diferentes, pareceu-lhe estranho que ainda existisse esse lugar de cigarras no verão, inconcreto como o dia anterior, como o mês anterior, o ano anterior, a infância.

Mas sim, aquele papel haveria de chegar a esse tempo, aquelas palavras haveriam de chegar ao que foi e, no seu íntimo, continuava a ser. De manhã, podia escolher aquele vestido de cambraia, que a velha Lubélia não aprovaria e que era demasiado leve para o clima sisudo da França, mas não podia cobrir todas as suas ideias, mesmo que parecesse ignorá-las. Em certos momentos, a Adelaide sentia-se um grande segredo.

Mas sim, aquelas palavras haveriam de chegar e haveriam de mudar o seu passado. E tinha medo, claro. A Adelaide conseguia imaginar a tia sem vontade de se ameigar. Na carta, começava por enumerar todas as habilitações do Constantino. Falava de títulos académicos sem ter a certeza que a tia entendesse, bacharel. Sabia que a tia guardava respeito por aquilo que ignorava. Depois, subtil, passava para as qualidades de carácter e, por fim, misturada com a despedida e com votos de saúde, deixava-lhe a notícia de que estava comprometida. Não havia maneira de disfarçar completamente o tamanho dessa revelação, mas a Adelaide tinha esperança.

Mais tempo passou a cobrir esse instante, mais dias. Encontravam-se na biblioteca e reencontravam-se ao fim da tarde, quando a Adelaide saía da casa da francesa. Tinham já muitas maneiras de falar que apenas utilizavam um com o outro. O Constantino usava uma voz maviosa que não pedia beijos, nem urgências. Era uma voz que caminhava ao lado da Adelaide no passeio, a esse ritmo. Deixava-a à entrada das barracas de Saint-Denis, onde a noite anoitecia, e o primeiro abraço que deram foi sugerido por uma espera do corpo dela.

A Adelaide seguiu na cabeça o caminho da carta. Durante uma semana, adormeceu tranquila. Depois, começou a esperar a resposta da tia. Se perguntava ao marido da Libânia pelo correio, recebia um grunhido de maus modos e deixou de perguntar-lhe. Se perguntava à Libânia, recebia sempre a mesma resposta negativa e deixou de perguntar-lhe também. O silêncio raspava-lhe os olhos. Começou a carregar sozinha o peso de cada dia e, à noite, quando adormecia na barraca dividida por um lençol, sentia que lhe oprimia todo o corpo, adormecia debaixo desse peso. Mesmo à distância, a tia era bem capaz de veneno.

Depois de tanto perguntar e depois de silêncio, houve um serão em que, ao chegar a Saint-Denis, encontrou a Libânia a esperá-la com uma carta na mão. A Adelaide agradeceu e, mesmo quando leu o remetente, não se alterou nos gestos ou no rosto. Fingiu-se casual, mas a Libânia continuava a olhá-la. Era a carta antiga do Ilídio, enviada pelo Josué. Como se escondesse febre, sorriu desbotada e procurou um lugar ao ar livre, com iluminação e sossego suficientes. Leu a carta. Era breve, uma carta curta. Voltou a guardá-la no envelope. No interior do seu olhar, as palavras escritas pelo Ilídio esbarravam umas nas outras. No casaco de malha, tinha o cheiro da colónia do Constantino. Ouvia a voz escrita do Ilídio e ouvia a memória da voz do Constantino ao longo do caminho até à entrada do bairro. Não ouvia os fios de vozes espalhados sobre a noite de Saint-Denis.

A porta rangia ferrugem. A menina brincava no chão e a Libânia dizia-lhe qualquer coisa. Respirava-se ar. A Adelaide encontrou o livro onde o tinha deixado, meio lido. Abriu-o e acertou a carta no meio das suas páginas. Guardou o envelope com a direção no bolso, iria desfazer-se dele mais tarde, no dia seguinte, talvez rasgado entre os lixos da biblioteca, talvez abandonado num dos caixotes públicos do caminho que fazia de madrugada. Tinha tomado a sua decisão. A carta, escrita pelo Ilídio, iria ficar fechada no livro, suspensa, como uma página solta desse mesmo livro, uma página que talvez ninguém pudesse entender, uma página volante, que poderia estar em qualquer lugar da ordem daquele livro porque, para ele, para o seu entendimento, era uma página que existia e que não existia.

A distância entre Champigny e Saint-Denis era aproximadamente de dezasseis quilómetros. O Ilídio, minado pela carta que recebera do Josué, não sabia sequer que dúvidas tinha. Quando chegou, foi poupado a lidar com essa indefinição.

Reconheceu a forma da Adelaide à distância, quando ainda caminhava de mãos dadas com o Constantino. Depois, viu-a abraçá-lo, distinguiu a vontade com que se dirigiu a ele, aqueles braços, aquele corpo. O Ilídio deixou de acreditar que ainda a conhecia. Logo depois do tempo que demorou, viu-os transformarem-se em sombras e afastarem-se em direções perpendiculares. A Adelaide seguiu pela rua que se abria à sua frente, o Constantino voltou para trás, pelo mesmo caminho por onde tinha chegado. Havia um poste escuro à espera do encosto do Ilídio. Dentro dos seus olhos, ainda a via a abraçar aquele homem tão diferente de si. Encostado ao poste, era um campo anoitecido. Para que lhe serviam as mãos?

Devagar, a distância entre Saint-Denis e Champigny foi muito mais longa. Era feita de estradas-fantasma, de ruas-fantasma, de casas-fantasma, habitada por carros-

-fantasma, luzes-fantasma e fantasmas transparentes, sem alma, cheios de não-vida.

Assim que despertou, a velha Lubélia percebeu logo onde estava.

No dia em que mandou fazer o caixão, o cangalheiro exibiu-lhe uma amostra. Aquilo que mais a chamou foi o interior, sentiu-se cativada pelos folhos de cetim. Como sempre que algo a seduzia, tomou esse sentimento por fraqueza, mas cedeu. Depois, passou anos a expulsar bichos do pano e a afirmar com água e sabão que o cetim continuava branco e brilhante.

Ao despertar naquela escuridão fresca, tinha este conhecimento.

Descruzou as mãos no peito, levantou-as e, no pouco espaço, tentou empurrar a tampa. Não se mexeu, não fez sequer um barulho de madeira a separar-se dos pregos. A tampa era um peso imóvel, os seus braços eram incapazes. Passou as mãos na cara para sentir-se, tinha nariz e olhos. Pelo esforço e pelo negro opaco, sentiu a respiração a alterar-se, seguia o descontrolo do coração, que se atirava como um punho fechado de encontro a pontos opostos do peito, que tentava subir-lhe pela garganta. Quis gritar, mas também a sua voz era velha.

Gritou até depois de exausta, até conseguir aguentar a cabeça, os olhos a incharem, quase a rebentarem-lhe nas órbitas. Quando se calou, a boca seca, ficou só a respiração asfixiada dentro daquela escuridão. Cravou os dedos no vestido e tentou pensar. Faltavam-lhe pensamentos. Virou a cara para um lado e para outro. Tentou mexer as pernas, mas os joelhos bateram no tampo fechado do caixão.

    Calma, pensou. E sentiu uma chuva de serenidade a cair-lhe uniforme sobre o corpo deitado. As mãos perderam a forma. Pousou as pálpebras sobre os olhos. Seria de noite ou de dia? O seu tempo já não tinha noites ou dias. Naquele absoluto, naquele ar que se tornava sólido, o seu tempo era feito de instantes muito lentos. A velha Lubélia, velha, velha, esperava por eles, aceitava-os.

(1968)
Qualquer pretexto tinha julgamento.
Porque se era por causa de um silêncio, então era por causa de um silêncio, mas se era por causa de uma palavra, então era por causa de uma palavra.
Fugir como e para onde não eram perguntas. A Adelaide trajava de luto e ele, claro, censurava-a por isso, dizia que era um atraso. A Adelaide baixava o olhar ou tentava olhar para outro lado. Ele censurava-a por baixar o olhar e por olhar para outro lado.
Parece que te mudaste para a biblioteca, disse a Libânia na única vez que a visitou. Disse baixinho para o Constantino não ouvir, mas havia pouco que ele não ouvisse. Os óculos que punha para ler os livros de letra mais miudinha apuravam-lhe também a audição. Nessa única visita, a Adelaide descobria braços novos para impedir que a menina mais velha da Libânia mexesse nos livros, o Constantino perderia o fôlego se ela chegasse

com os dedos a uma lombada. A Libânia trocava a menina mais pequena de mama para mama. No meio dessa azáfama, conversavam.

A Adelaide preparou-se para o casamento, vestido sóbrio, penteado de laca, ainda na casa da Libânia. Foi de lá que saiu para o registo e essa foi a última vez que pisou Saint-Denis. As duas malas que continham o que possuía esperavam-na numa perpendicular à Rue de Crimée, Paris cidade, departamento dezanove, na casa do Constantino. Não era uma casa grande, as estantes e as pilhas de livros encolhiam-lhe a sala, o quarto e os corredores, mas era uma casa-casa, com paredes de cimento e janelas de vidro, num terceiro andar. A Adelaide experimentou o elevador e conheceu a casa já depois de marcado o casamento. Foi também nesse fim de tarde que experimentou o sofá, a medo, com muitos cuidados do Constantino e com muitas promessas de que não ia doer, mas doeu.

O casamento foi marcado assim que chegou pelo correio a notícia fúnebre da velha Lubélia, uma carta de palavras cerimoniosas e caligrafia redonda, escrita pela mão da filha do Pulguinhas Pequeno, e que explicava também a forma como lhe tinha passado a ocupar as funções. A Adelaide não se castigou logo por essa trombose a milhares de quilómetros de distância. Primeiro, chorou. A seguir, sentiu alívio por não ter de enfrentar todas as recriminações que tinha imaginado após a falta de resposta à sua carta. Foi só depois, já com o casamento marcado para janeiro, que se apercebeu que talvez a tia tivesse expirado com a revelação súbita do seu comprometimento. A Adelaide desconhecia a força do coração da tia. As esperanças do casamento foram o único conforto que encontrou para cobrir essa culpa que não partilhou nem com a Libânia, nem com o Constantino, nem com ninguém.

Parece que te mudaste para a biblioteca, repetiu o Constantino várias vezes depois da visita da Libânia, imitando-lhe a voz com desdém. Depois, permitia-se a um instante de silêncio e acrescentava um discurso que serpenteava entre a ignorância da Libânia, analfabruta de merda, e a sua casa de madeira e latas em Saint-Denis, barraca de bicharada. De janeiro até abril, a Adelaide foi-se habituando ao cinzento que escurecia nos modos do Constantino. Os livros pareciam fazer-lhe mal. Havia descanso nas horas que passava a ler, sentado debaixo da luz da janela, durante as tardes de sábado, ou no sofá debaixo do candeeiro de pé alto, ao serão. Mas quando fechava o livro, estragava-se. A sua fúria de encontro à francesa: exploradora, vaca, houve um dia em que chegou a chamar-lhe vaca. Em francês, vache. De janeiro até abril, a Adelaide foi aprendendo palavras que desconhecia, bourgeoisie, por exemplo. Quando o Constantino se envenenava, chamava bourgeoise à francesa, bourgeoise era pior do que vache, era pior do que putain. Foi em janeiro que ele começou a desdizer contra a francesa, mas a Adelaide não reparou. Estava entretida com a máquina fotográfica. Os olhos da Adelaide brilhavam mais do que as lâmpadas do flash. Era uma Kodak Instamatic 50, bela. A francesa ofereceu-lha como prenda de casamento, estimada, quase nova. Talvez a Adelaide pudesse ter reparado quando, ao observar a máquina de um e de outro ângulo, o Constantino comentou que a francesa estava a livrar-se do ferro-velho que tinha em casa. A Adelaide sentiu-se, respondeu-lhe um rosto ofendido, mas esqueceu e não reparou. Tinha um rolo inteiro de fotografias do casamento à espera de serem reveladas. Em fevereiro, ele aproveitava o antes e o depois do jantar para lhe desgraçar a patroa com palavras cada vez mais duras. Perguntava o que é que a francesa tinha almoçado e encontrava maneira de amaldiçoar sopas, saladas e molhos. Em março, a Adelaide já não podia mencionar a francesa. Custava-lhe que, mesmo assim, ele continuasse, exploradora, bourgeoise, a encher aquela mulher de quase setenta anos, cabelos fracos e pintados, sorriso, com tantas sombras e tanto rancor. Às vezes, de dia, perante a francesa, a Adelaide envergonhava-se com a lembrança daquilo que o Constantino tinha dito na véspera. Então, ficava tímida, sem olhar.

Até a cadela, a Princesa, era desdenhada. Sabes quantas famílias podiam viver à larga com o que se gasta nesse bicho? Mas o pior, a tempestade, acontecia no momento em que o Constantino levava a conversa para o marido da francesa, bourgeois, velho porco. Em abril, choveu. O Constantino exigiu saber como é que o marido da francesa se lhe dirigia, madame ou mademoiselle. A Adelaide não sabia qual era a resposta que mais o iria enfurecer, disse mademoiselle, mas arrependeu-se logo a seguir, assim que lhe distinguiu a combustão do olhar. Obrigou-a a prometer que nunca ficaria sozinha com o marido da francesa na mesma divisão e que, sempre que fosse à casa de banho, iria cobrir o buraco da fechadura com uma toalha. A Adelaide nunca pensou que o marido da francesa, o monsieur, a pudesse espreitar e, a partir desse dia, deixou de rir-se das suas graças. Muitas vezes, ele pedia que lhe ensinasse palavras portuguesas, colher, pão, guardanapo; depois, repetia-as e todos se riam. Isso deixou de acontecer. O marido da francesa tinha quase oitenta anos e, a partir de certa altura, começou a ser um vulto que passava longe, que subia ou descia as escadas, que arrastava as pantufas. Em abril, fez mais frio do que em março. Num serão de abril, após uma travessa de peixe no forno que não lhes fez proveito, enquanto o Constantino discorria sobre as perversões do marido da francesa, a Adelaide perguntou-lhe:

Mas queres que deixe de trabalhar na casa da francesa?

No dia 10 de abril de 1968, quando soube que tinha passado a fronteira, o Ilídio abriu a janela do vagão e não encontrou a temperatura que esperava. Belíssima quarta-feira. Inspirou. Ar fresco e puro havia em Portugal. O comboio tornava-se mais lento, como se quisesse fazê-lo sofrer, que castigo, mas o Ilídio já era só um sorriso, os músculos da cara feitos de cera sorridente. Desfrutava dos campos de oliveiras, bebia a sua distância.

Desentupiu a gorja e cuspiu pela janela.

O Ilídio não distinguia compreensão nas conversas que os outros homens trocavam nas suas costas, sentados nas cadeiras forradas a napa. Seguia de pé e pensava no Josué a admirar-se com a sua chegada, imaginava o que poderia dizer, se dissesse alguma coisa. O Ilídio tinha olhos maiores que a paisagem. Jurava calcorrear todas as ruas da vila durante as próximas quatro semanas. Não haveria de deixar uma sem o rasto da sua sombra.

Vinha animado por essa influência desde que embarcara em Austerlitz. Não, desde muito antes. E pensava nos comboios, como sempre. Mas já não era um rapaz de seis ou onze anos, era um homem pleno, vinte e seis anos feitos, conquistas e mágoas; por isso, ao pensar nos comboios, dentro de um comboio, pensava noutra coisa.

Sozinha em casa, encostada ao balcão da kitchenette. As roupas negras assentavam-lhe no corpo a lembrança da vila. Haveria de voltar a usar a saia de xadrez ou a blusa amarela, sabia isso, mas era demasiado cedo, tinha passado pouco tempo, poucos meses sobre a hora em que, ainda na casa da Libânia, tinha recebido a carta a dar-lhe conhecimento da tia falecida. Nesse dia, sem préstimo para os papéis que segurava, sem préstimo para tanto, chorou por muitas coisas distantes.

A casa tinha o som dos objetos imóveis, a fervedura silenciosa dos livros fechados e os passos dos vizinhos do andar de cima. As mãos da Adelaide serviam para segurar o envelope com as fotografias reveladas do casamento. Eram doze. O Constantino sem gravata a dar-lhe o braço, ela a querer sorrir. As cores tinham sentidos invisíveis. A Libânia, o marido e as meninas, ao lado dos noivos, o Constantino sério. O colar de ouro da Libânia a encontrar ocasião para ser usado. Os companheiros do Constantino, ao lado dos noivos, sem gravatas, de chapéu, com cigarros acesos. E a festa, o barracão onde comeram bacalhau no forno, pudim, o bolo que ela tinha feito, antes de ser cortado e distribuído em pratinhos.

A Adelaide apressou-se a guardar as fotografias no envelope quando ouviu a porta da rua. Abriu e fechou uma gaveta.

O que é que estavas a fazer?

O Constantino chegou da reunião dos camaradas. Trazia entusiasmo, mas trazia também perguntas repetidas.

O que é que estavas a fazer?

Saíste de casa?

Saíste de casa?

Estava a fazer qualquer coisa. Não, não saiu de casa. A Adelaide deu respostas sumidas que o satisfizeram. O entusiasmo do Constantino distinguia-se nos gestos. Pousou um maço de papéis sobre a mesinha da sala, tirou um copo do armário da kitchenette, encheu-lhe o fundo com Ricard e juntou-lhe água que tirou do frigorífico. A Adelaide enjoava-se com o cheiro do Ricard. Quando tinha de beijá-lo, esse hálito a anis entrava-lhe na garganta, misturava-se com a saliva e sentia que o seu rosto ficava amarelo, depois verde. O Constantino acendeu um cigarro com uma baforada longa e ela achou que podia aproveitar a oportunidade. Tinha o silêncio diante de si, era uma espécie de açude e tinha de dar um primeiro passo, caminhar dentro daquelas águas que começariam por cobrir-lhe os pés, os tornozelos e, depois de levantar a saia com as duas mãos, os joelhos. Sim, o silêncio era uma espécie de açude. Deu o primeiro passo e começou por dizer-lhe que estava a pensar na loja da tia. Ele, Ricard e cigarro, não disse nada. Então, falou-lhe de como a rapariga estava a tomar conta da loja da tia. Ele já sabia tudo isso, bebia, fumava, pensava noutros temas e continuou sem dizer nada. Então, respirou e, no mesmo tom, continuando, falou-lhe de como os assuntos que a tia deixara pendentes seriam facilitados se fosse à vila e tratasse de tudo. Foi nesse momento que os olhos dele lhe acertaram. Despejou o Ricard no lava-loiças. Apagou o cigarro.

É isso que tu queres?

O Constantino não podia ir a Portugal por causa da política. Nos primeiros dias de cada mês, recebia um vale com a mesada que o pai lhe enviava de Lisboa e, depois de levantá-la, amaldiçoava-o à distância. Fascista sebento. Às vezes, chamava-lhe execrável, que não soava tão mal.

Responde. É isso que tu queres?

A Adelaide sabia o que devia responder. Os olhos acesos do Constantino ditavam-lhe a resposta. Baixou o rosto. Então, ele voltou a contar-lhe como a polícia gostaria de o apanhar e de lhe arrancar as unhas com alicates. Com pormenores, as unhas puxadas uma a uma com alicates e substituídas por uma sangria imparável na ponta dos dedos.

É isso que tu queres?

A Adelaide começou a chorar e ele continuou. A Adelaide tapou a cara com as mãos e ele destapou-lha, continuou. A Adelaide começou a babar-se e a estender um uivo baixinho. Ele parou para encher o peito. Ela estava despenteada, tinha as faces vermelhas e molhadas, a boca aberta. Ele abraçou-a.

Pronto, pronto. Ainda agora nos casámos, temos tempo. Este país vai mudar. Os trabalhadores estão a organizar-se por toda a França, espera até eu te contar o que se disse na reunião. Depois, vai mudar o mundo todo. E Portugal vai mudar também. A escumalha há-de ser toda escorraçada. E havemos de entrar juntos em Portugal, vais ver. Tu sabes que eu gosto muito de ti.

Fechada nos seus braços, debaixo de lágrimas mornas, a Adelaide recuperava soluços.

Ei.
O Josué voltou-se e deu de caras com o Ilídio.
Que choradeira, dizia o Ilídio mais tarde, já sentado na cozinha do Josué, à sombra, a rir-se. As malas e os sacos pousados à entrada. O Josué ainda estava a recompor-se, limpava a cara com um lenço.
Isso é lá coisa que se faça a um velho.
O Ilídio continuava a rir-se. Então, houve um momento em que ficaram parados. O sorriso de um crescia e puxava o sorriso do outro, que também crescia. Era como se fosse o sol, um sol, que crescesse e essa luz os iluminasse de novo com os seus próprios nomes, com Ilídio e com Josué, e assim voltassem a ser o melhor de tudo o que tinham sido quando estavam juntos, criança e homem, rapaz e homem, homem e homem. Apagava-se a despedida, a falta dissolvia-se.
Os sons da vila entravam pela porta aberta do quintal e atravessavam o postigo da porta da rua, atravessavam as paredes. Cães a ladrarem na lonjura, aragem, a suspensão da terra, vozes despreocupadas e outros sons enchiam a cozinha e eram apreciados pelo Ilídio, eram recebidos pelo seu corpo, que esquecia os incómodos da viagem e se desmoía. A Gare de Austerlitz parecia-lhe a memória irreal de um sonho, a esboroar-se de pormenores, a embaciar-se. Tinha o Josué à sua frente e, no seu interior, guardava ainda uma nova surpresa, mas era capaz de esperar, possuía um sorriso. O dia seguinte se-

ria sexta-feira de Páscoa. Era ainda de manhã, mas sabia que a tarde chegaria e, depois, a noite, justa.

No quintal, enquanto assava fêveras que tinha trazido de uma matança generosa, o Josué contou notícias de sinos a tocar, de rebanhos a atravessarem as ruas da vila, de fumo a subir pelas chaminés no inverno e ouviu contar esquisitices da França. Comeram. A vila já tinha luz da companhia, as ruas já estavam quase todas pavimentadas. Entre palavras, o Ilídio alegrava-se com a surpresa que contemplava em silêncio. Como se esperava, chegou o fim de tarde e os tratores que traziam os homens do campo, chegou a hora em que o Ilídio tinha de atravessar a vila. As suas pernas eram novas.

Assim que o viu, o Galopim agarrou-se a ele. Pouco se importou, nada, com as suas roupas cobertas de terra sobre a camisa lavada do amigo, apertou-o de encontro a si, largou-se dentro dos seus braços. Entraram em casa. Os pombos planaram, escorregaram pelo ar. O Ilídio aproximou-se da cama para fazer uma festa no cabelo do irmão do Galopim. Ao recebê-la, os seus olhos apaziguaram-se, as suas mãos dobradas abriram-se. E ficaram os três. Despertando de uma alegria embasbacada, o Galopim tentou limpar duas cadeiras para se sentarem. No que sobrou da tarde, os pombos imaterializaram-se na sombra, foram pedaços flutuantes dessa mesma sombra, como as suas vozes.

A França é uma grande coisa, não é?
E o Ilídio concordou.
Então e o Cosme, anda para lá esgazeado?
E o Ilídio falou para o rosto enlevado do Galopim.
Nessa noite, adormeceu na sua cama, o corpo envolto pelos lençóis frescos. Na escuridão, sob os ruídos

que o Josué ainda experimentava depois das paredes, o quarto regressava, trazia consigo o tempo. O Ilídio sentiu-se com outra idade, a França pareceu-lhe impossível. Foi assim que o rosto da Adelaide lhe acertou, a memória completa de como, ali, tinha sonhado com ela. Tapou essa pontada com a reação que imaginava ao Josué quando lhe contasse a surpresa. E entregou-se, líquido, ao sono.

As mulheres a varrerem a rua, a falarem à distância. Acorda, rapaz, gritou o Josué da cozinha, anda beber o café. Já a tarde se preparava. O Ilídio abriu a porta, sentou-se no poial e viu as mulheres a disporem ramos de alecrim pela rua, até a cobrirem, até não se notarem os paralelos e a rua ser só um manto de alecrim, como um rio, os passeios a serem as margens.

O Josué já estava enxuto. Tinha a roupa preparada sobre a cama. O Ilídio molhou as mãos no lavatório e encontrou-o a brigar com a calçadeira. Meteu-se com ele:

Sapatinho fino.

Mais meia dúzia de tremeliques e ficaram prontos, saíram juntos para o terreiro. Caminhavam perfilados. O Josué não dizia nada quando se aproximavam de pessoas, esperava que elas reconhecessem o Ilídio e o viessem cumprimentar. Essa admiração repetiu-se muitas vezes até chegarem ao terreiro. O Josué entrou orgulhoso na taberna.

Os homens rodearam-nos no balcão. O Ilídio ofereceu-lhes bastos copos de vinho até se começar a ouvir o bombo, os passos lentos de um gigante pesado. Nesse momento, sem conversa, saíram. A procissão subia a rua do ferreiro. À frente vinha um homem a levantar um estandarte; atrás, a boa distância, vinha outro homem com incenso; depois, o padre, ladeado por sacristães; depois, os anjinhos vestidos de branco, crianças com asas e auréolas; depois, carregado por homens, o Cristo a carregar a cruz, fios de sangue a escorrerem-lhe pela cara, com um joelho pousado sobre um fundo de flores; no fim, a banda; dos lados, a acompanhar toda a procissão, seguiam duas filas de mulheres, raparigas e viúvas. Quando a banda parava de tocar uma marcha lenta, cheia de trombones, trompas e tubas, as mulheres, incentivadas pelo padre, lançavam-se num cântico de uivos, sem esperança. No terreiro, a procissão desfez-se e misturaram-se todos. Só os rapazes fardados da banda continuaram em formação, as pautas presas ao instrumento por molas da roupa. O padre entrou numa casa de primeiro andar e apareceu na varanda. Nesse silêncio de todas as pessoas a murmurarem, chegou a imagem da Virgem Maria, abriu-se um caminho para passar. E encontraram-se. A mãe e o filho. Há tanto tempo que sentiam a falta um do outro. Na varanda, o padre tinha uma colcha com cornucópias douradas estendida à sua frente, começou a falar.

 Falou, falou. Nem o Ilídio, nem o Josué olharam para ele. O Ilídio olhou para o rosto da Nossa Senhora. O Josué olhou para o esforço dos homens que carregavam o Cristo e que carregavam a Virgem; olhou para os anjinhos que passavam a correr, brincavam à apanhada; olhou para as mulheres a vigiarem-se umas às outras. Havia o cheiro do incenso, do alecrim e dos corpos. Amém, o padre, e amém, uma grande quantidade de pessoas vestidas de lavado. No instante em que o padre se recolheu, a banda atacou outra marcha e o Ilídio avançou entre pessoas que se estendiam para tocar as vestes das imagens, para deixar-lhes moedas aos pés ou para lhes prenderem notas de vinte escudos com alfinetes. Conseguiu então encontrar espaço para tirar a carteira do bolso da camisa e, com poucos movimentos, escolheu uma nota. Prendeu-a ao manto da Nossa Senhora com um alfinete.

Quando voltou para perto do Josué, não precisaram de dizer nada. Metade da multidão olhava para ele e a outra metade olhava para a nota. O rosto sério da Dona Filipa de Lencastre, um retângulo lilás sobre o manto branco. Quando lhe dava o vento, distinguiam-se três figuras pias no outro lado. As pessoas admiravam-se, uma grande parte delas nunca tinha visto uma nota de mil escudos.

Tirava a casca aos ovos cozidos e sentia saudades da francesa, escorria o bacalhau e sentia saudades da Libânia, cortava as batatas às rodelas e sentia saudades da vila. Cozinhava bacalhau à Gomes de Sá como se cozinhasse melancolia no forno.

A Adelaide não precisava de correio enviado do além para saber que a velha Lubélia teria discordado de um casamento tão repentino. Quando deu a novidade à Libânia, ela perguntou-lhe se estava grávida. Para tanta pressa, seria o lógico. Na altura, a Adelaide deixou-se rir, tinha a cegueira da vida de casada, de deixar Saint--Denis e ria-se a despropósito. Ali, encostada ao balcão da kitchenette, tinha outras ideias, desanimava-se.

Chaves na fechadura; rompante, a porta abriu-se. E o Constantino em toda a parte, a chegar à kitchenette, a dar voltas à mesinha da sala, a aproximar-se da janela, a afastar-se da janela, sem ter parança. E os estudantes, os estudantes, os estudantes. E a polícia que tinha entrado na Sorbonne. E os estudantes que iam resistir, que não se iam ficar. O Constantino parecia uma batedeira elétrica, as frases que soltava no ar revolviam-se sob a sua agitação, claras em castelo. A Adelaide assistia a esse entusiasmo. O bacalhau estava no forno. Havia ainda o cheiro da cebola aloirada. O rosto do Constantino parou-se no dela e transformou-se, abateu-se. Após esses dois segundos, perguntou-lhe se tinha saído de casa. Ela respondeu um não sumido. Ele insistiu. Ela deu-lhe a mesma resposta. Ele não acreditou e, durante o resto do serão, repetiu-lhe essa pergunta muitas vezes. Pelo meio, falou dos estudantes e assegurou que o bacalhau estava desgostoso.

Ao fim da primeira semana, já fora da Páscoa, o Ilídio regressou da casa do pai do Cosme, onde tinha passado a tarde a descrever mistérios franceses para uma plateia de tias arregaladas, e sentou-se no quintal. A luz do sol enchia-o de morno, pousava-lhe nas pálpebras fechadas e cobria-as com duas moedas de ouro. O Josué chegou da obra e descansou-se à volta do Ilídio, a falar de placas de cimento e a beber um copo de água turva. Então, o Ilídio distinguiu-lhe as rugas clarinhas e percebeu que tinha chegado o instante de contar a surpresa.

Mestre, tenho andado com um pensamento.

Mestre. O Josué arrebitou as orelhas e rejuvenesceu vinte anos.

Comprar um terreno e fazer uma casa de primeiro

andar, uma casa de raiz. O Josué tinha os dentes da frente a apodrecer. Primeiro, desconfiou do que tinha entendido. Tens a certeza? O Ilídio fez que sim com a cabeça, meio sorriso, e disse que queria um quintalinho e uma garagem, havia de tirar a carta e comprar um automóvel. À procura de lucidez, o Josué comoveu-se. E lançou-se a falar-lhe de bons terrenos, jurou: há-de ser a melhor casa da vila. Quando anoiteceu, ficaram a trocar desenhos sobre a mesa da cozinha. O Ilídio falava-lhe das casas que tinha visto na França, o pedreiro sonhava.

Na manhã seguinte, quando o Josué estava de café tomado e de botas calçadas, o Ilídio perguntou-lhe:

Vai dizer na obra que não contem mais consigo?

O rosto do Josué moldou-se num sorriso.

Sim, vou dizer na obra que não contem mais comigo.

Depois de almoço, já o Josué andava de dedo esticado, a apontar para terrenos de estevas e a projetar construções invisíveis no ar. A casa podia ficar do lado do cabeço e, lá além, podia ficar a garagem. O Ilídio ia corrigindo as sugestões e, assim, explicava cada vez melhor a sua ideia.

Passou outra semana e chegou maio. Tinham chegado à escolha de dois belos terrenos. Um deles, o melhor, pertencia ao padre; o outro, quase tão bom, pertencia a um velho que morava ao lado do Etelvino Maltês. Foram ter com o velho que morava ao lado do Etelvino Maltês.

Velho de má raça, deve ter-se convencido que leva o terreno como mortalha, dizia o Ilídio, enquanto descascava uma maçã sobre o prato sujo do jantar. O Josué andava calado de um lado para o outro. A luz elétrica clareava-o, mas tinha um peso de sombra no olhar. Decidiu-se:

Há uma alternativa que te falta justapor.
Então, com cuidados, falou-lhe Daquele da Sorna. O tempo tornou-se espesso, engrossou.

O Ilídio não sabia que o pai da mãe tinha morrido na prisão, nem sequer sabia que tinha sido preso. Em quatro anos de França, não se tinha lembrado dele uma única vez. Entre silêncios, com voz baixa e grave, o Josué contou-lhe o pouco que havia dessa história. Esperou e, com mais ânimo, disse-lhe que podia tomar posse da casa. Era boa para derrubar. Além disso, a casa do lado pertencera a um enforcado com filhas gulosas de dinheiro. Tudo batia. Os dois terrenos, juntos, chegavam bem para fazer uma bela casa de primeiro andar, com quintal, garagem e o mais que se quisesse. O Josué ficou à espera, temente, mas o Ilídio atirou o cascabulho da maçã para dentro do prato e disse:

Amanhã, vamos falar com as filhas do homem.

A Adelaide ainda tinha o livro guardado numa das malas com que chegara. Estavam empilhadas sobre o guarda-fatos. O Constantino nunca se tinha lembrado de abri-las. Já o encontrara várias vezes a abrir-lhe a carteira e a ler-lhe os papéis onde apontava listas de compras, leite, fósforos, detergente da loiça, ou a vasculhar-lhe lenços de assoar na pequena mala de verniz que pendurava no ângulo do braço quando saía à rua. Mas as malas continuavam sobre o guarda-fatos, a envelhecerem devagar, a acumularem rolhões de cotão.

Sem explicação que compreendesse, quando a Adelaide soube que estava grávida, lembrou-se do livro. A casa de banho, branca e lixívia, foi o lugar dessa epifania, como se tivesse sido atravessada por um eixo que, apesar do terceiro andar, apesar dos vizinhos de baixo, lhe fez sentir a terra sob os pés.

Quando entrou na sala, o Constantino virava as páginas do jornal com toda a gáspea, a televisão estava ligada, mas só dava filmes. Às vezes, havia um ou outro período de notícias intermitentes mas, também em greve, a televisão passava sobretudo filmes atrás de filmes. Ao ver a Adelaide, espectro, o Constantino inflamou-se para dizer-lhe que estava tudo parado: correios, transportes públicos, escolas. Enquanto falava, a sua voz levantava o fumo de carros a arder, pneus a arder. A Adelaide já tinha decidido não lhe contar naquela hora, quando tocou a campainha. O Constantino assustou-se.

Estás à espera de alguém?

A Adelaide disse que não, afiançou que não. Era a Libânia. Abraçaram-se de olhos fechados.

O marido da Libânia tinha comprado um veículo em segunda mão e tinha sabido pelo Paiva, lembras-te do Paiva?, que havia uma bomba aberta perto dali. Após duas horas de fila, estava atestado e esperava lá em baixo, com as meninas.

E não subiram?

Fica para outra vez. Vim só dar-te um beijinho.

O Constantino não levantou o olhar do jornal.

Sussurrando, a Libânia disse-lhe que tanto ela como o marido continuavam a arranjar maneira de trabalhar e receber. A Adelaide sorriu. Mas, conta lá, como estás tu? A Adelaide, tímida, a ter a certeza de que o Constantino não ouvia, contou-lhe, contou-lhe, contou-lhe, brisa, como uma brisa, que estava grávida. A Libânia abriu a boca e fez um ô silencioso. Deu-lhe as duas mãos e, por um instante longo, ficaram assim, raparigas de porcelana.

Quando a Libânia saiu, levando consigo a alegria, o Constantino perguntou-lhe:

— O que é que estavam para aí a cochichar?

À janela, a Adelaide viu-a entrar no carro e, de costas para ele, não lhe respondeu.

Cada martelada que acertava na parede era como uma explosão no centro da terra. Quando os homens pousavam os martelos para limpar a testa, os cabos de madeira grossa chegavam-lhes à cintura. As cabeças dos martelos eram pesadelos de aço maciço, trovões negros. O Ilídio segurava o seu martelo com as duas mãos e acertava na parede, que caía em grandes postas caiadas, com tijolos vermelhos nas pontas, como entranhas. Os homens da obra tinham sido escolhidos um a um pelo Josué e, antes, tinham-se empoleirado para descarnar fileiras de telhas e fazer cair as vigas. Sob a luz do céu, a casa Daquele da Sorna revelava com mais crueza a sua pequena miséria.

Nem o Ilídio, nem o pedreiro aproveitaram nada da casa. O armário foi cheio de loiça para cima da camioneta e levado para o campo, onde o atiraram para debaixo de um sobreiro. Esse foi também o caminho da cama, ainda feita de lençóis e mantas, bem como de todo o entulho e de todos os trastes, cadeiras coxas, penicos e murraças. As paredes desabavam em nuvens de caliça e, longe, no campo, à margem de uma estrada de terra, o monte de entulho crescia debaixo do sobreiro.

A casa do vizinho Daquele da Sorna tinha sido catada de todas as miudezas com uma réstia de valor pelas suas herdeiras zelosas. Os martelos rebentaram as paredes com a mesma sede com que rebentaram a chaminé onde o velho se tinha pendurado por arames. Ao almoço, a meio da tarde e no fim de cada dia, os homens sacudiam pingas invisíveis de copos vazios e, juntos, enchiam--nos duas ou três vezes para tirar da goela o gosto a pó. O Ilídio conhecia bem aqueles homens que tinham a sua idade, pouco mais ou menos. Era nesses momentos de paragem que se apercebia como o sol e o ácido das sopas de beldroegas os tinham estragado. Eram homens feios a sorrir, mas que trabalhavam sem respeito pelo corpo. Arrancavam pregos da parede à unha, carregavam tudo o que fosse preciso, montanhas brutas até.

O Josué, pedreiro e mestre, envaidecia-se com os velhos e com os cachopos que vinham ver a obra, que passavam horas do outro lado da rua, à sombra, a darem fé; envaidecia-se também com as mulheres que passavam carregadas de hortaliças e que paravam para dizer: sim, senhora. Ainda não se tinha erguido um palmo de parede, e os cães já chegavam de rabo alçado, espantados, vinham farejar os montes de areia, sarrisca e gravilha. Poucas vezes se tinha visto na vila uma construção a prometer tanto gabarito.

Ao serão, estafados, o Ilídio e o Josué só falavam da obra. Os dias eram cada vez menos. Quando faltava uma semana para o Ilídio voltar para a França, não falavam desse instante, mas só falavam dele porque acertavam pormenores a contar com essa partida. O Josué iria tomar a obra sozinho. Ao serão, comiam sopa de tomate e desenhavam plantas em cadernos de papel.

Na manhã em que uma das tias do Cosme chegou à

obra, estavam nessa maré de quase despedidas. Esganiçada, chamou-o desde a rua. Vai lá acudir, disse o Josué. O Ilídio foi e ficou a falar com ela à sombra. Na véspera, ao telefone, o Cosme tinha dito qualquer coisa que ela não tinha percebido bem e pedira-lhe para dar o recado ao Ilídio: que lhe telefonasse com urgência. Para que esperar? Foi à antiga loja da velha Lubélia, trocou sorrisos com a filha mais velha do Pulguinhas Pequeno e telefonou de lá. Então, estás fino ou o quê? Voltou para a obra muito mais lesto. Passou por cima de toda a folha até se arrumar ao Josué. O pedreiro arrelampou-se ao ouvir a descrição das greves. Por toda a França, cresciam ervas nos carris do comboio e o Ilídio não sabia quando poderia partir. O Josué decretou uma paragem para se chegarem ao garrafão. Sorrisos, o pedreiro estava radiante por os franceses não quererem trabalhar.

    Acordou com uma dor, uma agulha da renda, gelada, a atravessar-lhe o ventre. Estava morna e molhada entre as pernas, acreditou que tinha sonhado com chichi às pinguinhas. Evitando o riscar dos lençóis, levantou-se da cama. Sentada na escuridão, reconheceu cada detalhe do quarto e avançou, pousando um passo onde sabia que era a ponta do tapete, pousando outro onde sabia que era o chão de tacos, pousando outro arrumado à porta e saindo sem perturbar o sono do Constantino.
    Quando encostou a porta do quarto, era a noite de 12 para 13 de junho. A Adelaide não sabia que horas eram. Eram três e meia.
    Na casa de banho, sob o zumbido branco da luz, retirou do meio das pernas três dedos vermelhos de sangue

vivo. Tremeu como se tivesse frio, e talvez tivesse. No ventre, a dor era um pedaço interior de carne a rasgar-se. Lavou-se no bidé, sangue misturado com água, sangue aguado, mas a dor não passou. Era uma dor que a dobrava sobre si própria, que lhe levava as mãos ao ventre, que lhe apertava as mãos de encontro ao ventre.

Pensou. Teve pensamentos precisos. Sem barulho, só com respiração, acertou uma toalha dobrada na sangria e vestiu-se por cima dela. Pôs um lenço na cabeça. Em cima do balcão da kitchenette, deixou um papel onde escreveu: tive de ir à biblioteca, não te quis acordar. E saiu em direção ao hospital.

Já no carro de praça, achou um grande sentido na noite. Tanta escuridão, tinha de ser de noite.

Nessa quarta-feira, o Cosme saiu de casa às sete da tarde, já penteado para o trabalho. Era ainda de dia e, quando o comboio abrandava antes de parar nas estações, deixava o corpo inclinar-se, não resistia a essa força e não se agarrava a nada. Observava as senhoras e, se alguma olhava para ele, sorria. Nesses momentos, tinha olhos de rapina. Não demorou muito a chegar a Champigny. Ao passar pelas ruas de terra, assobiava e dizia boa-tarde às pessoas que, mesmo quando não o conheciam, lhe devolviam a amabilidade. Não demorou muito a chegar à barraca do Ilídio. Encontrou-o a lavar a loiça num alguidar.

Então, dois meses de vacanças. Isso é que foi boa vida.

O rosto do Ilídio tinha mágoa. O Cosme mudou a expressão e o Ilídio contou-lhe do acidente do Galopim.

Ainda na vila, quando o Ilídio estava a despegar da obra, soube do acidente por uma mulher que o deu como morto. Foi atropelado e morreu. O Ilídio chegou a estar dez minutos nessa angústia quando, mais perto do lugar do acidente, outra mulher lhe contou que o Galopim estava muito mal, o automóvel acertou-lhe em cheio e levou-o de rojo até ao fim da rua. Tinham-no transportado para Lisboa, mas não tinha morrido. Foi com isso que teve de partir para a França e foi isso que disse ao Cosme, que o ouviu com as palavras a fazerem-lhe impressão.

Ui. Vejo tantos assim. Chegam ao hospital todos partidos. Às vezes, são dois e três por noite. Por fora, mesmo que estejam todos esfolados, não dá para saber como estão. Por dentro é que faz diferença: se têm alguma costela espetada nos pulmões, se têm algum desarranjo na espinha, se lhes afetou a cabeça.

O Josué comprometeu-se a tratar do irmão do Galopim, a ir lá todos os dias levar-lhe qualquer sopa. O Ilídio ainda teve tempo de o acompanhar uma vez. Encontraram-no na cama, entre os pombos e, sem entender, olhava aflito para o Ilídio e para o Josué.

Em Champigny, o Cosme e o Ilídio compadeceram-se em silêncio.

Ao longe, ouviam-se mães a chamarem os filhos para jantar, cães a levarem pontapés, o vento. O Ilídio foi buscar o embrulho de papel pardo que os pais do Cosme tinham mandado, uma encomenda de chouriços, morcelas e farinheiras. O Cosme ia chorando, abriu a navalha. O Ilídio trouxe dois copos e o garrafão de vinho. Não tinha pão.

Não posso beber muito que ainda vou trabalhar.

O Cosme era contínuo do hospital mas, às vezes, julgava-se cirurgião. Eram já dois homens. Com os copos a esvaziarem-se e um chouriço a desaparecer em rodelas fininhas, o Ilídio contou-lhe da casa e da alegria do Josué, mestre, a construí-la, contou-lhe das ruas de paralelos e da luz elétrica, contou-lhe do ar da vila e, a pedido do Cosme, contou-lhe de duas ou três raparigas que se estavam a tornar roliças.

Eram quase onze horas quando o Cosme saiu, transportando o embrulho dos enchidos e todas essas imagens, como um barco a flutuar em todas essas imagens. Chegou ao hospital, picou o ponto e tomou o seu posto. Lembrou-se do Galopim, lembrou-se do terreiro, lembrou-se dos pais. Nos intervalos de ter de fazer alguma coisa, falar em francês, levava o embrulho dos enchidos ao nariz. Estava convencido de que tinha entretém para o resto da noite. Mas, às quatro da manhã, entre as pessoas que entravam nas urgências, distinguiu uma mulher. O som dos seus passos, saltos pesados e cambaleantes, foi atrás dela e apanhou-a em meia dúzia de metros. Não queria acreditar. Pousou-lhe uma mão no ombro.

Adelaide?

O Josué soprava as virilhas do irmão do Galopim. Deitado de costas sobre a cama de lençóis lavados, como um inseto que não se conseguia virar, o irmão do Galopim tinha as virilhas assadas por tempo de urina e o Josué, tratador, soprava-lhas. Castanha de sabonete e surro, a água tranquilizava-se dentro do alguidar. O banho era ainda lembrado pelo cheiro morno da toalha. Esse ar era substituído apenas muito lentamente pelo seco das caganitas de pombo e pela transpiração das penas. O pedreiro habituava-se a tomar conta do irmão do Galopim, sabia ter cuidados, recolher-lhe sopas de espinafre do queixo com a colher, deixar-lhe os lençóis a corar ao sol, falar-lhe com voz serena, nascida num ponto macio da garganta.

Pó de talco nas virilhas, e vestiu-o com roupas velhas do Ilídio, lavadas e passadas. Até amanhã. O irmão do Galopim já não o estranhava mas, antes de fechar a porta, ao olhar para a cama, o Josué distinguia-lhe nos olhos uma súplica conhecedora da solidão. Ao sair, levava esse peso encostado ao peito. Nesse fim de tarde, levava também uma carta, onde descrevia ao Ilídio as novidades da casa e as melhoras distantes do Galopim no hospital de Lisboa. Estava quase a começar o verão, as andorinhas passavam disparadas pelas ruas. Desde que saía mais cedo da obra para tomar conta do irmão do Galopim que acompanhava ninhos de andorinha nos beirais, ninhos redondos de barro, cabeças depenadas a assomarem--se. As paredes caiadas cumprimentavam-no. As pessoas vinham sentar-se às portas para apreciarem o fresco. Àquela hora, começava o lusco-fusco.

Estava a entrar na rua da velha Lubélia quando viu, lá ao fundo, a filha do Pulguinhas Pequeno a afastar-se, desenvolta e rapariga. Mesmo a tempo, chamou-a. Não ouviu, chamou-a outra vez. Precisava de um selo, ela esperou pelos seus passos desconjuntados e, enquanto voltou para trás, ele agradeceu-lhe muito. Na loja da velha Lubélia, as sombras eram ainda mais escuras do que na rua, anoitecia ainda mais. Sobre o balcão, ela rasgava tiras de selos pelo picotado. E parou. Levantou-lhe o olhar. Ele estava a vê-la com esses mesmos olhos e aquilo que aconteceu abalroou balcão, por detrás, ele a segurar-lhe nas ancas.

Saiu tremente, acertou a boina na cabeça, de noite, tinha cinquenta e oito anos e gestos foscos. Acreditou que as pessoas que estavam sentadas às portas eram capazes de lhe farejar o cheiro.

A biblioteca, valente peta. Ninguém te viu na biblioteca. O italiano não te viu entrar na biblioteca, e ninguém entra sem passar pela lente do italiano. A Emma não te viu, a Chloé não te viu, a Camille não te viu. Queres que continue? Ninguém te viu na biblioteca. E eu, feito parvo, a perguntar e as pessoas a olharem para mim e a pensarem: que grande urso.

A Adelaide não tinha medo, nunca deixou de dizer que esteve na biblioteca. A razão do Constantino ondulava em correntes invisíveis, talvez líquidas, que ganhavam força, atiravam-se de encontro à razão da Adelaide, e que perdiam força, escorriam pelo muro da razão irredutível da Adelaide. Estava cansada mas era uma pedra de olheiras cavadas, de lábios cinzentos. Ele tinha estado na biblioteca, mas ela dizia que tinha entrado por outra porta. Ele perguntava-lhe acerca dessa porta, ela descrevia-a com detalhes e horas precisas. Ele dizia-lhe que não podia ser, ela dizia-lhe que podia ser e que tinha sido. Ele hesitava, ela respirava. Ele perguntava-lhe o que tinha ido lá fazer, ela dizia que tinha ido saber quando voltava ao trabalho. Ele dizia-lhe que ela não precisava de voltar a trabalhar, ela queria ficar a discutir isso. Ele voltava a dizer-lhe que não podia ser, que tinha estado lá. Onde é que andaste? Ela dizia-lhe que se tinham desencontrado. Ela respondia-lhe, acreditando naquilo que dizia.

Jantaram.

Os talheres pesavam-lhe, a comida enrolava-se-lhe na língua. A Adelaide estava fraca. O médico não quis deixá-la sair, mas ela pediu muito ao Cosme e ele conseguiu convencê-lo. Ainda de madrugada, o Cosme lamentava. Na enfermaria, a Adelaide, lavada por dentro, revolvida, e o Cosme ali, a querer saber tudo. A Adelaide zonza, baralhada, e o Cosme a escolher um momento para lhe falar do Ilídio. Sem dar resposta, a Adelaide, rodeada de branco e de desinfectado, só conseguia lembrar-se da velha Lubélia. Sentia o rosto da tia sobre o seu, como uma caraça. Não era dona de qualquer explicação para esse carrego.

Ninguém te viu na biblioteca. Ninguém. O que é que foste lá fazer?

O Constantino tinha envelhecido anos durante os meses do casamento. A Adelaide olhava-o e indispunha-se com os pelos do nariz, das orelhas, com os dentes amarelos desenhados nas gengivas. O Constantino tinha uma sombra de chumbo nas sobrancelhas, era um velho zangado com a morte, mais zangado ainda com a vida.

A Adelaide levantou-se da mesa. Entrou no quarto, subiu a uma cadeira, tirou o livro de dentro da mala e voltou à mesa com ele na mão. Mostrou-lho.

Vês?

Disse-lhe que tinha trazido o livro da biblioteca.

O Constantino riu-se.

Livro? Não basta ter capa e páginas cheias de palavras para ser um livro. Não basta ser feito de papel. Gorki, sabes o que é? Tolstoi, diz-te alguma coisa? Dostoievski, consegues pronunciar? Experimenta: Dos-toi-ev-ski. Livro? Às vezes, esqueço-me da tua ingenuidade.

E riu-se mais.

A Adelaide tornou ao quarto, guardou o livro na mala.

O marido gastou o resto do serão a maldizer os fracassados das greves, a chamar-lhes bourgeois. Antes de dormirem, deitados na cama, pôs-lhe um braço por cima. Ela sabia o que significava esse gesto e disse-lhe que não, estava enjoada. Era verdade. Passados dez minutos, estava inclinada sobre a sanita, a vomitar.

* * *

    Às onze da manhã, já costumava estar bem deitado. Com sorte, se não calhava na folga de algum dos companheiros de casa, podia peidar-se à vontade. Quando chegava, nove, nove e meia, o quarto esperava-o, de cores invernosas mesmo nos dias raros de verão; a humidade das paredes esperava-o, a levantar bolhas no papel de parede e a escurecer os cantos do teto. Como se tirasse água de um poço de plástico, descia as persianas. E o candeeiro, clic, a lâmpada amarela, pequeno sol. Ao descalçar as meias, acontecia-lhe erguê-las com dois dedos e comparar o seu próprio cansaço com elas. Cheirava-as e guardava-as dentro dos sapatos. Dormia tão bem naquele quarto. Ali, não entrava nem a guerra de África, nem a guerra do hospital.
    Mas, naquela manhã, às onze, andava de espertina viva a contornar uma betoneira. A Adelaide tinha-lhe pedido que não contasse nada ao Ilídio mas, logo nesse momento, ele lhe disse que não podia fazer essa promessa. Sentiu-se sério. Já devia ter despegado, mas ainda gastou algum tempo a acompanhá-la, ficava-lhe bem a transparência da bata branca, perna grossa. O médico, francês inveterado, parisiense mesmo, não gostou que lhe pedisse para dar alta à Adelaide, mas gostava de ter o Renault bem guardado e, por isso, fez o jeito. Assim, quando ela saiu, senhora, em direção a casa, o Cosme saiu em direção à obra onde o Ilídio trabalhava.
    Eram onze da manhã e o Cosme, depois de comboios e autocarros cheios de francesas louras, andava a pisar restos de tijolos, cimento seco e a perguntar a homens de capacete amarelo de plástico pelo Ilídio. Subiu

quatro andares de escadas mal acabadas até o ver de roda de um feixe de cabos de aço. Reconheceram-se ao mesmo tempo. Sem entender, céu e guindastes, o Ilídio aproximou-se enquanto tirava as luvas. O Cosme esperava-o com o brilho da notícia.

Betoneiras e sol, o Ilídio ouviu tudo o que o Cosme tinha para lhe contar, não o interrompeu a meio de nenhuma descrição mas, por fim, quando terminou, disse-lhe que não queria saber nada. O Cosme não compreendeu. Então, o Ilídio disse:

O tempo há-de passar.

E o Cosme compreendeu.

(1973)
Nuvens sucediam-se na janela da sala.

A Adelaide recolhia-as com o olhar e confundia-as com pensamentos distantes, lembranças ou sonhos. Sempre o tapete, sempre os livros nas estantes, sempre as pilhas de livros, sempre a mesinha baixa, sempre o sofá. A Adelaide sentia falta de descolar pastilhas elásticas do fundo de cestos de papéis, falta de subir a escadotes, falta de limpar a casa de banho dos homens e das mulheres. Ai, a esfregona. Desde que deixara de trabalhar na biblioteca que os dias se tinham começado a misturar, nada distinguia as terças das quartas, quintas, sextas-feiras. Até as estações se tinham começado a misturar: invernera, primavão, verono, outerno. Esse soufflé de tempo era interrompido pelas visitas do Cosme, um palito para ver se o tempo estava cozido por dentro.

Na primeira vez que apareceu, também estava sozinha. A campainha tocou, pensou que o Constantino se tinha esquecido da chave e, olha, era o Cosme. Não perguntou se podia entrar, entrou e sentou-se. Tinha encontrado a direção na ficha que ela preencheu no hospital e ali estava, sem grande coisa para dizer. A Adelaide tentou que saísse, não saiu e, quando o marido chegou, escancarou os olhos ao vê-los sentados no sofá.

É um amigo, é da minha terra.

Já depois de jantado, quando o Cosme se foi embora, o Constantino ia preparar-se, mas ela não o deixou começar.

Viste a sede com que te mirou? Espero que não te incomode que ele goste de homens. Se quiseres, digo-lhe para não voltar.

O Constantino amansou. E não, claro que não, não se incomodava que o amigo dela gostasse de homens. E porque é que não havia de olhar? Podia olhar. Debaixo desse carimbo de aprovação, o Cosme passou a visitá-la de quinze em quinze dias, mais ou menos, chegava à tarde, sem aviso. Ela estava lá para lhe abrir a porta. Sentavam-se no sofá e, quase sempre, o Cosme insistia-lhe a mão no joelho. Deixa-te de tonteiras. Vá lá. Ai, querem lá ver. Vá lá. E, em duas ou três ocasiões, subiu-lhe a mão pelo interior das coxas, até certo ponto. A Adelaide tolerava estes incómodos ofegantes porque lhe apreciava a companhia e a pronúncia. Juntos, recordavam partes da vila e, às vezes, o Cosme contava-lhe novidades, sabes quem é que morreu?

E tentava falar-lhe do Ilídio, puxar essa conversa. Ela não se desinteressava, mas escondia-se atrás de um silêncio que não o deixava continuar para lá de poucas frases. Esse silêncio tornava o Ilídio idêntico a um precipício, tinha horizonte, mas não permitia aproximação.

A Adelaide preferia falar das ruas da vila, de histórias que já conhecia ou que ainda não conhecia. O Cosme sabia umas e inventava outras, raramente se calava. Em dois verões, o Cosme foi à vila. Começava a falar disso em março e, quando regressava, não terminava de falar nisso. Na primeira vez, a Adelaide achou tudo natural, mas depois lembrou-se: tu não estavas fugido da tropa? O Cosme tinha descontração congénita e disse-lhe que, em Portugal, não havia nada que não se resolvesse com dois tostões. A Adelaide soube que essa fidalguia lhe custou bastante mais do que dois tostões, mas o que ela queria saber mesmo era as miudezas da vila, queria pormenores, enlouquecia com eles. Na segunda viagem, emprestou a máquina fotográfica ao Cosme, ensinou-o a usá-la e escreveu-lhe num papel os lugares que queria que fotografasse, doze fotografias:

1. Loja da velha Lubélia por fora
2. Loja da velha Lubélia por dentro
3. Rua da velha Lubélia
4. Campa da velha Lubélia
5. Beco da padaria
6. Fonte nova
7. Terreiro
8. Rua do ferreiro
9. Casa do Povo
10. Igreja por fora
11. Igreja por dentro
12. Rua de São João

Depois de cada fotografia, tinha de empurrar a patilha de lado até que o número do visor traseiro mudasse.

Fazes-me esse favor?

Nesse dia, a Adelaide deixou que o Cosme avançasse

um pouco mais, até certo ponto, no interior das suas coxas.

Havia anos que tinha deixado o luto mas, por respeito, uma conversa em silêncio com a tia defunta, vestiu-se toda de preto para levantar as fotografias reveladas. Decepcionou-se sozinha no passeio. Na maioria das fotografias, o Cosme tinha esquecido o dedo à frente da objetiva. Quando chegou a casa, o Constantino estava só a esperá-la, só a ferver.

Onde é que foste?

Nas vezes em que o marido chegava e a encontrava a falar com o Cosme, estendia largos cumprimentos, era educado, chamava-lhe sr. Cosme. Essas tardes eram uma muda de ar. Tirando isso, o pó acumulava-se em camadas sobre os livros da mesma maneira que os dias se acumulavam em camadas uns sobre os outros. A Adelaide carregava tempo e pó, enleava-se nesses materiais. Os amigos do marido, casais fumadores de cigarros, vinham em jantares marcados raramente, dois ou três por ano, e não a entretinham. Eram quase sempre os mesmos chatos de óculos mas, a partir de certa altura, passou a vir uma nova, despropositada, tinha um nome qualquer começado por jota. O Constantino concordava sempre com ela e, se ela mudava de opinião, ele mudava também. A Adelaide não entendia as conversas deles de propósito, a política, a política. Se começavam a falar em francês, apesar de serem todos portugueses, era-lhe mais fácil deixar de ouvi-los. Tinha os seus pensamentos, mas entendia bem os empernanços debaixo da mesa, as mudanças no tom de voz e os salamaleques.

Depois, os cabelos compridos espetados entre as malhas da camisola e a compreensão súbita, o desinteresse súbito. Além disso, era a Adelaide que lavava as cuecas do marido. Com trinta e três anos, cinco anos de casada, a Adelaide tinha-se saturado de falar-lhe de ir à vila e ouvir, de novo, a descrição das torturas do sono e da estátua. Não era senhora de sugerir-lhe ir sozinha mas, depois de um desses jantares, encontrou o Constantino tão pasmado que pensou: é agora.

Olha, que ótima ideia.

Não queria acreditar. Desenvolveu a matéria só para ter a certeza. E ele: sim, claro, tens de ir tratar do que a tua tia te deixou, já vai sendo tempo, tens de resolver esse assunto, acho muito bem, claro, claro, certamente.

A Adelaide aproximou-se do Constantino e deu-lhe um beijo na boca.

Arrumado ao passeio, o muro baixo tinha ainda poucas manchas de musgo a cobrirem-lhe o branco, dava ideia que até os cachorritos se inibiam de lhe alçar a perna. Era mesmo branco, acompanhado no topo por um trabalho virtuoso de ferro forjado, pintado de verde-
-escuro. Tinha dois portões, um maior dava caminho para a garagem, o Ilídio ainda não tinha comprado automóvel, e um mais pequeno que se abria para uma vereda forrada a formas partidas de mármore até aos degraus do patamar, diante da porta. Entre a casa e o muro, havia uma espécie de jardim, que consistia em duas caldeiras com dois pessegueiros ainda novos, a esforçarem-se por acompanhar as estacas retas que tinham sido espetadas ao seu lado, exemplos de verticalidade. A fachada da casa era imponente. O fundo de azulejos verdes e amare-

lados devolvia incandescência no verão e desfazia-se em formas turvas de água no inverno. Entre as pessoas que se dispuseram a analisar-lhe os desenhos, algumas encontraram rostos, outras identificaram com clareza campos de pinheiros, outras garantiram que eram funis ou nuvens. Em jeito de barra e no topo, no ponto em que, por dentro, estava o sótão, tinha azulejos roxos, de padrão geométrico, com a forma de cristais de neve ampliados. Além da porta de entrada, madeira maciça, pesada, a fachada tinha apenas duas janelas, as restantes estavam noutras faces da casa e, no primeiro andar, tinha uma varanda, ferro forjado, servida por uma porta. A casa tinha duas chaminés e era a única na vila com claraboia. As traseiras resguardavam um pequeno quintal com um tanque da roupa, uma coelheira vazia e um renque de couves. Quando ia regar os pessegueiros ou arrancar alguma folha de couve, o Josué gostava que as pessoas o vissem da rua.

Agosto. Quando o Ilídio abria a porta, a casa cheirava sempre a uma mistura de novo e de mofo. Não abria logo as janelas, preferia encher-se todo desse ar parado. Sentado na penumbra, e Portugal, o Ilídio chorava Portugal. Por cima do telhado, construído telha a telha, estava o céu de Portugal. A sua cor protegia-o, fica aqui, não saias daqui.

Nos últimos três verões tinha decidido que, no ano seguinte, voltaria de vez para a vila. Mas, primeiro, teve de acabar o pagamento das obras, a seguir, quis começar a amealhar para um carro, um carrito. O Cosme tinha já um automóvel que ocupava as ruas inteiras da vila. Em agosto, com a telefonia ligada, dava voltas lentas ao terreiro várias vezes por dia. Estacionado, os rapazes vinham de longe para apreciar-lhe o tablier e a matrícula. O Cosme fingia importar-se com as dedadas. Quando parava em Champigny, o Ilídio já tinha as malas prontas para serem atadas com correias ao tejadilho. Dividiam a gasolina e comentavam os campos viçosos da França e secos da Espanha. O Ilídio já tinha escutado todas as reprimendas do instrutor de condução, mas o Cosme não o deixava tocar na máquina. Paravam para esticar as pernas e seguiam caminho, noite e dia. Chegavam à fronteira de Portugal de madrugada. Chegavam à vila a meio da manhã.

Sentado na penumbra, o Ilídio recordava-se sentado na barraca de Champigny, também sua, e respirava até ouvir o Josué a abrir o portão. As malas transportavam garrafas de conhaque enroladas em roupas, camisolas de lã, meias de lã, transportavam facas especiais, lâminas de aço inoxidável. Para que quero eu isso? O Josué desengraçava-se com as prendas. Não sabia agradecê-las, mas sorria com os lábios trementes, comovia-se, sorriam os dois. O Ilídio trazia a paródia. Punha uma grelha no lume e assava pimentos. E passava sempre a primeira semana. Nesse ano, também passou a primeira semana.

Agosto era cheio de barragens, mas o Ilídio não era arraçado de pato e dispensava desejos de água. Preferia as ruas da vila e, uma vez por outra, passeios pela estrada do campo da bola. Ainda no dia em que chegou, o Josué acompanhou-o à casa do Galopim, a cumprimentarem as pessoas ao rés das paredes, boa tarde, passe bem. Levou-lhe dois sacos de roupa boa, calças e camisas que já não usava. O Galopim de olhos crescidos, quase os do irmão, a suster-se nas muletas. Vá, agora senta-te. Mas o

Galopim a insistir na habilidade, criança. Deixou os dentes da frente na rua em que foi atropelado, foram varridos por uma velha, a mesma que lançou um alguidar de água sobre o sangue ainda fresco.

Quando o Galopim voltou para casa, amolgado, de gengivas limpas, com os ossos da cara encovados, o Josué dispôs-se a tratar da reforma dos irmãos e a orientá-la. Com algum conduto que acrescentava do seu bolso, as reformas chegavam para caldos e, se era chamado a matanças, para uma quarta de chouriço, que comiam com pão. Assim, o Josué desenvolveu familiaridade com os pombos. Quando estava a dar o comer ao irmão do Galopim, pousavam-lhe nos costados. Se lhe derrubavam a boina em voos rasantes, os irmãos riam-se, grunhiam divertidos contra os protestos exagerados do Josué. O raio dos pombos. Foi também o pedreiro que, em viagens de carreira, tratou dos assuntos do tribunal. O forasteiro de laço que atropelou o Galopim não tinha o direito de lhe acertar no passeio e de o levar arrastado durante uma grande quantidade de metros. O advogado mostrava-lhe papéis e o Josué, indignado, fazia-se de entendido.

Após conversas, lérias, e após o Josué lhes deixar a marmita do jantar, voltaram para a casa do Ilídio no início do fresco. Sem combinarem, fizeram outro caminho. Quando passaram à porta da loja da velha Lubélia, o Josué espreitou lá para dentro, o Ilídio também espreitou lá para dentro, e seguiram, calados, sem um pio.

Há muitas qualidades de abrunhos. A Adelaide não conhecia outros que tivessem o mesmo gosto daqueles que cresciam no quintal da tia. Não eram verdes ou amarelos, eram vermelhos e, quando chegavam a maduros, a pele ganhava um escuro que os azulava. Se lhes dava uma dentada até ao caroço, podia apreciar a maneira como a cor alastrava de dentro para fora. À volta do caroço, o vermelho era mais vivo. A Adelaide acordava cedo para beber um copo de água no quintal, comer um abrunho e sentir os intestinos a trabalhar.

A filha do Pulguinhas Pequeno chegava à hora certa, fazia-se notar na fechadura. Nesse instante, já a Adelaide estava despachada e composta. Entenderam-se bem. Era uma rapariga de boas contas, cultivada. A Adelaide conseguia entender a ideia que levou o genro da d. Milú a chamá-la para tomar o lugar da tia. A vila não podia passar sem as cartas, os registos e os cadernos de papel pautado.

Aquela terra. Às vezes, encostava-se ao muro e ficava a olhar para a tapada. As oliveiras eram as mesmas de quando chegou ainda gaiata. Tinha pena que as oliveiras não soubessem falar. Haveriam de ter conversas cheias de assunto. E, longe, tocavam os sinos. Não deixou de ir à missa nos domingos desse agosto. Não estranhou que as viúvas ficassem paradas a olhar para ela. Houve algumas que vieram falar-lhe da tia e fazer-lhe perguntas de toda a ordem sobre o marido. Também não estranhou.

A acartar um balde e uma rodilha, foi por três vezes ao cemitério. Apreciou a arte da campa que mandou fazer à distância. Não a enganaram no mármore, nem nos acabamentos, nem no esmalte da fotografia. A velha Lubélia olhava-a de frente, de queixo levantado, mais nova do que alguma vez a conheceu. Os ciprestes estavam lá longe e não lhe chegavam nem com uma tira de sombra. A Adelaide enchia o balde na única torneira que dava serventia ao cemitério, mal um fio de água. Passava a rodilha pelo liso do mármore em movimentos curvos e tinha pena de todas as estações que a pedra atravessara e atravessaria sem esse alívio. Era ainda de manhã, mas o sol abrasava.

Em cada uma dessas três vezes, ao chegar a casa, depois de sorrir cerimoniosa para a filha do Pulguinhas Pequeno, depois de pousar o balde no chão da cozinha, abriu a arca do enxoval. Sentiu o macio bordado nos panos e uma réstia do cheiro do momento em que foram dobrados e guardados, à espera. Desembrulhou as panelas de alumínio e imaginou as ideias da tia quando lhas comprou. O serviço de chá, o faqueiro, as colheres mindinhas de café. Segurou os copos de pé alto, o vidro, como se contemplasse os dias assinalados que a tia lhe desejara. E em cada uma dessas três vezes, voltou a fechar a arca do enxoval, toalhas e lençóis à espera de nada.

Foi também de manhã que o Cosme a visitou. Ainda na França, ofereceu-lhe lugar no carro, mas a Adelaide recusou por causa do Ilídio. Na altura, enquanto insistia, o Cosme perguntou: é por causa do Ilídio? Ela respondeu que não. Na vinda, soube-lhe bem aproximar-se. A ida iria custar-lhe mais, mas pouco se importava, gostava de parar em estações. Quando o Cosme atravessou a loja da velha Lubélia, a cozinha, e chegou ao quintal, a Adelaide não conteve o sorriso de o ver debaixo daquela luz. Estavam ali. Perante isso, o inverno francês e a sala da Rue de Crimée não existiam.

O Cosme abalou sem lhe ouvir uma palavra acerca do Ilídio. Começou frases sobre ele e reticências, esperou continuação, mas ela respondeu-lhe sobre o padre e os tempos em que era sacristão, o Cosme influiu-se a falar sobre essa época. Depois, desconfiado, iniciou nova tentativa, mas ela respondeu-lhe com o cemitério e ele calou-se. Já o ar tinha retomado a sua espessura, sem o Cosme, quando a Adelaide entrou na sombra do quarto e tirou o livro da mala. Tinha-o trazido não tanto para o ler, como para não o deixar sozinho na França. Segurou--o com as duas mãos, sussurrou-lhe: estamos na nossa terra. E voltou a pousá-lo no interior da mala.

Faltava menos de uma semana para apanhar a carreira e os comboios até Paris, pouco mais de um fim de semana. Não contava os dias. À sombra do abrunheiro, acabada de acordar, ouviu os estouros dos foguetes. Sentiu um arrepio. Sentiu esse arrepio repetir-se-lhe na espinha durante o resto da manhã, durante a tarde e o entardecer. Ao início da noite, excluindo uma boa quantidade de juízos, penteou-se, vestiu-se, atravessou as ruas e, distinta da multidão, chegou sozinha à festa.

No alto do cabeço, o barbeiro tirava o cigarro da boca, como se o desembaraçasse do bigode, chegava-o ao pavio e fazia cara feia enquanto segurava o foguete de braço esticado, a jorrar fagulhas, antes de o largar. Era um bicho ruim que queria ser solto. Mal podia, num ruído de lixa, esfregava-se no ar e estourava uma bola de fumo no céu, espécie de nuvem anã. De pescoço dobrado para trás, o Ilídio e o Cosme encostavam as mãos à testa para verem esse efeito. A cana, desarmada, indefesa, via--se sem pé e deixava-se cair sobre os campos, coitada.

E as gajas?

O Cosme chegou-se à frente para responder. Era interrompido pelo estrafego dos foguetes. Às vezes, o barbeiro quebrava o ritmo dos estouros para ficar a ouvi-lo. Tinha tempo, restava-lhe um feixe inteiro de foguetes e os fregueses da barbearia sabiam esperar à porta. Quando o Cosme se começou a perder em exageros, o barbeiro virou-se para o Ilídio e perguntou-lhe:
E tu?
Lá me vou remediando.
O barbeiro continuou a olhá-lo, à espera que prosseguisse, mas a conversa ficou nesse ponto. Virou-se para o outro lado e continuou com as explosões, como se estivesse numa guerra de bacamartes contra o céu.

Os três, de ouvidos a apitar, voltaram à vila no automóvel do Cosme. O barbeiro elogiou-lhe o contador dos quilómetros. O Ilídio pediu para sair no terreiro. Era manhã de festa, tinha capricho de caminhar pelas ruas. E nada, bom dia, bom dia; mulheres e homens que o tratavam como se não o vissem havia muito tempo, mesmo que se tivessem cruzado com ele na véspera, já a contarem com os meses todos que iriam passar sem se lembrarem da sua existência. Chegou a casa e sentou-se num degrau da entrada, a engraçar com um carreiro de formigas miúdas. O Josué chegou.

Conhecia o Ilídio para lá do silêncio. Lembrava-se bem de vê-lo pequeno, com voz de pequeno, esperto, a dizer-lhe o que pensava. O Josué trazia meia dúzia de sardinhas num embrulho de papel pardo, compradas frescas em gelo. Armaram o lume e assaram-nas. Falaram sobre ferramentas, fios-de-prumo e níveis de bolha de ar, mas o Ilídio continuou a cismar na Adelaide. Tinha o sentido preso.

O Josué roncou durante quase toda a tarde. De barriga cheia, o conforto do sofá era eficaz como palmadinhas nas costas. O Ilídio estremunhou-lhe o sono pouco antes das cinco. Aperaltados, de camisas novas, foram a pé. A cada número contado de passos, o Josué puxava as calças pelas presilhas do cinto com as duas mãos. Ao aproximarem-se da garraiada, viram logo o Cosme. Havia também um redemoinho de cachopos que não tinham dinheiro para comprar bilhete e grupos de homens, boinas. O Cosme não esperou por prosa, assim que os viu, agarrou-os pelo braço. E levou-os para ficarem sentados ao lado do pai.

A garraiada era toda paga pelo Cosme. Tinha mandado vir os touros e tratado dos primeiros e últimos detalhes. A praça estava montada num descampado da azinhaga. Consistia numa bancada de tábuas pregadas e num redor de reboques de trator. O pai do Cosme, o Josué e o Ilídio estavam sentados ao meio da bancada. Os homens estavam de pé nos reboques. Quando estava tudo pronto para começar, o Cosme deu ordem benemérita para deixarem entrar a cachopada, enfiaram as cabeças por onde puderam. O trompetista da banda tinha sido convocado. À beira do Josué, sem aviso, levantou-se inteiriçado e entoou um toque espanhol. Entrou o primeiro touro. Era um animal magro, preto, somítico na braveza. Envolto por três bêbados, rendeu-se ajoelhado no centro da arena.

Enquanto esperavam por outra besta, o Josué queixou-se ao trompetista. Vê lá se apontas o pífaro para outro lado, ainda me pões mouco. Serviu-lhe de zero. Na entrada de novo touro, a babar-se de espuma branca, o trompete repetiu a mesma estridência. Parado na terra lisa, coberta por uma camada de areia espalhada à pazada, o bicho tinha um cachaço muito mais grosso e olhava para todos os lados sem perceber que trabalho era aquele. Havia rapazes que punham um pé na areia, dois ou três passos, gritavam, mas recolhiam-se mal o bicho virava os cornos desinteressados na sua direção. Como se despejasse um jarro, o animal aliviou-se de uma mijadela longa, grossa, sonora. O Cosme, a trepar a bancada entre os homens sentados, a suster-se nos seus ombros, chegou-se ao Ilídio para desafiá-lo. Nem o Josué, nem o pai do Cosme se meteram. O Ilídio negou-se. O Cosme não quis acreditar, mas o Ilídio voltou a negar-se. Saltou sozinho para dentro da arena, seguido por três rapazes de camisas abertas até à barriga.

O touro estafonou-o todo. Só parou de moê-lo de encontro ao chão quando, à pressa, mandaram entrar duas vacas assustadas. Grande enredo de homens a pegarem-lhe ao colo, o pai dele a tirar-lhe do bolso das calças a chave do automóvel. Atento à manete das mudanças, o Ilídio conduziu-lhe o carro pela primeira vez. Curvas, retas, curvas e contracurvas até ao posto de socorros mais próximo. Sem olhar para a estrada, o pai do Cosme respigava com o filho, que gemia no banco de trás, cheio de mazelas e a sujar os estofos com areia e sangue.

Um a agarrá-lo pelos artelhos, outro a segurá-lo debaixo dos braços, depositaram o Cosme no posto de socorros. Foram recebidos por uma enfermeira aflita, nova, sem anéis nos dedos. Nos seus traços, tinha menina e tinha mulher. Consegue abrir os olhos? O Cosme abriu os olhos e começou logo a sentir-se melhor. Que carinhosa visão.

Regressaram à vila sem o Cosme, deixaram-no deitado numa cama de ferro, lençóis lavados, desinfectado com água oxigenada e tintura de iodo. Antes de ir para a festa, para aproveitar a volta, o Ilídio foi buscar o Galopim. O irmão ficou a olhar, arregalado, sem saber o que era uma festa, a contentar-se com a breve agitação da casa.

O Galopim enlevou-se com o automóvel. Brilho nos olhos, água, girou a manivela dos vidros, apreciando a invenção. Quando chegou de muletas, amparado pelo Ilídio, os homens foram logo buscar-lhe um caixote para se sentar. Tão desdentado, obsequiou-se a olhar para os enfeites, as folhas de palmeira que cobriam o balcão de chapa, as lâmpadas presas por fios, as bandeiras de papel de lustro. O que é que bebes? Os homens a quererem chegar-lhe vinho tinto, mas o Ilídio a levar-lhe antes uma gasosa. Os altifalantes estrugiam uma canção brasileira, que obrigava as conversas ao grito e que, por milagre, nascia da delicadeza de uma agulha a deslizar sobre um disco, que girava indiferente ao garrido.

Mesmo assim, o descanso do sol-pôr. A festa diluía-se no horizonte dos campos que cercavam a vila. Entre homens corados e tiras de toucinho, o Ilídio recebia o entardecer e palitava os dentes. A pedido, descrevia o internamento forçado do Cosme. Às vezes, pediam-lhe que contasse outra vez para se rirem outra vez.

Nos rostos, as cores manchavam-se umas sobre as outras.

Ao início da noite, a Adelaide chegou sozinha à festa. As conversas gritadas ao balcão pararam. Era inevitável, à distância, a Adelaide e o Ilídio fixaram-se por um momento. Foram maiores do que os seus corpos. E viraram o olhar para qualquer detalhe inventado. Mas eram cegos. O tempo passou a ser qualquer coisa esmigalhada que chovia à sua volta, pedaços de palavras, pedaços de sons, pedaços de imagens. As pessoas, longe, regressaram ao mundo. O Ilídio e a Adelaide respondiam a perguntas, tinham mãos que se interessavam pelos objetos, mas dentro deles, mas dentro deles, chegou um silêncio que cobriu e preencheu tudo, como a preparação de uma tempestade. E voltaram a fixar-se. Os seus olhares atravessaram as lâmpadas baças da festa, as vozes, a aragem que lhes tocava os cabelos, a música roufenha dos altifalantes, o cheiro do vinho tinto, os vultos desfocados das crianças que passavam a correr. A Adelaide virou-se e afastou-se. O Ilídio pousou o copo meio de vinho na tábua do balcão e foi atrás dela. Ao vê-lo, nos seus primeiros passos, o Galopim distraiu os homens.

Era uma noite de agosto, escaldada. Os paralelos emanavam ainda toda a força de calor que tinham acumulado durante o dia. À medida que caminhavam, a Adelaide sem olhar para trás, afastavam-se da música da festa e aproximavam-se da sua própria respiração. Não havia pessoas sentadas ao fresco porque estavam todas à espera dos artistas que haviam de suceder ao gira-discos, estavam no embalo das roupas a serem estreadas. Se passava alguém, tinha pressa e dizia boa-noite à Adelaide e, uma dezena de passos depois, dizia boa-noite ao Ilídio. Nesse vagar, chegaram a ruas onde havia tocas de grilos entre os paralelos. A Adelaide contornou o muro da d. Milú e desceu em direção à fonte nova. O Ilídio sentiu gelo arrumado às raízes dos dentes, sentiu uma lâmina a raspar-lhe no osso da espinha, sentiu as unhas a estalarem e a saltarem-lhe dos dedos, mas continuou.

A Adelaide desapareceu atrás do chafariz. O Ilídio não temeu o arrulhar das águas e desapareceu no mesmo ponto, atrás do mesmo muro. Era uma noite de agosto, os grilos. Nada havia de realmente negro nas sombras de hera que se atiravam pelo muro da d. Milú. A terra respirava. Quando a Adelaide saiu de trás do muro do chafariz, já uma vírgula iniciara o percurso em direção ao seu útero.

(1974)
Janeiro, fevereiro, março.

1. 23 de abril de 1974
A Adelaide esperou que o Constantino saísse de casa para se levantar da cama. Abriu o frigorífico e comeu um iogurte de baunilha, acompanhado de pão seco. Acarinhou a barriga com a palma da mão. Apreciou cada pontapé que sentiu porque, durante semanas, tinham deixado de senti-lo. Nesse tempo, felizmente passado, arreliou-se, enervou-se, chorou pelos cantos.
Almoçou sopa de abóbora e farófias. À tarde, na casa de banho, despiu-se, descalçou os chinelos e ficou a apreciar-se de perfil, grande barrigada. Ouviu o Constantino chegar. Enquanto ele se sentou a ler, ela fez o jantar, lombo.
Jantaram. A Adelaide disse que ficou enfartada e foi-se deitar mais cedo do que o habitual, ainda não eram dez horas.

2. 24 de abril de 1974
Acordou de madrugada e encontrou uma caixa de bolachas. Sentou-se à vontade no sofá da sala. Ainda antes do dia nascer, aproveitou para regar as flores. Voltou para a cama e passou a manhã a dormir.

Pôs a roupa a lavar. Os casacos de malha a voltearem dentro da máquina sabiam ser tão tristes. As mangas, com ossos de borracha, fantasmas da condição pequenina e mortal das coisas. Comoveu-se de uma angústia com perfume de alfazema, detergente.

Lanchou um resto de sopa de abóbora. A televisão não prestava para nada. Era só franceses a discutirem minudências com ares doutos de juiz. Irritou-se e sentiu vontade de reclamar com alguém. O Constantino lia, não sabia fazer outra coisa.

O jantar foi torradas e chá. Mal cabia na kitchenette. Arreliava-se quando precisava de tirar um pirex do armário de baixo. Adormeceu no sofá, roncou. Tarde, no momento em que o Constantino a acordou para ir para a cama, disse que não estava a dormir, estava só a descansar a vista.

3. 25 de abril de 1974

Ao fim da manhã, enquanto ela recolhia a roupa do estendal da casa de banho, já seca, o Constantino entrou esbaforido a dizer que estava a rebentar um golpe em Lisboa. A Adelaide sentou-se num bordo da banheira, a ouvi-lo. Não o entendeu logo. Assistiu às ânsias do marido, ao drama e, quando ele saiu para a rua, foi desligar os aparelhos, televisão e telefonia, gastadores de luz, que ele se esquecera de desligar.

Quando chegou ao resto do lombo, já tinha comido o pingo da banha com pão. A tarde passava à velocidade dos autocarros. A janela era cinzenta. O Constantino entrou, trazendo a mesma falta de fôlego com que tinha saído. A Adelaide estava mole, desprovida de paciência.

Ele falava, dizia que nunca se haveriam de esquecer daquele dia.

Jantaram qualquer coisa. Ele leu qualquer coisa. Ela pensou em qualquer coisa. Foram dormir.

4. 26 de abril de 1974

Sexta-feira. Acordou com um pesadelo ainda a ecoar-lhe nas têmporas, a apertá-las.

Vou beber uma chávena de café.

Sabes que o médico te mandou cortar no café.

Isso é porque o médico não está com a dor de cabeça com que eu estou.

O Constantino não respondeu.

Não hei-de morrer por causa de uma chávena de café.

Não te faz mal só a ti.

Já não sei tomar conta de mim, querem ver? Se eu preciso de café é porque o bebé também precisa.

Não tomou o café, nem chegou a fazê-lo, mas ficaram amuados até à noite. O Constantino saiu para comprar todos os jornais e passou a tarde a lê-los. À hora de jantar, não se conteve e falou sem parança. Mesmo na cama, as luzes já apagadas, ainda continuava a falar.

5. 27 de abril de 1974

Às oito e meia, saiu disparado para chamar um carro de praça. Ela a soprar, a soprar, assustada. Às dez, estavam a entrar na maternidade. Ela, tapada com um lençol, a querer levantar-se da maca.

Foi às duas e meia da tarde, boa hora. Foi às duas e meia da tarde que eu nasci.

2

Indique os seguintes dados:
(1) Nome da sua mãe.
(2) Autor/a mais antigo que já leu.
(3) Título do último livro que terminou de ler (sem contar com este, que ainda não terminou de ler).
(4) Primeira coisa que fez hoje ao acordar (infinitivo).
(5) Cor das cuecas que está a usar neste momento.
(6) Número do seu bilhete de identidade.
(7) Aquilo que vai fazer na próxima pausa da leitura deste livro (infinitivo).
(8) Área da sua casa (em metros quadrados).
(9) Erro que mais lamenta ter cometido (infinitivo).
(10) Lugar onde está (plural).
(11) Adjetivo que melhor caracteriza o penteado que tem neste momento.
(12) Número de vezes que lava os dentes por semana.

Preencha os espaços em branco com as respostas anteriores:

Se algum dia tiver uma filha, hei-de chamar-lhe _____(1), como a minha avó. Não hei-de obrigá-la a ler _____(2), lerá apenas aquilo que escolher. Se encontrar um exemplar de _____(3) na sua mesinha-de-cabeceira, saberei que lhe transmiti a procura, o desejo de compreender o mundo. À margem disso, havemos de_____(4) juntos, assistiremos ao _____(5) do pôr do sol e hei-de dizer-lhe _____ (6) vezes que a adoro. Hei-de dizer-lhe: _____(1), vem _____(7) com o pai. Ela há-de chamar-me pai. Dirá: vou já, pai. E, quando chegar, terei um sorriso de _____(8) a esperá-la. Noutro dia, se ela me disser que teve vontade de _____(9), não irei recriminá-la, irei explicar-lhe que também eu fui assim. Estive exatamente no mesmo lugar do que ela e estive noutros lugares, em topos de montanhas, em vales, em _____(10), e saberei respeitar todos os lugares onde estará sem mim. Serei _____(11) às vezes, serei tudo o que for capaz. Levar-lhe-ei _____(12) rosas no aniversário e uma travessa de arroz-doce, onde escreverei com canela:_____(1) e Livro.

Agora, à vontade.
O autor mais antigo que já li foi Homère, uma edição de bolso de *Iliade* e, depois, uma edição de bolso de *Odyssée*. O Constantino disse-me: não tens idade para entender isso. Foi da maneira que li com mais vontade. Eu tinha catorze ou quinze anos e entendi o suficiente. Na época, tive pesadelos com o cyclope, acordava maldisposto, com ânsias.
O título do último livro que terminei de ler foi *Les Particules élémentaires*, de Michel Houellebecq, também em edição de bolso. Já sei que é uma leitura tardia. Instalou-se a ideia de que romances destes têm de ser lidos na estação em que são publicados ou, pelo menos, nas semanas em que começam a ser defendidos por uns e arrasados por outros. A polémica é um cu, duas nádegas. Prefiro ignorar aquilo que toda a gente está a ler. Para o bem e para o mal, tenho tempo. Acalento a imagem de leitor solitário, único leitor de páginas que as multidões já esqueceram. Concedo-me o direito de fruir as minhas ilusões. Se for por consciência, não é por ingenuidade. Diverti-me com a passagem em que a mãe dos irmãos dança bebop com Jean-Paul Sartre. Tenho a certeza, a certeza, de que Sartre deveria ser um péssimo bailarino, descoordenado.

Não estou perto de me imaginar a ter uma filha. Já acreditei nessa esperança com vestidos de folhos e meias de renda, sandalinhas. Não sei quantas vezes escolhi nomes, de menina e de menino, ao lado de namoradas nuas. Deve haver um céu de sombras transparentes para essas crianças inventadas que chegaram a ter nome.

É verdade que te chamas Livro?

Um nome, como um título, tem muita importância. Se não, veja-se: fábulas de La Fontaine ou menu de restaurante chique?

Le couchon, la chèvre et le mouton, piqué de céleri branche au poivre de Sichuan, avec brocoletto et gengibre mariné.

Le coq et le renard à la sariette, miltonée des tomates vertes, compressé des tomates et petit pois.

Le lièvre et la tortue rôti dans sa carapace, carrotes et harricots verts relevés au ras el hanout et combawa.

O restaurante Le Grand Véfour fica no número 17 da Rue de Beaujoulais, nos jardins do Palais-Royal. Nunca lá entrei. Sartre, proletariado e campesinato, era cliente regular. Estou convencido de que nenhum garçon o viu a dançar bebop.

Livro. Sim, é verdade.

A minha mãe deu-se a grandes trabalhos para me batizar Livro. Valorizo esse esforço. No registo francês, disse que era um nome português. Acabava em ó, não tiveram dificuldade em acreditar. No registo português, disse que era um nome francês, de origem argelina. Foi preciso baralhar algumas notas de cem francos entre os certificados da maternidade. Valeu o investimento.

O Constantino aceitou o nome sem hesitar, acreditou que se tratava de uma homenagem à sua bibliofilia, quilos de papel amarelado que, por essa altura, estavam a ser encaixotados e transferidos, ao lado de abat-jours moribundos, da Rue de Crimée para o Quartier de la Goutte d'Or. O Constantino maçava-se por ter de pedir dinheiro aos pais para lá da mesada, mas a casa estava a muito bom preço. Era uma ocasião única, aproveitar ou arrepender-se.

A casa[1] onde passei a minha infância e adolescência tinha cento e sessenta metros quadrados. Três casas de banho, um escritório enorme, três quartos, uma sala de estar, uma sala de jantar, uma cozinha, quatro varandas. Numa delas, a do escritório, se não tivéssemos vertigens e nos inclinássemos, podíamos ver a Basílica do Sacrée-Coeur. Em conversas com estranhos, o Constantino arranjava sempre maneira de dizer onde morava, inchava-se. Só não falava daquilo que ninguém me contou a mim. Foi já com buço que descobri a razão dos temores sazonais da minha mãe e do preço irrisório da casa. Entre bolachas e chá, soube por uma vizinha, Madame Lefevre, que tinha acontecido um crime terrível naquelas divisões antes de nos mudarmos, paredes a escorrerem sangue, novo papel de parede. Quando lhe pedi detalhes, aconselhou-me a ler Baudelaire.

Antes que me esqueça: lavo os dentes cerca de catorze vezes por semana, duas vezes por dia, depois do almoço e ao deitar.

---

[1] Nunca encontrei o abrigo que ainda procuro, uma mão que me feche no seu interior e me guarde no bolso de dentro do casaco, paredes que me digam com veludo: descansa, menino. Mas procuro, continuo, como se acreditasse que vou encontrar.

A casa não tinha nada, tinha paredes. Esta casa, não a casa de Paris. Era uma casa nova-velha. Chegámos e a minha mãe disse logo: isto e aquilo e a outra coisa. Não sei se falava por me ver dormente, esgazeado, para compensar, ou se falava para se encher a si própria de pretextos, desculpas.

Livro, viens ici.

E explicava-me que ia fechar a varanda com uma marquise de alumínio, ia remodelar as casas de banho, ia instalar um ar-condicionado. Este chão de tacos tem de sair. Oui, maman. À chegada, dormimos em camas improvisadas no chão, édredons e roupas dobradas a servir de travesseiros. No segundo dia, fomos à casa da velha Lubélia procurar colchões, mas não serviam, estavam rançosos, tinham covas de corpos antigos, tinham palhas atacadas por mofo e bolores levedados. Eram muito diferentes da memória que a minha mãe tinha deles. O meu carro, trinta quilómetros, e comprámos dois colchões novos. Nessa noite, fizemos a cama no chão sobre esses colchões de molas, mas não dormimos mais descansados. Nesses dias, a televisão no chão, única mobília da sala, presa a uma tomada, confundida entre canais mal sintonizados. As janelas altas atiravam luz sobre uma extensão de cacaréus espalhados na cozinha e nos quartos que tínhamos escolhido. O quarto da minha mãe, no andar de cima, com vista sobre o jardim, era o quarto original da d. Milú, aposentos. O meu quarto, este, rente à terra, pertencia a alguém que já esqueci. Quem nos deu essa informação foi a velha que veio trazer a chave. Muito desgostosa, lacrimosa, a arrastar os pés pelos corredores e a abrir portadas de janelas sobre o pó.

Quando a escritura foi assinada, a minha mãe e eu

conhecíamos a casa apenas por fora. O Cosme mostrou-nos uma parte das divisões e do terreno em fotografias da internet. Tinha os quartos ideais para o Proust convalescer décadas de asma e os salões ideais para a Mathilde de la Mole se aborrecer de conforto. Foi também o Cosme, procurador em agosto, sequioso de notários, que assinou a escritura. Havia bastante para explorar e, pelas nossas contas, havia tempo. Para a minha mãe, o resto da vida. Para mim, uma interrogação, logo se vê.

Após três dias de acampamento, o camião chegou. Andou às voltas pelas ruas da vila, a fazer manobras apertadas em cruzamentos, sem que conseguissem explicar ao chauffeur onde ficava o endereço que trazia escrito num papel. As pessoas tinham esquecido o nome das ruas e o chauffeur, de braço esquerdo bronzeado, francês e frequentador de putas de estrada, percebia pouco de indecisões. Cansado de quilómetros e garrafas de água de litro e meio, já se preparava para ligar para a central francesa quando, no terreno, um génio desdentado se lembrou: se calhar é para a casa da d. Milú. E lá orientaram o homem, que, chegado, ganhou uma alma de prata ao falar e ser entendido. Fantastique maison, madame.

No primeiro ano, a minha mãe arreliou-se que continuassem a dizer que era a casa da d. Milú, parecia que não a tinha pago com o dinheiro certo. Mas habituou-se. As pessoas da vila estavam pouco acostumadas a um mundo que mudasse.

Sob as ordens da minha mãe, ao centímetro, três homens de boina na cabeça encontraram lugares para os móveis que chegavam do Quartier de la Goutte d'Or. Era óbvia a admiração dos móveis, a espantarem-se com aquelas paredes, a procurarem o cheiro de croissants e da Sacré-Coeur. E, apesar desse camião cheio, sobrou muita casa. Depois, foi aos poucos. Fizemos bastas vezes os trinta quilómetros que nos separavam da loja de mobílias. A minha mãe, de óculos de sol, entre o cheiro do verniz, a ignorar as descrições pomposas do vendedor, estilo Louis XIV, e a perguntar-me se gostava de chaises longues, psychés e coiffeuses, mas sem esperar pela minha resposta. Nos primeiros meses, a camioneta da loja de mobílias chegava uma vez por semana e os caixotes iam-se esvaziando.

Os livros do Constantino tinham estantes novas. Eu tinha a minha cabeça a baralhar formas de organização. Sentia-me menos ou mais qualquer coisa do que a ordem alfabética. Sempre gostei de procurar livros, não quero saber onde estão, basta-me saber que existem.

Com esta mentalidade, encontrei uma lógica de arquivo que, num dia, me levava a arrumar autores por ordem de penugem facial: Jules Verne, Hemingway, Balzac, Gertrude Stein, Rimbaud. E que, no dia seguinte, me levava a organizá-los pela relevância capilar na dicotomia obra/autor: Henry James de um lado, Anaïs Nin do outro. Mas acabava sempre por perder-me em dúvidas pessoais: onde encaixar a carapinha de Alexandre Dumas? Se, ao longo da sua vida, alguém lhe tivesse guardado a lã, quantas almofadas se teriam enchido?

Assim, os livros foram encontrando os seus lugares provisórios e, importantemente, houve outros que continuaram no chão, empilhados, sem lugar. Não porque me faltasse espaço, mas porque me faltava paciência. Não precisava de perder anos e acumular dioptrias para saber que os dispensava. Eram livros de capas gastas, que antologiavam a incoerência emocional e intelectual do Constantino em volumes, tomos de veneno e azia. Como uma enciclopédia: Aberração a Desespero; Despotismo a Incapaz; Incómodo a Preconceito; Prepotente a Zangado.

Index Librorum Prohibitorum. Tive a ideia enquanto estava deitado na cama, domingo de manhã, claridade cantada por passarinhos, sinos, pim, pim, e a minha mãe, com a voz abafada pela porta fechada, a perguntar-me se queria ir com ela à missa. Não queria, mas, merci, tive a ideia. Contemplei as imagens do meu pensamento, entusiasmei-me. Enchi-me de século XVII, espreguicei-me e comecei o trabalho.

Carreguei o porta-bagagens, o banco de trás e o banco da frente de livros sem lugar nas minhas estantes. Sobrava pouco espaço para mim, tinha ângulos de capas cartonadas a espetarem-se-me nas costelas, mas consegui soltar o travão de mão e, devagar, cheguei à estrada do campo da bola. Esses eram os meses das cegonhas e lembro-me que passou uma, a planar. Não trazia nenhum bebé no bico, não vinha da França. Lembro-me de sorrir com essa esperteza. Estava tão calmo e certo da minha missão. Os campos eram imensos. Na berma da estrada de terra, sobreiros antigos davam sombra a montes de entulho, bidés partidos e máquinas enferrujadas de lavar roupa.

Parei o carro, as cigarras. É mais fácil descarregar do que carregar, trabalheira. Acertei o monte com a força das botas e fui buscar a garrafinha de álcool etílico. Reguei-os como se estivesse a pôr vinagre na salada e, depois, com tanta lógica, o isqueiro. Faziam um lume bonito.

Voltei mais leve para casa. Cheguei antes da minha mãe, missa demorada. Era exatamente meio-dia, vi no relógio do micro-ondas, quando soou o alarme dos bombeiros. Semanalmente, ao meio-dia de cada domingo, o alarme dos bombeiros estendia-se pela vila como se anunciasse um bombardeamento aéreo. Nunca entendi essa necessidade de acertar o relógio com tanto espalhafato. Noutras horas, após o alarme dos bombeiros, a vila enxameava-se de motorizadas, trolhas-bombeiros, electricistas-bombeiros, canalizadores-bombeiros. Mas, naquele dia, foi só depois de meia hora de alarme, quando todos os bebés da vila já estavam acordados, todos os cães da vila já estavam roucos de ladrar e todas as pessoas da vila já estavam zonzas com aquela berraria, que se começaram a ouvir as Zündapps. Logo a seguir, a sirene velha, cansada, do camião-cisterna dos bombeiros. A minha mãe trouxe a notícia de que estava um grande fogo para os lados do campo da bola. Estava a folhear os ensaios de Montaigne, ainda tinha a chave do carro no bolso, fui ver.

    O fumo levantava-se como um ciclone negro na paisagem, caminho de demónios entre a terra e o céu. Estacionei longe e aproximei-me a pé. Havia homens a tropeçarem uns nos outros, a gritarem o nome uns dos outros. Quem era eu ali? O lume misturava-se com a força do sol para me abrasar a cada passo. Era a pele que se abrasava, que se engrossava de vermelho. Havia homens de enxada, a cavarem com fúria para impedirem que as chamas se deslocassem; havia bombeiros a desembaraçarem mangueiras; havia homens a cortarem pinheiros com motosserras para lhes apagarem as copas no chão. O fumo picava os olhos com agulhas. De repente, o Ilídio aproximou-se de mim com uma pernada de azinheira e disse: pega. Fiquei a olhar para ele. Não me reconheceu. Caminhei em direção a um ponto de labaredas miúdas, a enrolarem-se sobre tojos secos, e desanquei-as sem pena.

* **

Não, eu não sou uma besta, tu é que és.
Não, eu não sou um parasita, tu é que és.
Não, eu não sou um animal, tu é que és.
Não, eu não sou incorreto, tu é que és.
Não, eu não sou um bicho, tu é que és.
Não, eu não sou uma cavalgadura, tu é que és.
Não, eu não sou um inferior, tu é que és.
Nunca lhe chamei pai. Nem quando era pequeno e só conseguia pronunciar sílabas. Tontanti, com dois/três anos, chamava-lhe Tontanti. Sou capaz de imaginá-lo, ao pormenor, na sala da nossa casa do Quartier de la Goutte d'Or, no sofá, a repetir-me: Constantino, diz lá, Constantino. E eu, ao fim de horas de massacre, a dizer: Tontanti. É claro que esta imagem, tingida de insistência e impaciência, não é uma memória. Não tenho lembranças de quando tinha dois anos, mas sou capaz de acreditar que foi assim. Aquilo que sei[2] dá-lhe realidade.
Acredito que o Constantino não haveria de gostar que lhe chamasse pai. Não teria dificuldade em reunir os

---

[2] Esforço-me por não esquecer. Em todos os momentos, desenvolvo trabalhos dentro de mim para ter sempre presente aquilo que aprendi. Muitas vezes, tento sobrepor memórias e perceber, perante situações concretas, qual o ensinamento que tem mais valor naquele caso. Por um lado, por outro lado. Dar um passo pode ser fruto de uma decisão complexa. Há a possibilidade de seguir para a direita ou para a esquerda, posso continuar em frente ou voltar para trás, desfazer. Cada escolha lançará uma cadeia de resultados. Mal comparado, é como acordar na estação Sèvres-Lecourbe e não ter mapa do metro, nunca ter estado ali, não saber sequer onde se está, não saber sequer o que é o metro. Ter de aprender tudo. Ao fim de algum tempo, com sorte, conversando com pedintes cegos, tocadores de concertina, talvez se consiga chegar à conclusão que se quer ir para a estação Ourcq, esse é o lugar onde se poderá ser feliz, mas como encontrar o caminho sem mapa, sem conhecer linhas e ligações? É possível arrastar a vida inteira no metro de Paris e nunca passar por Ourcq. É também possível passar por lá e não reconhecer que é ali que se quer sair.

desagrados da sociedade patriarcal e despejarmos em cima, sem direito a interrupções ou respostas. Mais importante do que isso, nunca o vi a chamar pai ao seu próprio pai, só fascista. Mesmo quando a minha mãe o esperou com um telegrama a dizer que tinha morrido num hospital de Lisboa, stop, mesmo anos depois de estar morto, mesmo agora, quando o deixámos no asilo, órfão.

Não é uma desculpa, mas é uma desculpa.

Fui eu que disse sim à minha mãe. Acordei, procurei-a pelos corredores e disse sim. Ela não percebeu. Sim o quê? Sim, vendemos a casa. Sim, internamos o Constantino. Sim, voltamos[3] para Portugal.

O erro que mais lamento é ter aceitado a devolução de *Voyage au bout de la nuit*. É de uma ingenuidade sem perdão acreditar que os livros emprestados podem ser devolvidos. Ao voltar para Portugal, aquilo que eu queria era voltar a antes de ter aceitado a devolução de *Voyage au bout de la nuit*.

A minha mãe não se admirou porque, durante a adolescência, ensinei-a a não me fazer perguntas. Por isso, quando lhe disse sim, ficou apenas uma suspensão de pó a flutuar, ficou apenas domingo de manhã.

Voltei ao meu quarto e, na sala, a minha mãe pôs um CD do Art Sullivan, imberbe, *Petite demoiselle* em repeat. A seguir, Nana Mouskouri, *Soleil soleil*. Então, não sei se por associação grega, se por o Constantino ter começado a urrar no quarto, a escolha musical riscou um vinco

---

[3] Eu não tenho para onde voltar. Paris não é minha, nem dos magrebinos, nem dos búlgaros, poloneses, nem dos senegaleses a carregarem elefantes de madeira, marfim de pechisbeque, pulseiras feitas na China, muito menos é dos franceses, atarefados com erres e vogais babosas. Se me dessem Paris, é tua, eu não a queria porque sei que espectros dessa natureza não se deixam possuir.

melancólico: Demis Roussos, *Goodbye My Love Goodbye*; Adamo, *Tombe la neige*; várias do Joe Dassin e, no fim, o regresso do Art Sullivan, *Jenny Jenny lady*.

Ô Adelaïde, ô Adelaïde, suspiravam as vizinhas na despedida.

Ainda o Constantino tinha clarões de lucidez, ainda a minha mãe não se tinha lembrado de voltarmos para Portugal, quando decidiu levá-lo num passeio às Galerias Lafayette. Até no táxi foram de mãos dadas. As luzes e o ar haviam de fazer-lhe bem, despertá-lo. Estavam no piso dos cosméticos, o Constantino murcho, calado, e a minha mãe, esperta, quando ele pareceu engasgar-se, a boca cheia e, de repente, lançou um jorro de vómito. Pas de problème, madame, mas a minha mãe envergonhada, as senhoras a taparem o nariz e a boca com lenços, e a sopa de feijão com nabiças, semidigerida, exposta no chão, iluminada por lâmpadas fluorescentes. Eu não estava lá, mas sei que foi assim. A minha mãe contou-me nesse mesmo serão, vexada, e perguntou-me: queres voltar comigo para Portugal?

Besta, parasita, animal, incorreto, bicho, cavalgadura, inferior. Durante a adolescência, não fui capaz de ensinar o Constantino a não me fazer perguntas. Ele não sabia nada acerca do colégio, dos corredores, mas achava que sabia. Só fazes uma coisa e nem uma coisa fazes. Que frase tão bonita, tão inteligente, belo ritmo, bela merda. Ele achava que era capaz de me ler pelas notas, pelas faltas, pelos comentários dos profs no boletim de final de semestre.

Não têm conto as vezes que me disseram: Livro, posso ler-te? Rio-me dessa gracinha com o umbigo.

Nos aniversários, a minha mãe arranjava sempre tempo para me descrever a maneira como o Constantino ficou feliz quando soube que iam ter um filho: eu. Depois de um jantar de ganso assado, quase a levantou pela cintura, dançou. Se ele estivesse a ouvir, acrescentava sempre que, nesse dia, tinham comido exatamente a mesma refeição de *L'Assommoir*, do Zola. Por muito que estranhasse o Constantino feliz com qualquer notícia, por muito que me custasse imaginá-lo a quase levantar a minha mãe pela cintura, por mais inconcebível que fosse imaginá-lo a dançar, acreditei nesta descrição até aos treze anos. Depois, cresci. Nunca tive qualquer curiosidade de ler *L'Assommoir*.

A minha mãe é uma mulher, espirra, tosse. Às vezes, quando o Constantino estava circunspecto em leituras, noutro mundo, a sua respiração fazia-nos crer que podia ter adormecido. Mas o medo. Nem eu, pequeno, nem a minha mãe, em tarefas de silêncio, lhe dizíamos nada. Porque é que a minha mãe permitia? Como é possível que deixasse? Tenho trinta e seis anos e, hoje, sou capaz de entender que a minha mãe é uma mulher, mas antes mesmo dessa certeza, adolescente ainda, olhava-a e não compreendia como é que aquelas pessoas tinham gostado uma da outra o suficiente para se casarem e, depois, como é que tinham chegado àquele preto e branco, àquela distância violenta. Se o Constantino estava em casa, havia o silêncio de quando estava a ler, um medo que cobria os móveis, uma paz que não tranquilizava, um cinzento, e havia as rugas da sua voz zangada, a censurar-nos por existir dia e noite, a culpar-nos pela sua indisposição constante.

Foi de repente que me tornei no pai de Lenine. Um dia, cheguei a casa e o Constantino, na sala, não me perguntou se já tinha arranjado trabalho ou uma direção. Falta-te uma direção. Ele gostava muito de me perguntar se já tinha encontrado uma direção. Não esperava pela resposta. Era uma pergunta que afirmava. Mas, nesse dia, com outra voz, com outros modos, como se o sarcasmo lhe tivesse sido tirado das palavras à seringa, perguntou-me apenas:

Como está, Ilia Nikolaïevitch?

Preparei-me para ignorá-lo, mas continuou sério a olhar para mim. Depois, fez-me uma prédica sobre a instrução pública na Rússia. A minha mãe olhava-nos consternada e demorou tempo até me sussurrar que o Constantino tinha acordado da sesta com estas conversas.

Que diz, Maria Alexandrovna?

Meia hora a tratar-me por Ilia Nikolaïevitch, a falar-me de Simbirsk, do rio Volga, e decidi ir à internet. Fiquei a saber que o Constantino achava que eu era o pai de Lenine. A minha mãe, Maria Alexandrovna Oulianova, era a mãe de Lenine. E o Constantino, claro, era o próprio Lenine. Nada menos, Vladimir Ilitch Oulianov.

Nesse dia, ao fim da tarde, adormeceu a ver desenhos animados. Acordou para o jantar, a chamar-me besta, recuperado.

Falta-te uma direção.

O Constantino não era uma caricatura de Lenine, era uma tristeza. Nos primeiros meses, era Lenine em períodos cada vez mais longos do dia. Uma vez, disse-me que tinha correio, entregou-me um papel onde tinha escrito: Николаевич Ульянов; e, do outro lado, riscos, gatafunhos. Noutras vezes, comunicava-me orgulhoso as suas notas a latim e a grego. Era um jovem Lenine, prestável, desejoso de impressionar o pai. Com a mãe, a minha mãe, ameigava-se respeitosamente, inventava gracejos e galanteios.

Sabes o que é? São os oitentas.

Nesses meses, a minha mãe ainda não estava insatisfeita e podíamos ter vivido assim muito tempo. Mas, nos momentos em que se desvanecia a Rússia do século XIX, o corpo e a cabeça do Constantino ressentiam-se, cansados de uma adolescência a caminho de revolucionária. Passava cada vez mais horas a babar-se, a murmurar ditongos e a mijar-se. Eu não tinha pena dele, mas tinha pena da minha mãe. Anos a provar-lhe o veneno para terminar mãe ora de Lenine, ora de um deficiente mental profundo. Por isso, compreendi-a bem quando me contou o episódio das Galerias Lafayette. Com o dinheiro daquela casa, tínhamos mais do que suficiente para viver folgados em Portugal e para encontrar um asilo para o Constantino, alguém que lhe mudasse a fralda e lhe aturasse a revolução, que chegaria tarde ou cedo.

Aos poucos, toda a casa cheirava a urina velha, o cheiro estava entranhado nos tapetes, nas cortinas, no sofá; o espírito da minha mãe envelhecia; mas foi só depois de me ser devolvido o *Voyage au bout de la nuit* que percebi que, sim, tinha mesmo de ir[4] para Portugal.

Qualquer combinação de vogais e consoantes é própria para construir um nome de escritor. No passado, alcançando resultados diversos, interessei-me pelas mais variadas obras a partir da estranheza que me causou o nome dos seus autores: Hella Wuolijoki, Ryenchinii Choinom, Islwyn Ffowc Elis, Per Ahlmark, Ahmed Zaghloul Al-sheety, Álfrún Gunnlaugsdóttir, Kenji Naka-

---
[4] Voltar.

gami, Miroslav Krleža, Gert Nygårdshaug, Chimamanda Ngozi Adichie, Peadar Toner Mac Fhionnlaoich, Malú Huacuja del Toro, Sharadindu Bandyopadhyay, Txillardegi, Małgorzata Musierowicz, Jurga Ivanauskaité, Rajaa al-Sanea, László Krasznahorkai, Dan Chaon, Sophus Schandorph, Chae Man-shik, Sokhna Benga, Achdiat Karta Mihardja.

Como se pronuncia? Ainda na França, há três ou quatro anos, uma das trigémeas do Cosme, esquecida da língua portuguesa, apontou-me o nome dele, escrito na capa de um romance, e perguntou-me:

Comment ça se prononce?

Fiz-lhe notar que, erradamente, os franceses acentuam sempre a última sílaba das palavras estrangeiras; demorei-me a explicar-lhe a diferença entre o xis e o cê-agá mas, passados minutos, já estava outra vez baralhada. O nome dele não é menos pronunciável do que qualquer outro, recortado letra a letra de um jornal, escolhido à sorte de um saco dadaísta.

Tristan Tzara é um nome de escritor.

E, no entanto, um nome, como um título, tem muita importância.

O nome dele nunca me teria feito ler um romance. Se li, foi pelo título, pelo meu próprio nome.

Essa foi a minha irritação inicial: o título.

No primeiro dezembro que aqui passámos, senti a minha mãe a desconsolar-se. Faltava-lhe Paris, faltava-lhe o Natal a piscar nas avenidas, faltavam-lhe as avenidas, carregar sacos nos Champs-Élysées. O mais parecido que consegui foi levá-la a Lisboa num sábado de manhã, a um centro comercial. Duas horas depois de sairmos, enquanto procurávamos estacionamento no parque subterrâneo, zona azul, E34, já lhe distinguia o sorriso. Escada rolante, interesses diferentes, separámo-nos. Comprou o presente às escondidas, quando me foi buscar à livraria.

Semanas depois, nós na casa enorme, a sentirmos a altura das paredes, dois pratos, o lume e, quando chegou a hora dos presentes, eu esperava meias ou cuecas, um pulôver talvez, não esperava nada. Rasguei o embrulho e lá estava o romance dele, com um cartão que dizia: um Livro para o Livro, joyeux Noël. Não fui capaz de corresponder com um sorriso à altura das expectativas da minha mãe. Preocupou-se:

Costumavas brincar com ele quando eras pequeno.

Eu sabia que costumava brincar com ele quando era pequeno. Eu ia aos figos com ele, mas não ia aos figos com Proust; eu andava de bicicleta com ele, mas não andava de bicicleta com Cervantes; eu jogava à bola com ele, mas não jogava à bola com o Stendhal. Não era por isso que tinha mais ou menos consideração por Proust, por Cervantes ou por Stendhal.

Não gostaste?

Tive de dizer-lhe que sim, gostei, gostei, porque gosto pouco de ver a minha mãe a fazer beicinho. Ela sabia bem o quanto a leitura é um assunto sério para mim. Aquele presente foi um risco que achou que podia correr com segurança, coitada. Por isso, dividia-me entre não querer decepcioná-la e a vontade nula de ler aquele monte de páginas numeradas. Guardei o livro, achei que havia de se esquecer e bebi um cálice pequeno de vinho do Porto.

Correio para ti.

Três dias depois do Natal, com atraso, chegou uma encomenda da França, do Cosme. Era um presente. Era o romance dele, outra vez, repetido. A minha mãe ficou contente por não ter sido a única a ter a ideia e por tê-la tido primeiro.

Estava frio. À noite, choviam riscos de giz. Por consideração para com a minha mãe e para com o Cosme, obriguei-me a ler o romance.

Uma estrela ou, no máximo, pelo esforço de encher papel, duas estrelas.

O enredo é frouxo, invertebrado e, nos momentos esparsos em que consegue encaixar-se com interesse relativo, narra experiências banais, histórias que não se distanciam daquelas que poderiam pertencer ao vizinho ou, quando muito, ao vizinho do vizinho. Um episódio de licantropia e o desfecho sanguinário de uma personagem mal desenvolvida apenas acrescentam ausência prosaica de lógica. A raiz da vulgaridade generalizada está, sem dúvida, na falta de experiência vivida do autor, que não é nenhum Jack London, nenhum Kerouac. Estou bem consciente do mau entendimento que pode redundar de uma defesa simplista da experiência, tanto mais que me estou a referir a um autor que vem logo antes de Pessoa nas estantes alfabéticas das bibliotecas, mas sei que, mesmo Flaubert, que tanto insistiu no afastamento entre a obra e o autor, ao sentar-se no banco de tribunal, com as nozes cingidas pelo quebra-nozes, não teve pudor de admitir que se chamava Emma. Ao tribunal, não se mente. É por isso que me indigna que ele, nunca tendo passado pelas dificuldades da emigração, se tenha atrevido a tocar no assunto. Até porque, se aborda o tema, é para o tratar de forma superficial, não retratando nunca aquela que foi a vivência de milhões de portugueses. Não se pode falar daquilo que não se conhece, falta o testemunho privilegiado.

Apesar de não lhe ter escrito sequer um email, não me admirei que o Cosme se lembrasse de me enviar um presente. Nos vinte Natais que antecederam esse, mantive sempre o costume de apanhar o comboio e, chegado a Lagny-sur-Marne, andar meia dúzia de ruas até lhe tocar à campainha. As trigémeas histéricas com os seus vestidos iguais, a mulher do Cosme de avental e ele, sozinho na sala, tingido pelas cores da televisão ligada, a dizer-me:

Anda aqui para o pé dos homens.

Ele era os homens. Repetia essa piada com regularidade. Os seus presentes habituais eram garrafas de vinho tinto português, que abríamos logo ali, com o mesmo saca-rolhas de todos os anos. Quando acabávamos essa, pedia a uma trigémea que fosse buscar a garrafa especial. Com solenidade, abria-se a porta forrada a fórmica do bar e chegava uma garrafa que, no topo, tinha a forma do Manneken Pis de Bruxelas. Estendia-lhe o copo. A criança de plástico tanto se podia aliviar de aguardente de medronho, de amêndoa amarga ou, em anos mais fracos, de bagaço vulgar. Em qualquer dos casos, o Cosme inventava piadas acerca da pila do boneco.

As trigémeas entravam e saíam da sala. Não se calavam, mas raramente diziam alguma palavra que se compreendesse. Ou os sons, como os objetos, ganhavam uma aura baça, ou era eu que ficava zonzo.

Não quero mais.

E o Cosme fartava-se de rir. Já embebedei o cachopo. Mesmo com vintes, com trintas, ainda era o cachopo.

Compreendo que o Cosme pudesse conhecer o romance. Não há mais escritores que tenham nascido na nossa vila, por enquanto. Mas como teria conseguido comprá-lo? Pergunta sem resposta.

Desde a perspectiva da minha leitura pessoal, o único momento em que o romance denota o uso da experiência é num episódio, logo no segundo capítulo, passado num barracão de palha (página 31). Se posso garantir que utilizou a sua memória é porque eu, com onze ou doze anos, também estava lá. Alterou alguns pormenores mínimos, os nomes das personagens, não foi em janeiro, foi em agosto, mas deixou o essencial, limitou-se a descrever o que foi capaz de observar. Por um lado, não tinha o direito, não era uma memória que lhe pertencesse em exclusivo; por outro lado, na linguagem romanesca, a experiência deve ser matéria de transfiguração e nunca uma mera enumeração literal.

As personagens arrastam-se, incoerentes, desconexas. Longe da riqueza subjetiva, apresentam-se como figuras bidimensionais. Longe da construção arquetípica, apresentam-se como fantoches de densidade rasteira. Se algum dia, por mero acaso, se cruzassem com Ishmael, com Julien Sorel ou com Raskolnikov, o que teriam para dizer-lhes?

A segunda parte consiste num desequilíbrio estrutural injustificado, experimentalismo fora de tempo. É nesse ponto que o romance atinge níveis intoleráveis de arrogância. Para lá das constantes referências a autores que ele, nitidamente, desconhece, num exercício fútil de name-drop, esperteza de google, o clímax de insensatez é alcançado numa espécie de autocrítica que, fazendo parte do romance, se refere ao próprio romance. A autorreferencialidade e o pós-modernismo têm as costas largas. Aquilo que transparece é a tentativa de, com esse artifício, levar os outros a dizer que o seu romance não é assim tão mau. Em última análise, a tentativa descarada de controlar as críticas que o romance possa sugerir. Como se quisesse antecipar-se aos comentários dos outros e, assim, os esvaziasse de sentido. Esta intenção tenta camuflar a velha queixa dos escritores em relação aos críticos. Se me apontam falhas, a culpa é deles. Desrespeito e ressentimento mal dissimulados.

Um nome é suficiente? Não é. Um título também não. Esperar-se-ia muito mais de um romance intitulado *Livro*. Com expectativas mínimas, seria de supor que um romance que se apresenta como *Livro* tivesse, ao menos, a honestidade de ser aquilo que anuncia. *Livro* sugere perigosamente *o* livro, artigo definido que esta sucessão de páginas, por mais encadernadas, nunca merece. Na melhor das hipóteses é *um* livro. E triste.

Sinto-me lesado por ver o meu nome como título de uma obra rala.

A 4 de setembro de 1765, exatamente duzentos e nove anos, contabilizados ao dia, antes do nascimento deste ex-parceiro de agostos, agora transvestido de escritor, Voltaire referia-se assim a Shakespeare: *"c'était un sauvage qui avait de l'imagination; il a fait même quelques vers heureux, mais ses pièces ne peuvent plaire qu'a Londres, et au Canada"*. Por todas as razões, estou muito mais próximo do espírito de Voltaire do que ele da grandeza de Shakespeare. Deste facto se depreende a benevolência inequívoca das minhas impressões, mesmo que aparentem severidade.

O aspecto positivo das horas que perdi a ler esse presente de Natal, meu pálido homónimo, foi que, mal o pousei, comecei logo a escrever este livro que estás a ler.

Se esse despenteado que mijava atrás de sobreiros pode escrever e publicar um romance, eu também posso.

Quando o Ilídio chegou, a minha mãe deu um salto invisível na cadeira. Mudou de voz para dizer-lhe bom--dia. Eu espalhava doce de tomate numa fatia de pão, interrompi essa tarefa para dar um passou-bem ao Ilídio e para tentar perceber o que fazia ali, dentro do nosso pequeno-almoço. Mesmo depois de acordar, podemos acordar de novo. Na semissonolência, as surpresas fazem as vezes do café. O Ilídio tinha as calças manchadas por cimento da véspera, a cara lavada e poucas palavras. Foi a minha mãe que começou a falar:
— És servido?
Claro que não, boa educação provinciana. A sua resposta fez-nos sentir que não eram horas para ainda estar a tomar o pequeno-almoço. Ou talvez tenha sido só eu a sentir esse significado indireto porque a minha mãe, logo depois da recusa do Ilídio, começou a dizer--lhe o que pretendia. Ouvi também pela primeira vez. Senti-me traído pela falta de explicação prévia e por nem sequer ter sabido que o tinha mandado chamar. Aquela presença entre nós.

Desde que chegáramos da França, quase dois anos antes, que éramos sobretudo nós os dois. A minha mãe tinha falta de assunto para trocar com as outras mulheres da vila. Seria difícil ou impossível explicar-lhes os enredos de Paris e a minha mãe interessava-se pouco pelo mal dos coelhos, pelo míldio das parreiras ou por queixas de artrites e artroses. Eu sentia repugnância por me sentar na taberna a olhar para a televisão e a mandar vir imperiais, abominava futebol e desprezava o jogo da sueca. Por isso, restávamos nós os dois. Estava certo que me contava os pensamentos que revolvia na cabeça, enganei-me.

 A minha mãe tinha a intenção de mandar forrar a casa de azulejos. Desde o chão até ao telhado, na frontaria, nas traseiras e à volta. Mesmo os muros do jardim. Mandava desbastar as heras e forrava tudo de azulejos. Tinha em mente um padrão azul-claro, que chamasse dias de céu limpo. E: os azulejos são mais asseados. Que te parece, Ilídio? Ele sem resposta, a pensar. E: escusamos de andar sempre em pinturas. Que te parece, Livro? Respondi um sim reflexo, ausente, amuado. Entretida com o seu próprio entusiasmo, a minha mãe pousou as palmas das mãos nos meus ombros. Senti-me, de novo, um menino.

 Então, uma pausa, e o momento do Ilídio falar. O trabalho que lhe era proposto apresentava grandes dificuldades. Havia poucos meses, o presidente da Junta tinha-lhe pedido pessoalmente, numa conversa de quase duas horas, que tirasse os azulejos da sua casa. Chegou mesmo a dizer-lhe que os azulejos desfeavam a rua. A Junta pagava tudo, mandava homens para fazer o serviço e oferecia a cal. Ou, melhor, nem sequer era a Junta que pagava, era a Europa. Fui observando o desânimo a assentar no rosto da minha mãe. E o Ilídio continuava, dizia que a Junta oferecia a cal, as pessoas levavam sacas para recolher pedras de cal, que transportavam em carros de mão. Por orgulho e pela lei, ele safara-se de trocar os azulejos, há mais de quarenta anos que os tinha a fazerem vista, mas duvidava que a Junta autorizasse a minha mãe a cumprir a sua ideia.

A minha mãe. Lembrei-me de Emily Dickinson, fechada no quarto, desdenhada pelos vizinhos, morta em 1886. Durante a sua vida, viu publicados menos de uma dúzia das centenas de poemas que inventou e, mesmo esses, fortemente cortados, acrescentados e revistos por editores cegos. O seu primeiro livro data de 1890, já Emily se decompunha. E, mesmo esse, também foi cortado, acrescentado e revisto por outros editores, também cegos. Rosto sério, tristeza quase imperceptível, pareceu-me que a minha mãe era ali uma espécie de Emily. O presidente da Junta era uma espécie de editor americano de poesia em campanha eleitoral. *The poems of Emily Dickinson* foi publicado na sua forma original em 1955. Ou seja, 1955-1886=69, quase setenta anos depois de Emily ter vestido a sua mortalha. Não me foi difícil imaginar que, setenta anos após aquela conversa, viessem presidentes de junta gabar as antigas casas de emigrantes, traçar roteiros turísticos, planificar brochuras. Até lá, esperavam que vivêssemos num parque temático de noções mantidas a soro, que não autorizavam evolução, cristalizadas com diligência em despachos e decretos. Entretanto, éramos nós que tínhamos de viver ali, de alombar com os critérios deles.

O Ilídio disse que ia falar com o presidente da Junta, daria notícias. Despediu-se e saiu. Enquanto acabava de espalhar doce de tomate na fatia de pão, reflecti sobre o contato desapaixonado entre a minha mãe e o Ilídio. Essa foi a primeira vez que os vi juntos. Nessa manhã, a minha mãe tinha quase setenta anos. O Ilídio estava bem entrado nos sessentas. Apesar do tempo, antes, não os teria imaginado[5] assim.

Desconfiei de tudo o que o Cosme me contou.

Eu tinha medo das coelhas paridas. O pai do Cosme ainda era vivo e eu, com sete ou oito anos, escondia-me atrás dele para ver os coelhos pequeninos, de olhos fechados, a guincharem com miudeza. A coelha ficava em sentido, tensa, com as garras cravadas no estrume, alerta para cada movimento do pai do Cosme a mudar-lhe a água e a deixar-lhe erva que arrancava à navalha, rama de cenouras, casca de batata ou restos de fruta migada. Nesses dias, sentia alívio quando ele fechava a porta da coelheira. Noutros dias, estando os filhos quase criados e as mães regressadas à sua resignação dócil, o pai do Cosme soltava à vez a população de cada coelheira, minutos de liberdade, e eu ajudava-o a limpar o forro de estrume com um sacho, a folha de ferro a raspar na madeira húmida, o cheiro morno.

Ainda na França, as contas eram feitas para chegarmos à vila de manhã. Podíamos atrasar-nos, o mais tarde que chegámos foi à hora de almoço. O pai do Cosme estava sempre a esperar-nos à porta com um sorriso desdentado, nascente de monossílabos. Havia também uma

---

[5] No passado, em relação a temas diversos, custou-me aceitar que a maneira como eu via isto ou aquilo pudesse estar longe da real imagem das coisas (disto, daquilo). Se esta pessoa era outra pessoa, se aquela cor era outra cor, tinha de aprender tudo outra vez. Tinha de mudar a percepção de tudo em função desse dado novo. Tudo está ligado a tudo. Esta pessoa não existe independente das outras pessoas, aquela cor não existe independente das outras cores. As pessoas e as cores não existem independentes de todos os outros elementos. Hoje, também me custa a aceitar que possa ver isto ou aquilo de forma imperfeita, mas considero essa possibilidade.

tia solteirona do Cosme, uma sombra que tinha vergonha de se rir e que ficava a olhar-nos com curiosidade tímida de menina-velha. Entrávamos na casa fresca, de janelas fechadas, no barracão de alguidares arrumados, no pátio de árvores carregadas de pássaros e tínhamos a noção de que enchíamos esses lugares de cores novas. As trigémeas espalhavam bonecas loiras e cozinhas de plástico de encontro ao cinzento e ao castanho, a mulher do Cosme passava pelas divisões de silêncio como uma bandeira garrida, o Cosme e eu usávamos calças de ganga e sapatilhas.

Não se notava que vínhamos moídos. O motor do carro a tesourar durante quilómetros vezes cem, vezes mil. Eu ia no banco de trás com as trigémeas. Se o Cosme distinguia ao longe uma brigada da polícia, eu era o sexto passageiro num carro de cinco lugares e escondia-me no chão, aos pés delas, entre sandálias e canelas finas. Se alguém fazia sinais de luzes, voltava a esconder-me no chão até passarmos pela brigada ou até ficar garantido que tinha sido falso alarme. Parávamos para atestar o depósito de gasolina e ao almoço. O Cosme desprendia a mesa e as cadeiras do tejadilho carregado, abria-as e dispunha-as à beira da estrada, à sombra. Enquanto isso, a mulher dele inclinava-se sobre a mala do carro, decifrava a ordem e a posição precisa dos objetos, chegando à mesa com salsichas e chucrute. Nesse momento, as trigémeas já estavam regressadas das moitas onde se tinham baixado. Possuíamos pão, guardanapos, garfos, facas, pratos e copos de plástico que enchíamos de laranjada. Os carros passavam e olhavam para nós. Nós olhávamos para eles e mastigávamos.

Em chegados, o Cosme podia começar a queixar-se

dos fogos ruges, das embutelhagens ou das autorrutas. O pai dele mantinha um sorriso de não entender e o Cosme murmurava-me:

É muito anciano, está próprio para toda a sorte de maladias.

Em 1748, o conde de Chesterfield definiu iletrado como um substantivo que se refere a alguém que é ignorante de grego e latim.

Depois, quando as trigémeas começavam a ser umas pequenas mulheres, o Cosme não as queria ouvir falar de fiançados na vila, não se haviam de mariar com marrocanos dessa ordem. Se elas se preparavam para fazer um turno, generalmente, virava jalú, quando elas protestavam, ele ordenava:

Tá gola.

Elas respondiam:

Mafú.

Tanto as trigémeas, como o Cosme, como a mulher dele, a fazer o quarto ou a fazer a loiça, falavam este grego/latim que eu percebia bem.

Porque eu passava o mês de agosto a jogar ao balão com o escritor e os outros rapazes da minha idade ou a acompanhá-los em incursões à campanha. Os cães não nos ladravam. Os grilos tiravam-se da toca espicaçando o buraquinho com uma palha ou mijando-lhe em cima. Nesse caso, saíam a nadar, à beira de afogamento. Conhecíamos as figueiras mais viçosas e, depois de enchermos a barriga, lavávamos a boca na fonte para evitar que nos rebentassem os beiços. Muitas vezes, escolhíamos uma sombra e eu ficava a responder às perguntas de uma assembleia de olhos arregalados. Queriam saber como era a França. Eu nunca lhes contava dos rapazes que me roubavam as canetas de feltro e me seguravam para, com elas, me riscarem nomes na testa: salaud. Nunca lhes contava das tardes de domingo que passava fechado em casa, nem da chuva, nem das dores de cabeça. Falava-lhes das grandes lojas cheias de tudo nas montras, tentava explicar-lhes com desenhos na terra o que era a Torre Eiffel. Uma vez, narrei-lhes a história completa de *Voyage au centre de la Terre*, como se tivesse ocorrido num vulcão parisiense e a tivesse testemunhado. Depois, podíamos trepar ao muro que dava para o tanque onde as ricas se banhavam e onde um velho estava sempre a limpar a água com um camaroeiro; e pedíamos-lhe se nos dava um anel; e ele respondia sempre: mete um dedo no cu e vais ver, quando o tirares, ficas lá com um anel. Era por isso que lhe repetíamos o pedido, ríamo-nos sempre dessa resposta.

Noutras horas, eu era uma vereda que os rapazes tentavam seguir para chegarem às trigémeas. Sem nunca terem falado com elas, dividiam-nas entre si e zangavam-se uns com os outros nessa divisão. Era raro o Cosme deixá-las sair. Nesses dias assinalados, iam com a mãe ou, então, o Cosme enchia-se de solenidade e levava-me a ter uma conversa no pátio. Começava por apontar para quadrados de terra seca, separados por cancelas manchadas de sebo seco, e dizia-me com melancolia que, antes, ali, havia pocilgas cheias. Depois, sério, com a mesma espécie de desânimo, pedia-me para ir passear com as trigémeas. Quando entrávamos em casa, já estavam prontas, de mala a tiracolo, à espera. Ao passarmos pelas ruas, sentia-me como se pastoreasse um rebanho de três. As conversas paravam para assistirem à nossa passagem e só eram retomadas quando já íamos à distância. Atrás de nós, ao mesmo ritmo, seguiam nuvens de rapazes, psiu, psiu, que sibilavam.

    Costumava acompanhar o Cosme ao terreiro e nas visitas que fazia ao padre, ao Galopim ou ao Ilídio. Eu era uma presença muda, que ouvia. Ninguém se inibia de puxar qualquer assunto. Às vezes, baixavam a voz, faziam uma pausa e olhavam para mim, diziam: ele ainda não percebe, pois não?, e continuavam, eu ouvia. Com trinta e seis anos, diante deste teclado de computador, ainda os ouço. Na taberna do terreiro, o Cosme pedia-me um sumo de lata, que eu bebia devagar para durar muito tempo. Uma parte das escolhas que fiz na vida foram no sentido de nunca ser um desses homens encostados ao balcão. Eu olhava-os sem distância, mas custava-me que se juntassem à volta do Cosme, a beber o vinho que ele pagava e a rirem-se das graças dele, exatamente como se estivessem a rir-se dele; também me custava, com onze, doze, treze, catorze anos ter de convencer o Cosme a não conduzir o carro, apesar das ruas desertas, e ter de ampará-lo, muito maior do que eu, com mais corpo; custava-me perder-lhe o respeito.

    Em cada agosto, visitávamos o padre uma vez. Era sempre velho. Fazia festas no cabelo do Cosme e tratava-o quase como me tratava a mim, como se fôssemos dois rapazes da mesma idade. Sentem-se, sentem-se. O Cosme simulava pressa, tinham pouco que conversar. A casa inteira cheirava a naftalina, as bolachas que nos oferecia num pratinho sabiam a naftalina. O Cosme levava-me a ver a sacristia, os sinos. Explicados por ele, eram temas enormes.

    Lembro-me de chegarmos com mais frequência à casa do Galopim. Endoidecia ao ver-nos, influía-se sem medida. Eu não estranhava os pombos. Creio que o Galopim presumia que eu fosse filho do Cosme. Nem eu, nem ele fazíamos nada que contrariasse essa impressão. Acho mesmo que nos aprumávamos perante uma responsabilidade invisível. A cada ano, passava mais tempo sobre a data em que o irmão do Galopim tinha morrido de deficiência. A falta do irmão estava-lhe vincada na testa e distinguia-se mesmo quando sorria com a desdentição toda, quando o levávamos a dar uma volta de carro pela vila. No banco da frente, dispunha as muletas ao lado da perna estendida e admirava-se. Estava tudo tão mudado. Às vezes, parávamos para que pudesse cumprimentar as pessoas.

A minha voz[6] ouvia-se apenas na casa do Ilídio. O Cosme passava com ele pelas fitas da porta. Eu ficava sentado nos degraus da entrada, ao lado do Josué. Como se estivesse num trono, estava sentado numa cadeira de praia, segurava uma cana. Era mouco e eu tinha de lhe gritar ao ouvido bom. Mesmo que aparecêssemos duas vezes numa semana, tinha sempre de lhe repetir o meu nome: Livro, Li-vro.

Alípio?
Li-vro.
Lívio?
Li-vro.

---

[6] Existe o que quero dizer e existe a minha voz. Nem sempre o tom da minha voz corresponde ao que quero dizer e, mesmo assim, molda-o tanto como as palavras que escolho. Sou menos dono da minha própria voz do que destas palavras, indexadas em dicionários que já estavam impressos antes de eu nascer. Quando reparo na minha voz, parece-me sempre demasiado aguda e juvenil, incerta, imprópria para afirmações sérias. A minha voz é como este livro: capa, papel, peso medido em gramas. O que quero dizer também é como este livro: mundo subjetivo, existente e inexistente, sugerido pelo significado das palavras.

Chorava. Os seus olhos eram o único ponto do rosto que não tinha sido queimado pelo tempo, enrugado pelo sol. Acertava a boina na cabeça para disfarçar o choro. Dizia-me que eu era tão parecido com o Ilídio quando era pequeno. Também ficávamos em silêncio. Às vezes, descuidava-se, e continuava impávido. Como não ouvia, julgava que eu também não tinha ouvido.

Grande parte deste livro que estás a ler foi escrito com a soma do que conservo desses agostos. O Cosme, principalmente, gostava de falar.

Quando juntávamos as malas para serem carregadas no carro, o pai do Cosme queixava-se de espondilose. Eu aquartelava os livros na mochila. Levei *À la recherche du temps perdu* durante três agostos seguidos, li-o três vezes nas horas de maior calor. A mulher do Cosme dava as últimas indicações à tia solteirona, que escutava, muito menina. As trigémeas só já pensavam em chegar a Lagny. Os rapazes, o escritor entre eles, juntavam-se ao fim da rua e, enquanto o Cosme atava volumes ao tejadilho, eu ia lá distribuir coisas que não levava: porta-chaves, revistas francesas que as trigémeas não queriam e palmadas envergonhadas nas costas. Depois, os velhos ficavam à porta a dizer adeus, o pai do Cosme e a tia solteirona. Atravessávamos uma última vez as ruas da vila e era como se tudo fosse sendo apagado à nossa passagem.

No regresso à França, quando a mesa já estava aberta na berma da estrada, a mulher do Cosme chegava com caixas plásticas cheias de coelho frito. Num desses almoços, eu tinha dezassete anos e o Cosme andava de roda da mulher. As trigémeas falavam entre si, discutiam álgebra, talvez. A mulher tentava calá-lo, mas ele repetia:

Ora essa, já tem idade para saber.

O Cosme insistia em contar até aquilo que não interessava a ninguém. Estava eu diante do meu prato vazio, quando ele me começou a falar das festas da vila em 1973, da minha mãe, do Ilídio, da fonte etc. Perdi o apetite. Tive pouco para dizer até chegarmos a Paris.

Dois dias depois, era de noite. A minha mãe desceu à rua para cumprimentar a família do Cosme, agradecer, para me abraçar, saudadinhas.

Ele deu muito trabalho?

Subimos juntos, ela curiosa e eu sem responder a metade das perguntas que me fazia. Quando abriu a porta, fui direto para o quarto.

Não dás um beijo ao teu pai?

Nesse dia, reparei no tom artificial com que a minha mãe pronunciou essa palavra que usava tão poucas vezes, pai. Antes de fechar a porta, ainda ouvi o Constantino dizer:

É um incorreto.

Na semana passada, matei uma melga com um exemplar de *Les Cantos*, do Ezra Pound, traduzido por dois poetas franceses.

Sim, se algum dia tiver uma filha, hei-de chamar-lhe o nome da minha avó. Não me refiro à mãe do Constantino, claro. Foi-me garantido que essa mulher, rodeada de pano de brocado, viúva velha e relha, nunca me quis conhecer. O Constantino não se despediu dela quando saiu de Lisboa para não regressar. Até eu fazer cinco anos, afiançava que era por causa de mim, não tinha idade para viagens. Depois, dizia que a revolução tinha falhado, os portugueses eram incapazes do sonho, o exílio prosseguia. O Constantino não guardava fotografias da mãe. Tivemos de recolher as coisas dele ao deixá-lo no asilo e antes de sairmos da casa do Quartier de la Goutte d'Or. Esvaziámos gavetas de objetos tristes para dentro de sacos de plástico: canetas de aparo, cartões antigos, marcadores de livros e trapaças, como cães que perderam o dono, inúteis. O Constantino não tinha contato com a mãe, mas garantiu-me que ela não me queria conhecer. Eu, ainda na escola elementar, sentia-me magoado por essa rejeição.

A mãe da minha mãe não me conheceu porque não se aguentou, esfarrapada por filhos e netos. É o nome dela que hei-de dar à filha que possa ter algum dia. Assim, conseguirei mudar o tempo e chegar a conhecê-la. Poderei mesmo tomar conta dela, prepará-la, estimá-la como se estimasse a minha avó, que saberá fazer o mesmo à minha mãe, Adelaide futura, que saberá fazer o mesmo ao Livro futuro, a mim. Devaneio, nada é tão simples. A minha mãe contou-me com fartura aquilo que queria lembrar da mãe dela: quando eu tinha a tua idade. Deixou-a quando era pequena e tinha a minha idade de pequeno. Depois, a vila e a velha Lubélia. Depois, a França. A minha mãe voltava à vila em intervalos de cerca de dez anos. O Constantino arreliava-se com as saudades e, a cada dez anos, quando queria largueza, dispensava-a por um mês. A minha mãe perdeu a confiança com os irmãos, fileira de torneiros mecânicos, mudados para Lisboa e a cuidarem que Lisboa era uma siderurgia de domingo a domingo, coitadinhos neorrealistas. Eu sabia que tinha um novelo de tios e primos, acalentava esse parentesco, mas não os saberia reconhecer se me cruzasse com eles na rua.

A partir dos dezoito anos, em Lagny ou em Paris, o Cosme contou-me muito mais e passei bastante tempo a imaginar o Ilídio. Foi também aos dezoito anos que, pela primeira vez, não quis acompanhar a família do Cosme nas vacanças. A minha mãe, que sempre me tinha incentivado, que sempre se inchara de orgulho no seu filho português, resignou-se. Nessa época, apenas me rogava que não me metesse nas drogas. Drogado não. O Constantino, que sempre tinha sido indiferente, que se aliviava por desfrutar de um mês sem mim, continuou indiferente. Tanto conseguia indispor-se na minha ausência como na minha presença. O Cosme e a mulher souberam numa visita de sábado. Calaram-se porque perceberam que o tempo estava a passar. As trigémeas invejaram-me. Se pudessem, também não iam.

Sylvia Plath nasceu no dia em que Dylan Thomas fez dezoito anos, a 27 de outubro de 1932.

Nesse verão, em setembro, o Cosme chegou com a notícia de que o Josué tinha morrido num dia de muito calor. Lembras-te daquele velho que estava sempre sentado à porta do Ilídio? Sim, eu lembrava-me.

No ano passado, em outubro, talvez a 27, sei que foi a uma terça-feira, a minha mãe incentivou-me a dar um passeio. Há muito que desistiu de me dissuadir dos livros, tanto lês que treslês, mas mantém o hábito de, cuidadosa, depois de bater à porta com pouca força, entrar no meu quarto e perguntar: não te apetece dar um passeio? Na maioria das vezes, não tenho disposição para lhe responder mas, nessa tarde, estava a meio de um capítulo altruísta e decidi fazer-lhe a vontade. O volante do carro, as minhas mãos a sentirem todas as pedras quase como se estivesse a deslizá-las na estrada. Estacionei no campo, a pouca distância de um grupo de homens e mulheres, botas de borracha, que estavam a apanhar azeitona. Espalhavam uma gritaria animada que não se alterou quando saí do carro e me aproximei, boa tarde. Uma vantagem do meu nome é que dispenso alcunha. Olha o Livro, boa tarde. O sol estava a pôr-se. Troquei graças, enquanto dois homens recolheram os panões carregados debaixo da última oliveira e os levaram às costas.

Não esqueço o que vi a seguir. As mulheres dobraram os panões vazios e dispuseram-nos na terra, em forma de corredor. Os panões carregados de azeitonas e folhas foram despejados num monte, no extremo desse corredor. Então, fez-se silêncio. Era um fim de tarde muito nítido. Um dos homens aproximou-se do monte a segurar uma pá e, com jeito, encheu-a. Num movimento certo, preciso, lançou o seu conteúdo múltiplo ao longo do corredor de panões. No ar, estilhaçou-se. Sob um fundo de céu, as azeitonas separaram-se das folhas. As folhas ficaram a meio caminho, a darem voltas sobre si próprias, pequenas hélices detidas pela aragem, e as azeitonas continuaram até ao outro extremo do corredor de panões dobrados, onde caíram numa chuva de companheiras redondas. Recordo que as folhas de oliveira são verde-escuras de um lado e prateadas do outro, elegantes, e que as azeitonas, aquelas, são pretas, brilhantes, sem demasiada água em março, rijas. Esse gesto, essa história, repetiu-se até acabar o primeiro monte e, no outro extremo do corredor, haver um monte apenas com azeitonas.

Ao longo da escrita deste livro que estás a ler, tenho sentido que gostaria de poder fazer o mesmo com o que sei. No campo, num fim de tarde, estender esse conhecimento no ar, em pazadas, e assim separar aquilo que apenas presumo daquilo que foi mesmo. Por mais efeito que possa ter aquilo que presumo, é aquilo que foi mesmo que chega ao lagar, que alimenta. Aquilo que foi mesmo não é necessariamente aquilo que aconteceu. É algo muito mais importante, é a verdade.[7] Sim, já sei, o que é a verdade? Sim, já sei, não sei.

Peço-te desculpa por este comentário, folhinha. Sem tristeza, por favor. Não o leves a mal, folha de oliveira. Precisei de fazê-lo para, depois, ser capaz de o esquecer. Nasceste num ramo, longe da culpa, mas espero que o possas tentar entender como se fosses eu.

Já era preciso ter os faróis acesos, as sacas de azeitona já estavam carregadas, quando dei boleia a um dos homens e seguimos a camioneta, poeira, até ao lagar. Não sei do que falámos. À chegada, as máquinas, homens com bagaço de azeitona entranhado na pele, mãos pretas. Um deles trouxe um copo de azeite novo e estendeu-o para provarmos. Cheirei-o e disse que parecia bom. O homem que tinha vindo comigo sorriu, recebeu o copo e bebeu-o de um só gole.

Ouvroir de littérature potentielle, OuLiPo. "*Des rats qui construisent eux-mêmes le labyrinthe dont ils se proposent de sortir*", quem chegou a esta definição foi

---

[7] "We dance around in a ring and suppose. / But the Secret sits in the middle and knows", Robert Frost, *The Witness Tree*.

Raymond Queneau, quando fundou o grupo literário OuLiPo com François Le Lionnais.

De trás para a frente:

N+7 = A cascavel estava vazia quando saí do camarim.

N+6 = A cascata estava vazia quando saí da camarata.

N+5 = O cascalho estava vazio quando saí do camarão.

N+4 = A casca estava vazia quando saí da câmara.

N+3 = O casamento estava vazio quando saí do camaleão.

N+2 = O casal estava vazio quando saí do camafeu.

N+1 = A casaca estava vazia quando saí da camada.

N+0 = A casa estava vazia quando saí da cama.

Foi Jean Lescure, associado do OuLiPo, que inventou o método N+7. Não é difícil e garante resultados. Constrói-se um texto e troca-se cada substantivo pela sétima entrada da mesma classe gramatical que lhe suceda no dicionário.

Nesse dia, a primeira coisa que fiz ao acordar foi um N+7. Talvez nesse dia, a cascavel estivesse vazia, talvez eu tivesse saído do camaleão. Certo mesmo é que a casa estava vazia quando saí da cama.

Há quem leia o horóscopo ao acordar, eu, se me lembro, aprecio fazer um N+7. Gasto papel, mas ganho discernimento.

Não chamei a minha mãe. Passeei-me de cuecas pelas divisões, a procurá-la vagamente. Cuecas azuis, era junho. Entrei na cozinha, abri um armário, abri o frigorífico. Apeteceu-me limonada. Esfreguei os olhos com as mãos. Cheguei à varanda. Estava sol misturado com brisa. Senti esse morno no peito e nos ombros. Descalço, desci as escadas de granito. Dei passos pela terra do jardim, ui, ui, e aproximei-me do limoeiro. Puxei um limão, puxei outro, e ouvi vozes.

Em frente ao lago, a minha mãe e o Ilídio sentados num banco. Estavam dispostos com naturalidade e distância. Não pareceram reparar logo na minha presença, eu a respirar. Foi a minha mãe que se inclinou:

Ah, és tu.

Não podia fingir que não estava ali. Saí de trás dos arbustos. Em cuecas, a segurar dois limões, bom dia. O Ilídio levantou-se para me dar um aperto de mão. Voltou a sentar-se, sem caso. Como se continuasse a conversa que estava a ter com ele, a minha mãe informou-me que o presidente da Junta não autorizava o revestimento com azulejos. Uma portaria, um despacho, um ofício etc. Por acenos de cabeça, o Ilídio partilhava a revolta branda da minha mãe. Fiquei a ouvir, mas estava a sentir-me magro. Aquelas não eram as minhas cuecas preferidas.

Voltei para a cozinha e procurei o espremedor. No relógio do micro-ondas passaram dez minutos, onze, e minha mãe entrou. Eu estava à mesa, ainda de cuecas, mais rico em vitamina C. A minha mãe queixou-se da Junta, queres lá ver, e que devia fazer o que quisesses, a casa era dela.

Adelaide, Adelaide.

O Ilídio estava a chamá-la, tinha esquecido algum pormenor. Antes que entrasse, levantei-me e saí, fui vestir-me.

Enquanto apertava o cinto, tentei iniciar um pensamento. A maneira como o Ilídio dizia o nome da minha mãe não condizia com nada do que o Cosme me tinha contado. Nessa manhã, eu tinha trinta e seis anos acabados de fazer. Tinha passado metade da minha vida a acreditar em algo que, naquele momento, se rasgava como

celofane. Recordava as horas perdidas a afastar uma ideia inventada, a fazer caretas mas, logo a seguir, pensava que talvez fosse o tempo que os tivesse levado àquele desprendimento. Talvez os adultos a sério fossem assim.
    Olhava para a minha experiência. A Charlotte, a Aurelie, a Mathilde, que sentia eu pelos rostos a quem tinha jurado tanto? Não. Se tivesse acontecido tudo o que o Cosme me tinha contado, não havia maneira de o Ilídio pronunciar o nome da minha mãe, Adelaide, com aquele tom de sábado de manhã. Recapitulando, estava a minha mãe, ele e eu em cuecas. Se tivesse acontecido tudo o que o Cosme me tinha contado, não haviam de falar da Junta e de azulejos ou, mais impossivelmente, se falassem, seriam obrigados a um trejeito, ainda que mínimo, de constrangimento. Podiam passar décadas sobre essa realidade da natureza humana, continuaria inalterada.
    Eu conhecia[8] a minha mãe. Na contabilidade das nossas vidas, tínhamos caminhado quilómetros de mão dada, tínhamos dito todas as palavras que existem nas línguas portuguesa e francesa um ao outro. Saí do quarto, subi as escadas, atravessei o corredor, olhando as divisões vazias. Reparei na decoração desajeitada da minha mãe: móveis que trouxemos de Paris, misturados com móveis que comprámos cá, enfeitados por trastes herdados da casa da velha Lubélia, misturados com bonecos de feira ou de centro comercial. A minha mãe tem pouco olho para a decoração e eu conheço essa falta de gosto, sei o seu motivo. Talvez por isso, senti-me injusto, recriminei-me por carregar uma ideia coxa durante tantos anos. No

---

[8] Se desconfiamos de nós próprios, desconfiamos sempre dos outros. Tão simples quanto isto. Se rimasse, podia ser um provérbio.

instante em que entrei na cozinha, ela estava com a boca cheia, a comer uma talhada de melão. Quase a abracei.

Saí para a rua decidido. Depois dos meus dezoito anos, apenas voltei à vila quando cheguei com a minha mãe, para me instalar. Desde esse dia, apesar de morar a poucos metros, sem falta de oportunidades, nunca quis ir à fonte nova. No primeiro verão, na única vez que a minha mãe me perguntou porque não lavava lá o carro como toda a gente, juntei os meus piores modos e disse-lhe que eu não era como toda a gente. E esperei que entendesse. Acreditei que não me tinha voltado a falar disso por se sentir culpada. Sentindo-me culpado, nessa manhã, desci no sentido da fonte. E obriguei-me a ficar ao lado das bicas, durante mais de uma hora, desejando que a água corrente me lavasse os pensamentos.

Quando voltei para casa, não fui ler Paul Éluard.

Seja irrealista, exija o possível.

Entender alguma coisa dos meus apontamentos era irrealista. Dos anos que passei na Paris 3, Université Sorbonne Nouvelle, as primeiras memórias que me assaltam os sentidos são o enjoo matinal do metro, óleo com transpiração, e o mau hálito do professor de Histoire du Livre, que parecia comer papiros bizantinos ao pequeno-almoço e regurgitá-los ao longo do dia. Quando terminei o liceu, le bac, e entrei em Lettres Modernes, Littérature Générale et Comparée, na Sorbonne, o Constantino não se deixou impressionar.

Havia corredores, escadas e sombras, salas onde apetecia mesmo dormir, colegas insuportáveis, professores parados num tempo que só eles reconheciam. Em casa, tentava falar ao Constantino de diversas disciplinas, punha-me em bicos de pés, mas ele interrompia-me com desdém e só parecia interessar-se por LGC (Littérature Générale et Comparée). Quando ia para falar-lhe de algo que tinha aprendido sobre Chateaubriand, por exemplo, ele já sabia e, sem olhar para mim, acrescentava uma lista de pormenores que me eram alheios. O mais humilhante era que ele sabia o que estava a dizer.

Impressionar o Constantino era irrealista.

Fui deixando de lhe falar de LGC, fui deixando de lhe falar. Às vezes, perguntava-me sobre os sectores mais progressistas dos estudantes, as reivindicações, e eu não respondia. Perguntava-me outra vez e eu não respondia outra vez. Então, o normal seria chamar-me inferior, desenvolver esse tema.

A minha mãe escondia-me pacotes de leite achocolatado na mochila. Eu só os descobria quando chegava às aulas. No intervalo, ficava a bebê-los pela palhinha. Numa dessas manhãs ramelosas, quando estava a sorver o barulho final do pacote, ouvi um casal a falar em português nas minhas costas. Pela conversa, percebi que procuravam alguém. Falavam alto e os estudantes passavam-lhes à volta. Era a mulher que mais se esganiçava, mas foi o homem que se dirigiu a mim. Em francês, tentou fazer-me uma pergunta, mas deteve-se a meio, interrogou a mulher:

Comment s'appele o balcão das informações[9] em francês, Libânia?

A mulher encolheu os ombros, disse uma asneira e

---

[9] Centre d'accueil.

afrancesou três ou quatro palavras portuguesas. Por vergonha, fingi que não conseguia entender.
 Para o homem:
 Deixa o rapaz.
 Continuei a fingir que não entendia.
 Para mim:
 Merci.
 Enquanto se afastavam, o homem consolava-a à bruta, dizia-lhe que o mais certo era terem voltado para Portugal. E ela, Libânia, dizia que não, que o filho da amiga estudava ali, tinham-lhe garantido; queixava-se de que, assim, nunca iriam encontrar a Adelaide. Foram procurar para outro lado, afastaram-se, as suas vozes deixaram de se distinguir. Eu, com um pacote vazio de leite achocolatado na mão, fiquei a olhar para nada e percebi que, quando nos mudámos para o Quartier de la Goutte d'Or, a minha mãe não os avisou.
 Após semestres e exames, preenchi a inscrição para um mestrado. Compus um título para a tese: "*Bilinguisme: Nabokov et Beckett, le russe américain et le irlandais français*". O título e o tema foram aplaudidos por colegas e professores. Eu estava entusiasmado, ambicioso, achava que era dono de uma perspectiva única, poderia encontrar em mim novas interpretações, espécie de figura mitológico-académica, duas cabeças sobre um pescoço: francês e português, França e Portugal, Constantino e Ilídio. Resisti durante uma semana de jantares antes de contar, mas o entusiasmo venceu-me. O Constantino, indiferente, perguntou-me se conhecia a biografia do australiano Andrew Field e, com um inglês pronunciado à francesa, citou-me Nabokov: "*I might have been a great french writer*".

Conheces?

Eu conhecia, essa era precisamente uma das epígrafes que tinha pensado usar na tese, mas não disse nada, apenas perdi a força nos ombros.

Enquanto a minha mãe debatia condições com uma mulher na secretaria do asilo, eu olhava para o Constantino. Estava sentado numa cadeira, vestidinho como um boneco, camisa abotoada até ao pescoço, ausente de si, pronto a ser disposto em qualquer lugar, em qualquer posição, à mercê, Vladimir Ilitch Oulianov a cismar ou nem isso, como uma planta de vaso, como um candeeiro sentado, sinal de trânsito numa estrada deserta, à noite.

Como é que tu, tendo nascido e crescido na França, dominas tão bem o português?

Espera, deixa-me recompor do susto, deixa-me respirar. Não esperava que falasses agora. Estavas aí, tão quieto a ler esta descrição do Constantino na secretaria do asilo. Não esperava.

Antes de mais, agradeço-te o elogio: obrigado. Não diria de mim próprio que domino o português, ainda bem que foste tu a dizê-lo. Obrigado de novo. E, sim, podes tratar-me por tu. Aliás, fui eu que comecei há várias páginas atrás.

Costumam pôr-me essa questão e não tenho dificuldade de responder, mas estares a colocar-ma assim, através deste livro, tão de repente, desrespeitando as dimensões leitor/narrador/autor, não me parece adequado. Se Aristóteles tivesse imaginado que poderias falar desde esse ponto para este, creio que teria escrito a sua *Poétique* de maneira diversa. Por outro lado, essa é uma questão apenas intuída, o que lhe retira alguma credibilidade. Por outro lado ainda, chegou em má altura, interrompeu a descrição do Constantino na secretaria do asilo e pode trazer alguma confusão a outros leitores, simultâneos ou futuros, mais acostumados aos postos tradicionais do leitor, do narrador e do autor. Assim, prefiro que interiorizes que há muito que não sabes sobre mim, habitua-te. Eu sei que estamos numa posição ambígua, parece que estamos na mesma pele, mas não estamos. Sim, nasci e cresci na França, e sim, escrevo em português; se não respondo ao teu porquê, é para o teu próprio bem. Levar-te a crer que podes saber tudo sobre mim, seria enganar-te.

Continuando:

Ao lado do Constantino estavam duas malas. No seu interior, a minha mãe tinha arrumado pijamas dobrados, roupões, e também casacos, camisas, calças, meias e uma dúzia de cuecas novas. Estava direito e sentado, como se esperasse num apeadeiro do além e fosse partir de viagem para mais além ainda. Eu olhava-o. Lembrava-me de muito, não conseguia evitar.

Nunca acabei o mestrado, mas continuei a sair de manhã e a chegar à noite. O Constantino não fez perguntas mas, ao fim de anos, era pouco provável que tivesse dúvidas. Desde o início que sabia que eu só me tinha inscrito no mestrado porque, depois do curso, não me imaginava a procurar emprego. Tinha medo.

Falta-te uma direção.

O mais humilhante era que ele sabia o que estava a dizer.

O altar da capela estava coberto por uma camada de pó. O mármore do chão, sob uma altura de terra solta, notava-se apenas no rasto dos meus passos. Era custoso acreditar que toda aquela terra tivesse deslizado por debaixo da porta. Mais fácil seria acreditar que tinha nascido ali, que tinha atravessado o mármore lentamente, até chegar à superfície. Logo depois de entrar, voltei a fechar a porta. O abandono da capela perdia solenidade com demasiada luz.

Tinha passado o dia a escrever este livro que estás a ler, com pausas apenas para uma sopa e para alguns poemas salteados de Hölderlin. Na véspera, as bicas da fonte não tinham sido capazes de me lavar os pensamentos. Regressavam ali, misturados com o silêncio da capela. Estava encostado a uma parede lateral, olhei em volta à procura de algo, um pau, algum objeto bicudo, mas não encontrei. Precisava de organização, de dados concretos, agachei-me e escrevi na terra do chão com o dedo:
9/7/2010
5/2010
7/2008

A tranquilidade dos números: nove de julho de dois mil e dez era o dia em que estava, aquele momento; maio de dois mil e dez tinha sido quando o Ilídio veio falar dos azulejos; julho de dois mil e oito tinha sido o mês em que chegáramos da França.

7/2008: a descoberta da casa nova, a falta de panelas, e eu a tentar perceber se a minha mãe mencionava o nome do Ilídio, se o evitava de propósito, se falava dele com outras pessoas; o tempo a passar, meses, estações, e eu a descansar, mas alerta, quase a esquecer, quase a esquecer, mas alerta, a cruzar-me com ele na rua sem mais do que bom-dia/boa-tarde, a vê-lo ao longe.

5/2010: o Ilídio irreal a entrar pela cozinha, eu a sentir-lhe a mão riscada por lixa, rebocada, choque elétrico, e a minha mãe incompreensível, o Ilídio incompreensível, como habituais, quotidianos, indiferentes a tudo o que imaginei; e depois, eu a reparar na minha mãe, a tentar ler um olhar demasiado nada; e depois ainda, as semanas, a minha mãe sem voltar a falar do Ilídio, dos azulejos azuis, eu a pensar que ambos se tinham esquecido, que voltávamos a antes.

9/7/2010: aquele momento, o tamanho da véspera a ser um peso invisível numa balança de agulha partida e de escala apagada.

Varri os números com o pé. Limpei o dedo às calças.

Para que queremos nós uma capela?

Assim que entrei em casa, o Galopim morreu.

A minha mãe chegou à cozinha com o cabelo empastado por tinta, com uma toalha pousada sobre os ombros e deu-me a notícia. Parecia uma ave, uma pássara, cabeça de creme. Séria, falava como se piasse. A tarde demorava-se a terminar.

Cheirava a petróleo e disse-me que, quando se despachasse, ia passar pelo velório. Eu sabia que o Ilídio estaria lá, presumia, ofereci-me para acompanhá-la. Satisfeita por ter um filho, a minha mãe levou um sorriso. Fui fazer a barba para a minha casa de banho. Enquanto o espelho me refletia os olhos,[10] ouviam-se ao longe as escalas incertas de um saxofonista da banda, ensaio solitário, buzina dentro do nevoeiro. Depois, encetava uma

---

[10] Ao fixar o reflexo dos meus olhos no espelho, já me pareceu muitas vezes que está outra pessoa dentro deles. Observa-me, julga-me, mas não tem voz para se exprimir. Será talvez eu com outra idade, criança ou velho: inocente, magoado por me ver a destruir todos os seus sonhos; ou amargo, a culpar-me pela construção lenta dos seus ressentimentos. Seria melhor se tivesse palavras para dizer-me, mas não. Só aquele olhar lhe pertence. É lá que está prisioneiro.

marcha, falhava uma nota e voltava ao início, falhava uma nota e voltava ao início.

Ao aproximarmo-nos da rua do Galopim, a minha mãe revoltava-se a explicar que o padre não tinha deixado tocar os sinos porque o falecido não era batizado. Pediram-lhe uma única vez. Pela mesma razão, não tinha cedido a chave da sala anexa à igreja e, por isso, o Galopim tinha de ser velado em casa. Eu lembrava-me das tardes de agosto em que era a sombra reduzida do Cosme, lembrava-me da casa, mas não disse nada, apenas estacionei o carro e fechei as portas.

Demos passos na rua.

O adjetivo que melhor caracterizava o penteado da minha mãe naquele momento era: fúlgido. A noite recente, pouco escura, mas o penteado da minha mãe, de cor fresca, parecia irradiar luz, jeito de lâmpada baça. Um degrau e entrámos. Estava o Ilídio. Estava a minha mãe e três velhas que, como eu, quiseram vê-los a cumprimentar-se. Cívicos, nada que espantasse. Havia o corpo do Galopim, deitado numa cama, e essa presença transformava todas as palavras e todos os movimentos. Havia alguma coisa do mundo que se inclinava na direção daquele corpo vestido com um fato, imóvel. A casa tinha sido arrumada pelo Ilídio, varrida. Tinha também sido ele a abrir a porta do quintal. Antes, fechada por uma velha durante minutos, os pombos tinham-se encostado do lado de fora, a arrulhar, a debicar a porta num ruído de chuva de granizo e, de vez em quando, um deles lançava-se a voar de encontro à porta, estrondo cego. Isto foi sussurrado à minha mãe pelo Ilídio porque, quando chegámos, os pombos estavam quietos, em respeito, encolhidos sobre as vigas ou pousados nos lençóis da cama, à sua volta, a olhá-lo.

    Depois do jantar, chegaram mais pessoas. Dei um toque no braço da minha mãe e saí para a rua. Uma roda de homens, boa noite. O candeeiro, lá ao fundo, parecia mais distante do que o céu de estrelas. Remoíam a história da morte do Galopim, juntavam-lhe momentos de silêncio em que cada um pensava no que podia. Quarenta anos depois de ser atropelado, o Galopim recebeu uma indemnização. Usou o dinheiro para comprar um carro em segunda mão.

    Para que queres tu um carro se não tens carta de condução?

    Perante esta pergunta, sorria sem dentes. Tinham-lho entregue à porta de casa. O Ilídio chegou a conduzir-lho em passeios ao ralenti mas, mais habitualmente, o Galopim costumava passar horas no seu interior, sentado, a ouvir telefonia. Foi por isso que, naquele dia, os vizinhos só estranharam de manhã que continuasse na mesma posição desde a véspera.

    Voyage au bout de la nuit. Não olhei para o corpo imóvel do Galopim, os seus lábios colados, as suas pálpebras coladas, desfeitas em cera, não olhei para o Ilídio, nem para as pessoas feitas de vento estagnado, nem para os pombos, corações parados. Falei ao ouvido da minha mãe e disse-lhe que me ia embora. Ela não estranhou. Ficava mais um pouco, voltava para casa a pé sem problema. Assim, a sua presença seria dispensada no enterro. Ninguém esperava que eu fosse ao enterro. Estar ali, para mim, já era o suficiente, cumprir.

    Os meus sons na casa vazia. Pousar as chaves, abrir as portas, ligar os interruptores, passos no corredor, descer as escadas. Os livros que tenho nas estantes formam um desenho de mim: o que quero lembrar e o que não quero esquecer. Entre eles, *Voyage au bout de la nuit* é um espaço de vácuo no meu interior. Céline não tem qualquer responsabilidade nisso. A leitura efetiva do livro não tem qualquer responsabilidade nisso. Li esse romance há anos, lembro-me de que apreciei a irreverência, o humor, a linguagem, deixei-o no armazém interno dos livros que me deixaram um enxame de impressões. Essa ideia vaga transtornou-se quando, em Paris, achei que um livro emprestado, aquele romance em particular, podia ser devolvido. Errei. Oito séculos antes de Cristo, já Ἡράκλειτος ὁ Ἐφέσιος sabia que um livro emprestado nunca pode ser devolvido.

Para mim, naquela noite, deitado sobre a colcha da cama, *Voyage au bout de la nuit* condensava apenas a leitura mais romântica do seu título. Nas minhas veias, como vinagre azedo, circulava a imagem morta do Galopim, a sua história pobre e a memória do erro que mais lamento ter cometido.

Por conveniência pessoal e geográfica, eu deslocava-me com mais frequência à Gare de Montparnasse do que a qualquer outra. Encontrava um lugar onde pudesse apoiar o cotovelo e era lá que me instalava. O meu rosto desencorajava mendigos de cigarros, não chegavam a aproximar-se. Possuía serenidade suficiente para observar homens, mulheres ou famílias a passarem, a subirem escadas rolantes, a verem os horários eletrónicos dos comboios e a apressarem-se, linhas retas. Uma vez, vi passar o Bernard Pivot.

Entre as atividades que mais me ocupavam, encontrava-se um pensamento repetido: houve um instante em que cada uma destas pessoas nasceu. Esse tumulto, multiplicado, equivalia a uma espécie de guerra mundial perpétua. Quantos assistentes são precisos, em média, para garantir o sucesso de um parto? Imaginava esse número vezes mil, vezes todas as pessoas.

Iam para algum lugar: Nantes, Rennes, Bordeaux, Tours: vinham de algum lugar. Ida ou volta, tinham um ponto de partida e um destino.

Com menos frequência, para desenjoar, ultrapassando as tais desvantagens pessoais e geográficas, podia também ir à Gare de Saint-Lazare, Austerlitz, Bercy, Lyon, Est ou Nord.

Em qualquer uma delas, tranquilizava-me.

Raymond Queneau ajudava-me à distância, por correspondência: "*Tu devrais faire mettre un bouton supplémentaire à ton pardessus*". Eu costumava levar um exemplar de *Exercices de Style* entre os livros que andava a ler no momento. E abria uma página ao acaso. De entre os noventa e nove estilos propostos por Queneau, descrevia em pensamento o que estava a ver, utilizando o estilo da página que calhava: onomatopées, alexandrins, injurieux, télégraphique, hellénismes. O importante é que o tempo passava.

Recebia mensagens de telefone:

Où est-tu?

Era a Morgane, a Lola ou a Laurine. Era a Brigitte, a Virginie ou a Béatrice. Eu não lhes respondia logo, esperava, lia um ou dois capítulos de qualquer livro, ia à casa de banho pública, cinquenta cêntimos, e mentia-lhes também por mensagem.

Nessa época, o Cosme e a mulher já estavam na retraite. Tinham subtraído alguns anos de canseira com a assinatura de um médico francês, que lhes atestara qualquer inconveniência nos rins. Por isso, ao fim da tarde, eu podia meter-me nos comboios suburbanos, entre as pessoas suburbanas, e ir ouvi-los.

Creio que a mulher do Cosme apreciava trocar fraldas. Amiúde, invocava saudades abstratas do hospital. Minha enfermeirinha, chamava-lhe o Cosme quando estava mais mimoso. Ouvi centenas de vezes a história de como se conheceram, a garraiada etc. Mas, claro, quem falava mais, quem se desdobrava em narrativas esquizofrénicas era o Cosme.

Obrigavam-me a jantar. Saía empanturrado e confuso.

Então, mensagem de telefone, podia ir encontrar-me com a Morgane, a Lola, a Laurine, a Brigitte, a Virginie ou a Béatrice.

Em todos esses momentos, eu tentava calar com ruído o ruído[11] que trazia dentro de mim, que me constituía.

---

[11] Não é ruído. É um entrançado de mundos, uma mistura. É olhar para alguém e não conseguir evitar a lembrança de tudo o que conheço sobre essa pessoa e confrontar essas imagens, sobrepô-las. Eu vi a Sidonie chorar. Podem passar mil anos, posso encontrar-me com ela no supermercado, duvido, que hei-de sempre convocar a imagem dos seus olhos lacrimejantes. Eu também vi a Sidonie ter um orgasmo, essa imagem também estará lá, ao mesmo tempo, no corredor dos congelados. E estará lá aquilo que me disse e que retive, o que me contou sobre ela, o que pensei sobre ela. Eu levei a Sidonie ao Cemitério do Père-Lachaise, fomos ver a campa de Colette. Nessa visita, em cada passo, lembrei-me de ter ido lá visitar a campa do Jim Morrison com a Charlotte, minha primeira decepção, ou de, anos antes, ter ido lá com o Constantino pôr flores no Mur des Fédérés. Ao mesmo tempo, lembrei-me de tudo o que disse à Charlotte, lembrei-me de termos fumado um bidî com a solenidade de um charro ou de um cachimbo da paz; e, ao mesmo tempo, lembrei-me do Constantino a puxar-me o braço sem razão. É difícil de explicar, cansativo de descrever e custa ter isto dentro de mim, mas não é ruído, não é caos. É possível encontrar uma ponta e começar a desembaraçar todos esses sentidos, ordená-los por palavras ou por qualquer outro código.

Eu sabia que me faltava uma direção.

Quando me tornei pai de Lenine, deixei de precisar de explicações para conduzir o carro. O Constantino, tonto com a Rússia, não era sequer capaz de prever a existência de automóveis. O seu Citroën DS, boca-de-sapo, tinha quase a minha idade. Antes, ele não se cansava de poli-lo e de repetir que era de 1975, dos últimos a serem montados. Eu detestava carros e, mais ainda, aquele carro velho. Por isso, finalmente livre, acelerava com gosto, travava a fundo com gosto e falhava mudanças com satisfação. Exausto, o motor do Citroën DS fazia um barulho rouco que paralisava as pessoas no passeio.

Voyage au bout de la nuit foi o último livro que emprestei à Sidonie. Eu tinha trinta e um anos, ela era uma senegalesa de trinta e quatro. Conhecemo-nos numa festa de aniversário onde eu não conhecia ninguém. Tinha ido com as trigémeas, que já não estavam porque tinham ordem de chegar à casa às onze e meia. Foi ela que me perguntou o nome. Porque é que essa tem sempre de ser a primeira questão? Respondi e, antes que pudesse comentar, perguntei-lhe o nome dela. Ainda em defesa, perguntei-lhe se sabia que Sidonie era o primeiro nome de Colette. Ela ficou a olhar para mim: Colette? Não sabia quem era Colette. O meu rosto esmigalhou-se em espanto. Tentei lembrar-me de algum título, mas nada. Foi então que a Sidonie me disse que não lia livros, não sabia escolher leituras.

Antes, quando era mais pequeno, quando esse novelo começou a entrançar-se, acreditei que tinha sido por esse motivo que a minha mãe decidiu chamar-me Livro.

A partir da semana seguinte, a educação literária da Sidonie teve início: eu ia à casa dela, apartamento de paredes finas em Clichy-sous-Bois, levava-lhe um livro e fazíamos sexo; voltava daí a algumas semanas para me ser devolvido o livro e fazíamos sexo; na semana seguinte, levava-lhe outro livro e fazíamos sexo; e assim sucessivamente.

Ao longo de dois anos, a Sidonie leu: *Gigi*, Colette; *Le Rouge et le Noir*, Stendhal; *Le Dernier Jour d'un condamné*, Victor Hugo; *La Montagne magique*, Thomas Mann; *Lumière d'août*, William Faulkner; *Madame Bovary*, Flaubert; *L'Éducation sentimentale*, Flaubert; *Les Hauts de Hurle-Vent*, Emily Brontë; *Mrs Dalloway*, Virginia Woolf; *Le Père Goriot*, Balzac; *L'Amant de lady Chatterley*, D. H. Lawrence; *Les Aventures de Huckleberry Finn*, Mark Twain; *L'Étranger*, Camus; *Bel-Ami*, Maupassant; *Les Frères Karamazov*, Dostoievski; *La Dame au camélias*, Alexandre Dumas; *Portrait de l'artiste en jeune homme*, James Joyce; *La Philosophie dans le boudoir*, Sade; *Frankenstein*, Mary Shelley; *Germinal*, Zola; *Paris est une fête*, Hemingway; *Mémoires d'Hadrien*, Marguerite Yourcenar; *1984*, George Orwell; *Belle du Seigneur*, Albert Cohen; *Le Procès*, Kafka.

E *Voyage au bout de la nuit*, Céline.

Creio que ficou com uma cultura romanesca razoável.

Dentro de critérios formativos mínimos, a escolha dos livros era também feita de acordo com os nossos próprios avanços e recuos, com as minhas próprias idiossincrasias. Quando escolhi o *Voyage au bout de la nuit*, pesou a graça que eu achava à recepção desse romance e de Céline, amado como esquerdista e odiado como antissemita, espécie de demónio que os enganou ao mostrar-lhes o quanto se pareciam com os seus inimigos. Não gostaram do reflexo no espelho.

O meu erro não foi ter escolhido esse romance.

A Sidonie enviou-me uma mensagem que dizia apenas:

J'ai fini le livre hier.

Eram talvez umas sete, sete e meia. Eu estava na sala, espojado. O Constantino insistia num monólogo sobre o czar Alexandre II. Respondi-lhe também por mensagem, a dizer que saía dentro de minutos.

Nos túneis, o Citroën parecia um leão a rugir. Subi no elevador de paredes riscadas. Trocámos algumas ideias sobre o romance e sobre Céline, que foram substituídas, já na cama, por monossílabos sem definição no dicionário, mas de tom expressivo.

Quando caí de costas ao seu lado, as respirações abrandaram ao mesmo tempo. A Sidonie, vestida só da cintura para cima, fumou um cigarro à janela.

No carro, pousei o romance sobre o banco da frente. O carro cheirava a sexo. Era como se as minhas roupas tivessem sido mergulhadas num tanque de sexo, como se eu tivesse sido mergulhado inteiro num tanque desse óleo espesso. Rodei a manivela para abrir o vidro mas, mesmo assim, o ar não circulava. Então, com a mão esquerda a segurar o volante, estiquei-me para rodar a manivela da outra porta.

Foi esse o momento.

Ainda sou capaz de sentir o volume daquele corpo na chapa do carro. É uma sensação que faz parte de mim. Não travei logo. Na continuação do estrondo, o corpo subiu pelo capô do carro, onde ficou encolhido. Tinha o rosto de uma mulher velha, guardava a expressão de agonia do instante preciso em que foi atingida pelo carro. Travei e caiu devagar ao longo do capô, as pernas e os braços sem força. Eu a respirar, coração e, ainda assim, com uma chapa de lucidez a ser-me cuspida na cara, onze horas e quarenta e quatro minutos, as luzes dos candeeiros a desfazerem-se contra a noite, talvez um grupo de ivoiriens na esquina, talvez pessoas inclinadas das janelas dos prédios. Vencendo o tremor que me cobria, espécie de nevoeiro, fiz marcha atrás, a embraiagem, o acelerador, a manete das mudanças, e fui-me embora sem olhar para o corpo da mulher, mas a vê-lo, imaginado, um monte na berma da estrada, encostado ao passeio, sombra.

O romance tinha caído do banco.

Apanhei-o quando estacionei na garagem. As minhas têmporas vivas, eu, aquele lugar sobreposto por espectros de uma rua deserta em Clichy-sous-Bois. Abri a porta e vomitei.

Cheguei a casa, a televisão ligada, cheguei ao meu quarto. Adormeci vestido, sobre a cama feita, com as palmas da mão sobre o rosto.

No dia seguinte, acordei, procurei a minha mãe pelos corredores e disse sim. Ela não percebeu. Sim o quê?

Se vendíamos a casa, vendíamos também o carro, oferecíamos aquelas latas a quem as quisesse. A minha mãe entendia bem esse detalhe.

A meio da tarde, nervoso, telefonei à Sidonie. Surpreendeu-se. Disse que, para já, não precisava de mais livros, tinha de digerir a leitura de *Voyage au bout de la nuit*, mas haveria de me dizer alguma coisa. Quando me preparava para desligar, contou-me que, na véspera, tinham atropelado uma portuguesa a pouca distância da casa dela. Eletricidade à minha volta. Que coincidência, já viste? Uma portuguesa como tu. Sim, uma portuguesa como eu.

Fui para a internet e, com trabalho, descobri uma notícia de três linhas: era uma mulher de oitenta e um anos, portuguesa, que fazia pequenos trabalhos de costura em Clichy-sous-Bois.

A última vez que conduzi o Citroën DS foi pouco antes de voltarmos para Portugal. A casa de Paris já tinha sido comprada por um casal de americanos, que se maravilharam com cada palavra que saiu da boca do agente imobiliário; já tínhamos entregue o Constantino no asilo e o Cosme já tinha assinado a escritura da nossa casa de Portugal, esta casa. Eu estava para ir buscar o carro novo, deixar o velho, quando a minha mãe pediu se podia levá-la a passar por onde tinha trabalhado quando chegou à França.

Um bairro residencial. Encostada ao portão, inclinou-se à procura da cadela. O tempo tinha passado. Sugeri-lhe que tocássemos à campainha. Teve um ataque de timidez, impediu-me, creio mesmo que corou. Não queria, nem pensar. Tirou a máquina fotográfica da mala, Kodak Instamatic 50, e pediu-me que lhe tirasse uma fotografia. Ficou em pose, menina de sessenta e tal anos. Tirei duas fotografias.

Foi só depois de deixarmos o Citroën e de voltarmos no carro novo, cheiro intoxicante de novo, foi só depois de entrarmos em casa, que percebemos que a máquina fotográfica não tinha rolo.

Sol, sol, agosto. Sábado de manhã. Acordei, vesti-

-me com a roupa da véspera e regressei à escrita deste livro que estás a ler. Através das paredes, ao longo dos corredores, descendo as escadas, ouvi a minha mãe a pôr o CD do Claude François na sala, *Le téléphone pleure*. Quando eu era pequeno, se o Constantino saía, a minha mãe convencia-me a fazer as partes da criança, cantávamos por cima. Com seis ou sete anos, não conseguia que a letra fizesse sentido, nem percebia a insistência emocionada da minha mãe. A seguir, talvez refletindo-se em preto e branco nostálgico, pôs *Il y a deux filles en moi*, da Sylvie Vartan, borboleta transparente. Depois, saltando décadas, pôs o ex-marido da Sylvie, o Johnny Hallyday, *Ne m'oublie pas*, gravada quando o Johnny já tinha esquecido a Sylvie. Fui capaz de imaginar a minha mãe, na sala, a gritar em silêncio num trejeito, ne m'oublie pas, e a tocar uma guitarra elétrica invisível. A canção terminou.

O Cosme estacionou o carro no pátio, atrás do meu: matrícula 75 e matrícula 77. O Cosme saiu do carro com o Ilídio, bateram as portas. Acabaram de bater as portas.

Agora.

Estão a subir as escadas de granito.

Estou aqui, sentado a esta mesa, com este teclado de computador à frente, esta janela aberta à esquerda, esta cama desfeita atrás de mim.

Em 248 antes de Cristo, aos trinta e seis anos, Aristóteles abandonou a Academia.

Tenho trinta e seis anos, tenho um bilhete de identidade, numerado, que o comprova.

Até este xis, este: X, o livro que estás a ler tem 404 853 caracteres, incluindo notas de rodapé e espaços.

Em 1990, viviam na França um total de 798 837

pessoas de origem portuguesa, 603 686 dos quais nascidos em Portugal e 195 151 nascidos na França.

 Cada letra e cada espaço das páginas anteriores equivale a quase duas pessoas de origem portuguesa a viverem na França em 1990.

 Cada batida no teclado, na barra de espaços. Estão a bater à porta do quarto.

 Entrez, s'il vous plaît.

 É a minha mãe. O Ilídio está ao seu lado.

 Estão calados a olhar para mim. Não sei o que veem. Tento fixar-me nas cigarras, estendem-se dentro das minhas incertezas. Eu sou um menino sem voz, podem fazer de mim o que quiserem. O mundo é feito de chumbo, como o ar e o tempo. A minha mãe tem voz. As palavras soltam-se-lhe da boca, rolam por uma espécie de encosta, são uma espécie de rochas: já sabes o que tenho para te dizer. As palavras acertam-me numa espécie de peito. A minha mãe agarra a mão do Ilídio com toda a força, passa os dedos por dentro dos dedos dele. As suas mãos formam um polvo receoso, defende-se de um predador que pode chegar de qualquer direção. O Ilídio, acanhado, tenta manter o olhar direito. A minha mãe diz que é uma mulher, que espirra e tosse como as outras pessoas. O Cosme inclina-se pela porta aberta do quarto, por cima do ombro do Ilídio, quer ver a minha reação, quer ficar com uma imagem do momento. Sinto que o meu rosto se derrete. Escorre-me a testa à volta dos olhos, escorre-me o nariz e a boca pelo queixo. A minha mãe diz que estão cansados de andar às escondidas, que já ninguém tem idade para isso. E ficam à espera. Não sei quanto tempo dura este silêncio. As cigarras.

Sorrio porque sei que, assim, o momento pode terminar, mas não sei se quero sorrir. Quero sobreviver.

É tudo muito rápido. A minha mãe aproxima-se e abraça-me. Meu rico filho. O Ilídio dá-me um aperto de mão. O Cosme continua a espreitar. Saem, fecham a porta.

Este livro podia acabar aqui. Ficávamos assim, no vácuo desta revelação. The end. Ou talvez não seja sequer uma revelação, talvez seja apenas um sinal da minha incapacidade de interpretar detalhes.

Tento equilibrar-me. Como dizia, entre 1960 e 1974, cerca de um milhão e meio de portugueses emigraram para a França.

Cada letra e cada espaço das páginas anteriores equivale a mais de três portugueses que fizeram essa viagem.

Cada batida. Estão de novo a bater à porta.

Entrez, s'il vous plaît.

É a minha mãe. Sozinha e solene.

Traz o livro. Pousa-mo nas mãos.

Olha para mim. Este silêncio é diferente. Sou capaz de compreender aquilo que me diz sem palavras e de responder-lhe no mesmo silêncio.

Maman.

O toque do xaile em que me embrulhava.

Oui, maman.

Baixa as pálpebras. Sai do quarto. Devagar. A porta a fechar-se como quando me deixava a adormecer.

Abro o livro e leio a primeira frase:

A mãe pousou o livro nas mãos do filho.

Este livro podia acabar aqui. Sempre gostei de enredos circulares. É a forma que os escritores, pessoas do tamanho das outras, têm para sugerir eternidade. Se acaba conforme começa é porque não acaba nunca. Mas tu, eu, os Flauberts, os Joyces, os Dostoievskis sabemos que, para nós, acaba. Com um ligeiro desvio, os círculos transformam-se em espirais e, depois, basta um ponto como este: . O bico de uma caneta espetada no papel. Um gesto a acertar na tecla entre , e -. Um movimento sobre um quadradinho de plástico. Isto: . Repara como é pequeno, insuficiente para espreitarmos através dele, floco de cinza a planar, resto de formiga esmagada. Se o pudéssemos segurar entre os dedos, não seríamos capazes de senti-lo, grão de areia. Mas tu ainda estás aí, olá, eu ainda estou aqui e não poderia ir-me embora sem te agradecer. Aí e aqui ainda é o mesmo lugar. Sinto-me grato por essa certeza simples. A paisagem, mundo de objetos, apenas ganhará realidade quando deixarmos estas palavras. Até lá, temos a cabeça submersa neste tempo sem relógios, sem dias de calendário, sem estações, sem idade, sem agosto, este tempo encadernado. As tuas mãos seguram este livro e, no entanto, nas tuas mãos, é manhã. Nas tuas mãos, a minha mãe, o Ilídio e o Cosme estão no andar de cima, ouve-se os passos, as cadeiras a serem arrastadas. Nas tuas mãos, a vila descansa e Paris é tão longe. Às vezes, penso em ti sem te dizer. Mesmo esses pensamentos invisíveis estão agora nas tuas mãos. Seguras o meu nome. Este livro que estás a ler e que estou a escrever, onde estamos, é exatamente o mesmo que a minha mãe me pousou nas mãos, como na primeira frase. Também esse livro era este. O início também é agora. O amanhecer apenas se distingue do anoitecer por aquilo que o antecedeu e pela sucessão que lhe imaginamos, o antes e o depois. Agradeço-te por teres aceitado que este livro se transformasse em ti e pela generosidade de te teres transformado nele, agradeço-te pela claridade que entra por esta janela e por tudo aquilo que me constitui, agradeço-te por me teres deixado existir, agradeço-te por me teres trazido à última página e por seguires comigo até à última palavra. Sim, tu e eu sabemos, isto: . Insignificância, pedaço de nada, interior da letra ó. Mas isso será daqui a pouco. Por enquanto, aproveitemos, ainda estamos aqui.

1ª EDIÇÃO [2012] 2 reimpressões

ESTA OBRA FOI COMPOSTA PELA SPRESS EM SABON E IMPRESSA EM
OFSETE PELA GEOGRÁFICA SOBRE PAPEL PÓLEN SOFT DA SUZANO S.A.
PARA A EDITORA SCHWARCZ EM OUTUBRO DE 2021

A marca FSC® é a garantia de que a madeira utilizada na fabricação do papel deste livro provém de florestas que foram gerenciadas de maneira ambientalmente correta, socialmente justa e economicamente viável, além de outras fontes de origem controlada.